Os casos de amor de Nathaniel P.

Adelle Waldman

Os casos de amor de Nathaniel P.

Adelle Waldman

Tradução
Marcia Blasques

Casa da Palavra

Este livro foi revisado segundo o novo Acordo Ortográfico da Língua Portuguesa.

Título original
The Love Affairs of Nathaniel P.
Publicado pela primeira vez na Grã-Bretanha em 2013 pela William Heinemann, um selo da The Random House Group Limited.

Copidesque
Mariana Oliveira

Revisão
Rodrigo Rosa

Capa
Kelly S. Too

Adaptação de capa
Leandro Dittz

Imagens de capa
© Yougen/IstockPhoto
© Vectorig/IstockPhoto
© Khalus/IstockPhoto

Diagramação
Abreu's System

CIP-BRASIL. CATALOGAÇÃO-NA-FONTE
SINDICATO NACIONAL DOS EDITORES DE LIVROS, RJ

W169c

Waldman, Adelle
Os casos de amor de Nathaniel P. / Adelle Waldman ; tradução Marcia Blasques. - 1. ed. - Rio de Janeiro : Casa da Palavra, 2015.
256 p. ; 23 cm

Tradução de: The love affairs of Nathaniel P.
ISBN 978-85-7734-557-1

1. Ficção americana. I. Blasques, Marcia. II. Título.

15-22122 CDD: 813
CDU: 821.111(73)-3

CASA DA PALAVRA PRODUÇÃO EDITORIAL
Av. Calógeras, 6, 701 – Rio de Janeiro – RJ – 20030-070
21.2222 3167 21.2224 7461
editorial@casadapalavra.com.br
www.casadapalavra.com.br

Para meus pais, Edward e Jacqueline Waldman

Para fazer um relato verdadeiro do que acontece dentro de nós,
é preciso algo mais do que sinceridade.
George Eliot, *Romola*

Capítulo 1

Era tarde demais para fingir que não a vira. Juliet já estreitava os olhos, demonstrando reconhecê-lo. Por um segundo, ela pareceu feliz em encontrar um rosto familiar entre um monte de estranhos. Então ela percebeu quem era.

– Nate.

– Juliet! *Oi.* Como *vai*?

Ao som da voz dele, certa tensão marcou os olhos e a boca de Juliet. Nate sorriu inquieto.

– Você está ótima – ele disse. – Como vai o *Journal*?

Juliet fechou os olhos por um instante.

– Está bem, Nate. Estou bem, o *Journal* está bem. Tudo está bem.

Ela cruzou os braços e começou a observar de maneira pensativa um ponto logo acima do lado esquerdo da cabeça dele. Seu cabelo escuro estava solto, e ela usava um vestido azul com um cinto e um blazer negro com as mangas puxadas até a altura dos cotovelos. Nate olhou para Juliet, depois para um grupo de transeuntes e então novamente para Juliet.

– Está indo para o metrô? – ele perguntou, apontando com o queixo para a entrada da estação na esquina.

– *É sério isso?* – A voz de Juliet ficou gutural e animada. – Sério, Nate? É tudo o que tem para me dizer?

– Cruzes, Juliet! – Nate deu um pequeno passo para trás. – Eu só pensei que você pudesse estar com pressa.

Na verdade, ele estava preocupado com o horário. Já estava atrasado para o jantar de Elisa. Levou a mão ao cabelo. Isto sempre o tranquilizava um pouco, a abundância espessa de seu cabelo.

– Vamos lá, Juliet – disse ele. – Não tem que ser assim.

– Ah é? – A postura de Juliet ficou mais rígida. – Como devia ser, Nate?

– Juliet... – ele começou, mas ela o interrompeu.

– Você podia ao menos... – ela meneou a cabeça. – Ah, não importa. Não vale a pena.

Podia ao menos o quê? Nate queria saber. Mas imaginou o olhar magoado e fulminante de Elisa se chegasse atrasado e deixasse todos os convidados dela esperando para começar a jantar. Ouviu a voz levemente anasalada dela dispensando suas desculpas com um "que seja", como se há muito tivesse deixado de se surpreender com as besteiras que ele fazia.

– Olhe, Juliet, foi ótimo vê-la. E você está ótima. Mas eu realmente preciso ir.

Juliet jogou a cabeça para trás. Pareceu quase estremecer. Nate percebeu – era óbvio – que ela tomara suas palavras como uma rejeição. No mesmo instante ele se sentiu mal. Pela primeira vez, ele a viu não como uma adversária, mas como uma mulher (meio) jovem, vulnerável e infeliz. Queria fazer algo por ela, dizer algo sincero, verdadeiro e gentil.

– Você é um babaca – disse ela antes que ele tivesse oportunidade.

Juliet olhou para ele por uma fração de segundo e então deu as costas, começou a caminhar rapidamente na direção do rio e da faixa adjacente de restaurantes e bares. Nate quase a chamou. Queria tentar, pelo menos, deixar as coisas numa situação melhor. Mas o que diria? E não havia tempo.

Juliet se afastava com passos longos e determinados, mas caminhava com rigidez, como uma pessoa obstinada a ignorar que seus sapatos estavam machucando os pés. Relutante, Nate tomou seu rumo em direção oposta. O crepúsculo avançava, e a rua lotada não parecia mais festiva, mas decadente e carnavalesca. Nate ficou preso atrás de um trio de mulheres jovens com óculos escuros no alto da cabeça e bolsas que batiam nos quadris. Enquanto tentava ultrapassá-las, a que estava mais perto enrolou o cabelo loiro ondulado na altura do pescoço e falou com suas amigas com ar de superioridade. O olhar dela passou por ele. Nate não sabia se o desdém em seu rosto era real ou imaginário. Ele sentia como se o insulto de Juliet o tivesse posto em evidência.

Depois de alguns quarteirões, as calçadas ficaram menos congestionadas. Ele começou a caminhar mais rápido. E começou a ficar irritado consigo mesmo por ficar tão agitado. Então Juliet não gostava dele. E daí? Ela não estava sendo exatamente justa.

Podia ao menos *o quê*? Ele só saíra com ela três ou quatro vezes quando aconteceu. *Isso* não era culpa de ninguém. Assim que ele percebeu que a camisinha tinha rasgado, ele tirou. Acontece que não foi bem a tempo. E ele soube disso porque não era o tipo de cara que desaparecia depois de dormir com uma mulher – e certamente não depois que a camisinha rasgava. Pelo contrário, Nathaniel Piven era produto de uma infância pós-feminista dos anos 1980 e de uma educação universitária politicamente correta da década de 1990. Aprendera tudo sobre privilégios masculinos. Além disso, era dono de uma consciência prática e que lhe falava alto e sem rodeios.

Mas considere o que aquilo significava para *ele*. (Agora apressando o passo, Nate imaginava-se fazendo sua defesa diante de uma plateia.) A opinião geral – ele dizia para seus ouvintes – era que ela, como mulher, ficara com a pior parte. E ela ficou, é claro. Mas também não era moleza para ele. Ali estava ele, aos trinta anos, com a carreira finalmente decolando – um resultado que não parecia nem um pouco inevitável, ou mesmo provável, aos vinte anos –, quando de repente surgiu a questão se ele devia se tornar pai, o que obviamente mudava tudo. Mesmo assim, a decisão *não estava em suas mãos*. Estava nas mãos de uma pessoa que ele mal conhecia, uma mulher com quem dormira, sim, mas que estava longe de ser sua namorada. Ele se sentia como se tivesse acordado em um daqueles seriados de adolescentes a que assistia quando era garoto nas tardes de quinta-feira, cuja moral da história era não fazer sexo com uma garota a menos que estivesse pronto para criar um filho com ela. Isso sempre lhe parecera uma grande besteira. Que adolescente de classe média que se preze – prestes a se tornar uma estudante universitária, futura jovem profissional em ascensão, uma pessoa que podia fazer qualquer coisa (dirigir uma corporação multinacional, ganhar um prêmio Nobel, tornar-se a primeira presidente eleita) –, que jovem mulher decidiria ter um bebê e desta forma se tornar, no jargão vazio do serviço público, "uma estatística"?

Quando Juliet lhe deu a notícia, Nate percebeu o quanto as coisas haviam mudado desde que ele chegara a essa conclusão. Uma profissional já influente, de 34 anos, como Juliet, podia ver a situação por um ângulo diferente de uma adolescente com nada diante de si além de possibilidades. Talvez ela não estivesse mais tão otimista sobre o que o destino lhe reservava (ser a primeira mulher presidente, por exemplo, parecia improvável). Talvez tivesse ficado pessimista em relação aos homens e aos encontros. Ela podia considerar que aquela era sua última chance de se tornar mãe.

O futuro de Nate dependia da decisão de Juliet, e, além de essa escolha não ser dele, também não parecia estar tendo a mínima influência. Conversar com Juliet, sentado no sofá listrado de azul e branco na sala de estar dela, com uma xícara de chá – *chá!* – na mão, discutir a "situação", parecia que ele seria taxado de monstro se até mesmo insinuasse que preferia abortar o bebê, feto ou como quer que se queira chamá-lo. (Nate era totalmente a favor do direito da mulher escolher e todo o discurso a esse respeito.) Ele sentara ali e dissera as coisas certas – que era decisão dela, que qualquer coisa que ela quisesse fazer apoiaria *et cetera, et cetera.* Mas quem poderia culpá-lo por sentir apenas alívio quando ela disse – em seu tom de voz "sou uma repórter de jornal inteligente, que não tolera bobagens" – que, obviamente, o aborto era a solução natural? Mesmo neste momento, ele não se permitiu demonstrar qualquer emoção. Falou em um tom de voz comedido e ponderado. Disse que ela devia pensar muito sobre o assunto. Quem poderia culpá-lo por isso?

Bem, ela podia. Obviamente, ela o culpava.

Nate parou em uma esquina quando um táxi desocupado passou, o motorista encarava-o para ver se ele poderia ser um passageiro. Nate acenou para que o carro continuasse.

Enquanto cruzava uma rua deserta, passou a ter certeza de que Juliet o culpava, na realidade, porque a reação dele, ainda que decente, deixara bastante claro que não queria ser o namorado dela, muito menos pai de seu filho. A coisa toda era tão *pessoal*. Era decidir se você queria dizer sim a esta pessoa em potencial, literalmente entrelaçando dois seres, ou se queria se livrar de qualquer traço de sua existência. É claro que é possível pensar o quanto seria diferente se as circunstâncias tivessem sido outras – especialmente, ele imaginava, quando se é mulher e, em certo grau, deseja um bebê. Sentado na sala de estar de Juliet, Nate se surpreendera com o quão desconfortável se sentia, quão triste, quão desgostoso da libido devassa e fraca (como lhe parecia agora) que o levara a esta posição desconfortável e dissimulada.

Mas alguma dessas coisas o tornava um babaca? Ele nunca lhe prometera nada. Encontrara-a em uma festa, achara-a atraente, gostara dela o bastante para querer conhecê-la melhor. Fora cuidadoso em não sugerir mais do que isso. Dissera para ela que não estava procurando nada sério, que estava focado em sua carreira. Ela assentira, concordara. Mesmo assim, ele sentia que a coisa toda teria sido diferente se ele houvesse dito para ela "Olhe, Juliet, não vamos ter este bebê, mas talvez tenhamos outro em algum momento no futuro"... Porém, embora admirasse o comportamento educado e nada maluco de Juliet, aquele ar confiante e alegre, era uma fascinação fria, como se admirasse um bom exemplo, e não calorosa. Na verdade, ele a achava um pouco maçante.

Mesmo assim, fizera tudo o que era esperado dele. Ainda que tivesse menos dinheiro do que ela, ele pagara pelo aborto. Fora com ela até a clínica e esperara o procedimento, sentado em um sofá resistente a manchas, do tipo que se encontra em dormitórios, na companhia de um elenco rotativo de garotas adolescentes que digitavam freneticamente nos minúsculos teclados dos celulares. Quando tudo acabou, ele a levou para casa de táxi. Passaram um dia estranhamente agradável e amistoso juntos, na casa dela, assistindo a filmes e tomando vinho. Ele só deixou o apartamento para buscar os remédios e fazer algumas compras. Lá pelas nove da noite, quando ele por fim se levantou para ir embora, ela o acompanhou até a porta.

Juliet o olhou com intensidade.

– Hoje foi... bem, não foi tão mau quanto poderia ter sido.

Ele também se sentiu particularmente carinhoso naquele momento. Afastou o cabelo do rosto dela com o polegar e segurou os fios por um instante.

– Eu realmente sinto muito pelo que você passou – disse ele.

Alguns dias depois, ele telefonou para saber como ela estava se sentindo.

– Um pouco dolorida, mas bem – ela respondeu.

Ele disse que estava feliz em ouvir aquilo. Houve uma longa pausa. Nate sabia que devia puxar conversa e dizer alguma coisa alegre. Abriu a boca para falar, mas uma premonição em forma de pânico tomou conta dele: este telefonema levaria a uma série infinita de outros, um dia no apartamento de Juliet se tornaria regulares sessões de filmes, tudo marcado por um sentimento de obrigação e um quase flerte bizarro.

– Tenho que ir – disse ele. – Bom saber que você está se sentindo melhor.

– Ah. – Juliet prendeu a respiração. – Ok... Tchau, então.

Ele provavelmente deveria ter dado seguimento à coisa depois disso. Quando dobrou a esquina na rua de Elisa, Nate admitiu que devia ter ligado ou mandado um e-mail algumas semanas mais tarde. Mas, naquela época, ele não sabia se uma ligação seria bem-vinda. Podia ser um lembrete doloroso de algo que ela preferia deixar para trás. Ele também não sabia o que poderia dizer. E acabara se distraindo com outras coisas – da vida. Ela podia ter ligado para ele.

Ele fizera mais do que muitos caras teriam feito. Era culpa dele se não tinha um sentimento especial por ela? *Podia ao menos o quê?*

A porta da frente do edifício de Elisa estava aberta, escorada por uma pedra grande. A luz do corredor formava um arco amarelo no alpendre de concreto. Nate parou antes de entrar, respirando fundo e passando a mão pelo cabelo. Do lado de dentro, os degraus cediam e rangiam sob seus pés. O andar de Elisa cheirava a cebola frita. Depois de um instante, a porta se abriu.

– Natty! – ela exclamou, jogando os braços ao redor dele.

* * *

Embora Elisa e ele tivessem terminado há mais de um ano, o apartamento dela, no último andar de uma casa geminada no bairro revitalizado de Greenpoint, ainda era quase tão familiar para Nate quanto sua própria casa.

Antes de ela se mudar, as paredes de tijolos haviam sido rebocadas e recobertas com papel de parede floral. As vigas grossas e irregulares do chão de madeira estavam escondidas sob o carpete. O proprietário da casa, Joe Jr., certa vez mostrara as fotos para eles. Depois de mais de vinte anos, o idoso polonês que ocupava a casa partira para morar com uma filha em Nova Jersey. Joe Jr. rasgara o carpete e arrancara o reboco das paredes externas. Seu pai, que comprara a casa na década de 1940, época em que se mudou para a Flórida, disse que ele estava louco. Joe pai pensava que colocar uma lava-louças ou trocar a antiga banheira teriam sido investimentos melhores.

– Mas eu disse para ele que não era assim que se atraía inquilinos de classe alta – explicou Joe Jr. para Nate e Elisa uma tarde, enquanto consertava alguns azulejos do banheiro. – Eu disse que o tipo de gente que paga muito dinheiro ficaria doido com a banheira vitoriana. É uma questão de gosto, eu disse para ele. – Joe Jr. voltou-se para encará-los, segurando um pote de massa de parede entre os dedos carnudos. – E eu estava certo ou não estava? – perguntou jovialmente, um grande sorriso iluminando seu rosto. Nate e Elisa, de mãos dadas, assentiram, desconfortáveis, sem saber que resposta deveriam dar depois de serem tão abertamente – e apropriadamente – enquadrados em um tipo específico de otários.

Nate ajudara Elisa a pintar as duas paredes de argamassa com um tom de bege que contrastava com os tijolos escuros e com o tapete cor de creme sob o sofá. Escolheram juntos a mesa da sala de jantar na Ikea, mas as cadeiras e um armário comprido que ficava ao lado da porta pertenceram aos avós dela. (Ou seriam seus bisavós?) As estantes de livros quase chegavam ao teto.

A familiaridade do apartamento agora parecia uma censura para ele. Elisa havia insistido em que ele viesse esta noite.

– Se realmente somos amigos, por que não posso convidá-lo para um jantar com algumas pessoas? – perguntara ela.

O que ele poderia dizer?

No sofá, Jason, um editor de revistas amigo de Nate que, para irritação e diversão dele, há muito queria ter algo com Elisa, recostava-se regiamente, aninhando a cabeça nas palmas das mãos. Os joelhos de Jason estavam absurdamente separados, como se ele tentasse causar a maior impressão possível de si mesmo nos móveis de Elisa. Ao lado de Jason estava Aurit, outra boa amiga de Nate, que recentemente voltara de uma viagem de pesquisa na Europa. Aurit conversava com uma garota chamada Hannah, que Nate já encontrara uma vez ou outra – uma escritora magra, de seios empinados, bonita, apesar das feições bastante angulosas. Era praticamente unanimidade que era bonita e inteligente, ou inteligente e bonita. Uma mulher que Elisa conhecia da faculdade estava sentada no sofá de dois lugares. Nate não se lembrava do nome dela e já a encontrara vezes demais para perguntar. Sabia que era advogada. O figurão de queixo pequeno com o braço sobre seus ombros devia ser o banqueiro com quem ela estava doida para casar.

– Estávamos nos perguntando quando você nos agraciaria com sua presença – disse Jason assim que Nate pôs os pés na porta.

Nate colocou sua bolsa carteiro no chão.

– Tive alguns problemas no caminho.

– A G? – perguntou Aurit, mostrando-se compreensiva.

Seguiram-se murmúrios de concordância de que a G, entre todas as linhas de metrô em Nova York, era especialmente inconstante.

Nate sentou-se no único lugar disponível, perto da amiga de faculdade de Elisa.

– Que bom ver você – disse ele com o máximo de entusiasmo que conseguiu reunir. – Já faz um bom tempo.

Ela respondeu no mesmo tom.

– Você e Elisa ainda estavam saindo.

Nate pensou ter detectado uma acusação na voz dela, como "isso foi antes que você pisoteasse a autoestima dela e arruinasse sua felicidade".

Ele se obrigou a manter o sorriso.

– Em todo caso, já faz muito tempo.

Nate apresentou-se para o namorado banqueiro e tentou fazer o cara falar. Se ele se referisse à namorada pelo nome, pelo menos já deixaria Nate mais tranquilo. Mas aquele ex-aluno de fraternidade deixava que ela respondesse por ele na maior parte das vezes (pesquisa de capital, Bank of America, antigo Merrill Lynch, transição estressante). Seu meio de comunicação preferido parecia ser o não verbal: um sorriso fixo e benevolente, acenos paternais de cabeça.

Logo – mas não exatamente logo o bastante – Elisa chamou-os para uma mesa cheia de travessas e tigelas.

– Tudo parece delicioso – alguém disse enquanto circulavam a mesa, sorrindo beatificamente para a variedade de pratos e um para o outro. Elisa voltou do outro lado da sala carregando um porta-manteiga. Franzindo o cenho, ela analisou a sala uma última vez. Um suspiro de satisfação consigo mesma escapou de seus lábios enquanto sentava-se graciosamente, o tecido amarelo ondulante de sua saia esvoaçando na descida.

– Vão em frente e comecem – disse ela, sem fazer qualquer movimento para se servir. – O frango vai esfriar.

Enquanto comia o frango à caçador – que de fato estava muito bom –, Nate observava o rosto em forma de coração de Elisa: os olhos grandes e límpidos, as maçãs do rosto saltadas, os lábios bonitos e arqueados e a profusão de dentes brancos. Cada vez que Nate a via, a beleza de Elisa o atingia de novo, como se nesse ínterim a lembrança de como era realmente sua aparência tivesse sido distorcida pelas emoções torturadas que ela agora desencadeava: na mente dele, ela assumira as dimensões de uma criatura abjeta. Que surpresa quando ela abrira a porta, emergindo com uma saúde vibrante, quase agressiva. O poder de sua beleza, Nate concluíra certa vez, vinha da habilidade de se reconfigurar constantemente. Quando ele achava que tinha uma explicação para isso, considerado fato consumado – era uma *garota bonita* –, ela virava a cabeça ou mordia o lábio, e como um brinquedo de criança que é sacudido para ser refeito, seu encanto mudava de forma, as coordenadas eram alteradas: agora sua beleza resplandecia nos contornos elegantes da testa inclinada e das maçãs do rosto deslumbrantes, e agora vinha dos lábios que sorriam timidamente. "Elisa, a Bela", Nate dissera sem pensar, quando ela o abraçara na porta. Ela sorriu, sem se preocupar com o atraso dele.

Ainda assim, pouco tempo depois ele já estava à vontade. Hannah elogiara o apartamento.

– Eu o odeio – respondeu Elisa. – É pequeno e mal localizado. As luminárias são *incrivelmente* baratas. – Então deu um sorriso rápido. – Obrigada, mesmo assim.

O tom familiar de lamento na voz de Elisa levou Nate de volta a um coquetel igualmente familiar de culpa, pena e temor. Além de pura irritação – aquele jeito desagradável, mal-humorado e quase estúpido (embora ela não fosse estúpida) que ela tinha. Sua beleza se tornara uma isca irritante, como a ninfa Calipso, para capturá-lo *de novo*.

Além disso, enquanto cutucava o frango com o garfo, Nate percebeu os poros no nariz de Elisa e um pouco de acne em sua testa, perto da linha do cabelo, imperfeições tão insignificantes que seria deselegante notá-las na maioria das mulheres. Mas em Elisa, cujo deslumbre exigia que ela fosse julgada com base em alguma escala olímpica de beleza perfeita, essas imperfeições pareciam, irracionalmente, falhas de caráter ou de julgamento da parte dela.

– No que você está trabalhando agora? – ela perguntou para ele enquanto a tigela de batatas passava pela mesa uma segunda vez.

Nate limpou a boca com um guardanapo.

– Apenas um ensaio.

Os olhos arregalados e a cabeça inclinada de Elisa imploravam por mais detalhes.

– É sobre como um dos privilégios da elite é terceirizar o ato de exploração – disse ele, olhando para Jason, que sentava diagonalmente a ele.

A ideia para o ensaio era um pouco obscura, e Nate temia parecer ingênuo, como a pessoa que fora lá pelos vinte anos de idade, antes de aprender que escrever com ambição, sobre assuntos grandes ou sérios, era um privilégio que as revistas garantiam apenas para pessoas que já fizeram por merecer. Mas ele escrevera um livro havia pouco tempo.

Recebeu um adiantamento significativo por ele, e embora a publicação ainda estivesse a muitos meses de distância, já havia algum interesse do público pela obra. Se ele ainda não havia chegado lá, estava bem perto.

– Conseguimos que outras pessoas façam coisas que somos moralmente sensíveis demais para fazer – disse Nate com mais convicção. – A consciência é o maior dos luxos.

– Quer dizer que praticamente todas as pessoas que se alistam no Exército ou algo do tipo são da classe trabalhadora? – disse Jason com uma voz alta o bastante para interromper todas as outras conversas. Ele estendeu a mão para pegar uma fatia de baguete da tábua de corte. – Pode me passar a manteiga? – perguntou para Hannah antes de se voltar para Nate, esperando a resposta.

Os cachos de Jason estavam besuntados de gel. Ele estava parecendo um querubim diabólico.

– Não é exatamente o que eu tinha em mente – disse Nate. – Quero dizer...

– Acho que está absolutamente certo, Nate – Aurit o interrompeu, empunhando o garfo como um ponteiro. – Acho que os americanos em geral se resguardam demais de toda a vilania que a manutenção da chamada "vida normal" envolve.

– Esta é a perspectiva israelense, é claro... – começou Jason.

– Isso é ofensivo, Jason – disse Aurit. – Não só reducionista, mas racialista...

– *É* ofensivo – concordou Nate. – Mas, na verdade, não estou muito interessado nas questões de segurança nacional, e sim na vida cotidiana, no jeito como protegemos a nós mesmos de nos sentirmos cúmplices da exploração econômica ao nosso redor. Veja a Whole Foods. Metade do que você paga quando compra lá é o privilégio de se sentir eticamente puro. – Ele colocou a taça de vinho na mesa e começou a gesticular com os braços. – Ou pense no mexicano que seu proprietário paga para colocar o lixo lá fora duas vezes por semana. Não somos nós quem o exploramos, mas em certo nível sabemos que o cara é um imigrante ilegal que não ganha nem o salário mínimo.

– É o próprio Joe Jr. que coloca o lixo lá fora – disse Elisa. – Mas ele é bem pão-duro.

– Há alguma diferença entre ser "racialista" e "racista"? – perguntou a amiga de faculdade de Elisa.

– É a mesma coisa com os caras que entregam pizza ou que fazem nossos sanduíches – prosseguiu Nate. Ele sabia que estava violando uma regra implícita da etiqueta de um jantar. Espera-se que a conversa seja apenas superficial, para descontrair. As pessoas não deviam investir no conteúdo, só no tom. Mas naquele momento ele não se importava. – Não os exploramos pessoalmente – ele continuou. – Não, nós contratamos alguém para fazer isso, um intermediário, em geral o proprietário de um pequeno negócio, então não temos que nos sentir mal. Mesmo assim nos aproveitamos da mão de obra barata, ainda que tagarelemos sobre nosso liberalismo: sobre como o New Deal era bom, a jornada de trabalho de oito horas, o salário mínimo. Nossa única reclamação, na teoria, é que essas coisas não avançam ainda mais.

– Com licença, Nate. – Aurit ergueu uma garrafa de vinho vazia. – Devemos abrir outra?

– Joe contrata mexicanos nas reformas – disse Elisa em um tom de voz pensativo e hesitante, indo até o armário perto da porta. No alto havia várias garrafas de vinho em sacolas de plástico coloridas. Tinham sido trazidas pelos outros convidados. Nate reconheceu a embalagem verde-limão da Tangled Vine, a loja de vinhos perto da sua casa. Parecia que isso ressaltava ainda mais sua gafe. Ele devia ter comprado uma garrafa no caminho.

Elisa escolheu um tinto e voltou para sua cadeira.

– Alguém pode abrir? – perguntou ela antes de se voltar para Nate. – Desculpe, Nate. Continue.

Ele perdeu o fio da meada.

Hannah pegou a garrafa de Elisa.

– Você estava dizendo que nos beneficiamos da exploração, mas fingimos que nossas mãos estão limpas – disse ela, prestativa, enquanto Elisa lhe passava um saca-rolhas de cobre manchado, que parecia ser tão velho que poderia ter acompanhado Lewis e Clark na jornada para oeste. Uma das "relíquias de família" de Elisa, sem dúvida. – Eu acho... – Hannah começou a dizer.

– Certo – disse Nate. – *Certo.*

O argumento lhe voltou de uma só vez.

– Sabe quando você lê um romance de Dickens em que aqueles meninos de oito anos de idade trabalham nas fábricas ou mendigam nas ruas? E você se pergunta por que ninguém dá a mínima? Bem, não somos tão diferentes. Só ficamos melhores em esconder isso... de nós mesmos principalmente. As pessoas naquela época pelo menos justificavam o comportamento delas admitindo o desprezo pelos pobres.

Jason se dirigiu ao banqueiro.

– Se você ainda não notou, o jovem Nate aqui sofre de um caso particularmente agudo de culpa liberal.

Jason estava trabalhando em um artigo sobre obesidade epidêmica, que seria intitulado "Não os deixem comer bolo".

Antes que Nate pudesse responder, Hannah se voltou para ele. Ela aninhava a garrafa de vinho em um braço e girava cuidadosamente aquele saca-rolhas ridículo com a outra mão.

– Quando as pessoas voluntariamente pagam mais para comprar no Whole Foods, não estão, pela sua lógica, tentando ser responsáveis? – perguntou ela. – Não estão pagando mais para *não* levar vantagem sobre a mão de obra barata?

– Sem dúvida – disse Nate, contente (parecia que alguém estava realmente ouvindo). – Mas esse valor a mais realmente beneficia alguém além dos acionistas da Whole Foods? Tudo o que eles precisam fazer é colocar uma foto de um casal de lésbicas sérias em uma caixa de cereais e nós presumimos que aquilo vem de algum paraíso de trabalhadores do amor livre. É do nosso interesse pensar isso porque nos permite comprar uma consciência limpa, assim como compramos todo o resto. – Ele fez uma pausa antes de concluir. – É basicamente um argumento marxista sobre a inexorabilidade da exploração no capitalismo.

Aurit franziu o cenho.

– Para quem é esse ensaio, Nate?

– Ainda não sei. Quero escrevê-lo antes que comece a me preocupar se isso vai me ajudar a avançar na minha carreira.

Aurit o examinou da mesma forma que um médico observa uma protuberância que suspeita ser maligna.

– As pessoas não compram na Whole Foods também porque a comida é mais saudável?

A garrafa de vinho assobiou quando Hannah removeu a rolha.

– *Eu* acho que sua ideia parece interessante – disse Elisa.

Elisa, Nate pensou, estava sendo extremamente, embora estranhamente, gentil com ele. Será que talvez eles tivessem mesmo deixado o passado para trás, como ela dissera?

– Acho que parece interessante também – disse o cara que era metade do casal, cujo nome, Kevin ou Devon, Nate havia esquecido a essa altura, mas que, como observou, encontrou a voz conforme o vinho começou a fluir mais livremente. – Há muito tempo não ouço alguém chamar uma ideia de marxista e considerar isso uma coisa boa – disse ele enquanto Elisa "atualizava" sua taça. – Não desde a faculdade.

Nate empurrou sua taça até a linha de visão de Elisa.

Enquanto ela servia, pernas de cadeiras arranhavam as tábuas do assoalho, cubos de gelo rachavam entre molares e talheres batiam contra as travessas. Nate observou os livros na estante de Elisa. Sua coleção era impressionante, e mostrava seriedade e bom gosto. A literatura barata e as revistas femininas ficavam guardadas no quarto dela.

– Então, qual *é* a diferença entre racialismo e racismo? – perguntou por fim a namorada de Kevin/Devon.

– Racialismo – começou Aurit, cheia de entusiasmo – não é tanto desgostar ou ter preconceito contra um grupo mas a...

– Ei, adivinhem quem ouvi dizer que conseguiu um adiantamento de quatrocentos mil dólares para um livro? – interrompeu Jason. Em consideração a Aurit, ninguém respondeu.

– ... atribuição de qualidades pessoais ou – Aurit cravou o olhar em Jason – *crenças* sobre a filiação de uma pessoa em...

– Greer Cohen – completou Jason.

– ... um grupo racial. – As palavras de Aurit ficaram órfãs. Ela fez uma careta quando ouviu o nome de Greer. Até Hannah, que de fato estava impressionada com Nate esta noite, considerando-o gentil e também inteligente, ergueu as sobrancelhas.

– Bom para Greer – disse Elisa, como se fosse uma anfitriã tão perfeita que seus bons modos se estendiam até os que não estavam presentes.

– Quem é Greer Cohen?

– Uma escritora. Mais ou menos – disse Aurit para Kevin/Devon e sua namorada advogada.

Os amigos de Nate então começaram a oferecer várias avaliações, a maior parte delas não caridosa, sobre os talentos de Greer e a especular sobre com quem ela dormira e com quem simplesmente flertara.

– Acho realmente que ela é uma boa escritora – admitiu Hannah.

– Não é tanto à sua escrita que me oponho – disse Aurit. – É à sua disposição de negociar sua sexualidade e chamar isso de feminismo.

Nate se reclinou em sua cadeira e esticou as pernas sob a mesa. Não tinha vontade de participar daquela conversa. Ele também havia recebido um adiantamento considerável por um livro (embora nem de perto fossem quatrocentos mil dólares). Podia se dar ao luxo de ser magnânimo.

Sua taça estava vazia novamente. A garrafa de vinho aberta estava do outro lado de uma grande travessa de salada de madeira com um estilo rústico. Ele girou para alcançá-la e, ao se virar, seu torso momentaneamente bloqueou todo mundo exceto Elisa. Ela o encarou e lhe deu um de seus olhares sensuais, inclinando o rosto timidamente para baixo e dando um sorrisinho de lado que era particularmente sugestivo, o olhar tímido mas coquete que uma mulher podia usar quando confessava ter uma fantasia sexual um pouco excêntrica.

O corpo de Nate ficou tenso. Ficou em pânico e hiperalerta. Sentia-se, imaginava, como um soldado que tivera uma folga divertida do serviço de guarda, até ouvir os estampidos de tiros se aproximando. Relatos prévios de melhora nas condições se provaram falsos. A situação no front era realmente ruim, muito ruim.

O vinho fazia sons de borbulhas enquanto saía da garrafa e se espalhava contra os contornos abaulados da taça.

– Vai com calma, cara – disse Jason, e riu. Nate o ignorou. Precisava de um reforço para mais tarde, quando, agora tinha certeza, Elisa o manteria até depois que os outros partissem, insistindo que precisavam "conversar". Avanços mal planejados levariam, no fim, a uma reprise de antigas acusações. A noite acabaria como suas noites acabavam com frequência, em lágrimas.

Ele suspirou alto. Uma ex-namorada – não Elisa – certa vez lhe disse que ele respirava comicamente.

Quando olhou para o armário perto da porta para ter certeza de que havia outra garrafa de vinho de reserva, pensou ter sentido algo esfregar em sua perna, perto do joelho. Cometeu o erro de se virar para investigar.

Elisa retirou timidamente as pontas dos dedos.

Nate saiu da cadeira e, como se tomado por um desejo súbito e incontrolável de ver em detalhes o que havia na estante, foi até lá. Borges, Boswell, Bulgakov. Passou o dedo pelas lombadas, a maior parte marcada com adesivos amarelos "usado" da livraria Brown.

Quando ousou levantar o olhar, com cuidado para evitar a parte da sala onde estava Elisa, Nate viu a silhueta de Hannah na porta da cozinha. Ela vestia uma blusa azul e uma saia justa. Tinha mesmo um belo corpo, esbelto. Ela carregava uma pilha de pratos e virou para trás para responder algo que alguém dissera. Riu, uma risada verdadeira, saudável, escancarada.

Quando parou de rir, os olhos dela encontraram os dele. Ela sorriu. Era um sorriso amistoso, um sorriso saudável, talvez o último que ele veria esta noite. Nate ficou grato por isso. Ele se perguntou se ela estava saindo com alguém.

Capítulo 2

Nem sempre Nate foi o tipo de cara que as mulheres chamavam de imbecil. Só recentemente ele havia ficado famoso o bastante para inspirar tamanha hostilidade.

Quando era mais jovem, as pessoas o consideravam "legal". Também foi um prodígio no ensino médio, um mestre nos debates e compositor inexperiente cuja homenagem feita a Madonna para a Semana de Apreciação da Matemática – *Como um Cosseno (Resolvido pela primeira vez)* – fora, infelizmente, transmitida para toda a escola. Apesar de jogar nos times de futebol e de beisebol do colégio desde os quinze anos, nunca conquistou de verdade a reputação de atleta. Não que repelisse as garotas, exatamente. Elas o procuravam para uma ajuda em biologia ou cálculo, ou mesmo atrás de conselhos para seus problemas pessoais. Flertavam com ele quando queriam levantar o ego e depois contavam suas paixonites por Todd, Mike ou Scott.

Ele não era muito de chamar a atenção naquela época. Magro e de cabelo escuro, tinha um peito pálido e retraído que o fazia parecer covarde, como se sempre estivesse se encolhendo. Não era baixo demais, mas também não era alto. Suas mãos, sobrancelhas, nariz e pomo de adão pareciam terem sido feitos para uma pessoa muito maior. Isso o fizera manter a esperança, mesmo durante o ensino médio, de que pudesse espichar mais alguns centímetros, para passar de 1,75m de altura. Enquanto isso, esses atributos não acrescentavam muito ao seu estoque de charmes pessoais.

Todd, Mike e Scott eram seus companheiros nos times de futebol e de beisebol. Scott era o cara mais popular da turma. Era alto, de ombros largos e tinha aquela combinação de insolência e confiança que fazia a inteligência ser não apenas irrelevante mas um pouco ridícula, um talento peculiar senão totalmente sem graça, como a habilidade de dirigir um monociclo. Todd, Mike e Scott não eram exatamente amigos de Nate – pelo menos não em termos de igualdade – mas o achavam engraçado. Também contavam com ele para ajudá-los com cálculo. (Todd e Mike pelo menos; Scott nunca passou da trigonometria). Nate ia às festas deles. Nate ficava bêbado. Faziam piadas sobre o quanto era engraçado que Nate, o bardo do departamento de matemática, sempre com as notas máximas, ficasse bêbado.

Nate ansiava por garotas como Amy Perelman, a sereia loira peituda da classe, cujos olhos timidamente desviados e sorriso modesto contrastavam com os suéteres justos e o jeans agarrado ao corpo. Naturalmente, Amy saía com Scott, embora um dia confessasse a Nate que estava preocupada com o futuro:

– Quero dizer, o que vai ser dele? Tipo, se a loja do pai dele (uma liquidação de produtos de marca) parar de ir bem? Meu pai diz que elas são, tipo, muito endividadas. Mas Scott mal consegue ler... quero dizer, ele consegue ler. Só não, tipo, livros inteiros. Mas não consigo ver o Scott se dando bem na universidade e conseguindo um emprego normal. Não é dele, sabe?

Hoje em dia, vejo que não era de se admirar que Amy Perelman, que não era nada estúpida mas só fingia estupidez em seu discurso porque era moda, deixou Scott depois de um tempo e começou um MBA em Wharton. Naquela época, no entanto, para sua própria surpresa, Nate saiu na defesa de Scott.

– Ele é um cara legal. E gosta de você de verdade.

Amy pareceu pensativa mas não muito convencida.

– Acho que sim.

Naqueles anos, o Nate cara legal, amigo das garotas carentes, dedicava copiosos recursos intelectuais em questões como a verossimilhança entre vários itens domésticos e a genitália feminina. Depois da aula, enquanto seus pais ainda estavam no trabalho, ele vagava pela casa assustadoramente tranquila em busca de inspiração erótica, deixando as luzes apagadas enquanto a escuridão começava a se infiltrar pelos corredores. Esgueirando-se de um cômodo para o outro como um assaltante, ele avaliava luvas de lã, condimentos e até a meia-calça de sua mãe para uma possível requisição. Um dia, no quarto dos pais, ele descobriu um livro surpreendentemente picante de uma mulher chamada Nancy Friday e, por um tempo, seus apetrechos também incluíam um elástico que Amy Perelman usara para fazer um rabo de cavalo e que esquecera no laboratório de física um dia. Durante as tardes solitárias de televisão e masturbação, guiado pelas afirmações de Friday de que mulheres também tinham pensamentos sujos, Nate cheirou o tecido amarelo e branco que recobria o elástico até o dia em que o cheiro dos cabelos loiros de Amy por fim se esgotou. Ele não sabia dizer se literalmente inalara tudo ou se havia perdido a sensibilidade àquele cheiro por causa da superexposição. Esperando que o hiato de um dia pudesse restaurar a antiga glória do assessório de cabelo, ele o escondeu no fundo da última gaveta da escrivaninha, atrás de uma velha calculadora científica e algumas latas de borrachas coloridas em forma de animais, colecionadas no ensino fundamental. Antes que o experimento pudesse ser concluído, ele se esqueceu dele – o treino de beisebol começara, interrompendo suas tardes autoeróticas. Mesmo assim, ele devia feder a "autoamor", pois foi mais ou menos nessa época que Scott o apelidou de "Learned Hand"* (um indicativo surpreendente que Scott prestara atenção na aula de estudos sociais pelo menos uma vez).

Anos mais tarde, quando Nate e sua namorada de faculdade, Kristen, foram a Maryland para empacotar as coisas do antigo quarto dele antes que seus pais vendessem a casa, ela encontrou o elástico de cabelo de Amy Perelman.

– Por que você tem isso? – disse ela, mostrando-o para ele.

Alguns cabelos loiros, que Nate no passado tivera todo cuidado de não tirar do lugar, ainda se prendiam ao tecido.

---

* Learned Hand (1872-1961) foi um renomado juiz norte-americano da Corte de Apelação dos Estados Unidos. Scott brinca com o significado do nome, que em inglês quer dizer algo como "Mão Instruída". (N. da T.)

Assim que percebeu o que era aquilo, Nate arrancou o acessório de cabelo da mão dela, horrorizado, com medo de que ela pegasse alguma coisa daquilo, uma doença de pele debilitante ou um sopro de seu antigo ser.

– Deve ser da minha mãe – ele murmurou.

Nate teve uma admiradora durante o ensino médio: Michelle Goldstein, a garota de cabelos crespos. Não que Michelle não fosse bonita – ele já se interessara por garotas mais feias –, mas havia algo perturbadoramente constrangedor nela. Ainda que fosse animador ver *alguém* da escola envolvido na leitura de *Uma reivindicação pelos direitos da mulher*, de Mary Wollstonecraft, o interesse de Michelle pela cultura parecia afetado. Ela tinha um carinho inexplicável pela expressão *pas de deux*, que certa vez Nate a ouvira usar, de modo bastante assustador, para se referir ao seu "relacionamento" com ele.

Mesmo assim, em alguns momentos, ele sentia um afeto verdadeiro por Michelle. Em uma noite de primavera – deve ter sido após uma peça ou um concerto na escola –, eles se sentaram por horas em um banco do lado de fora do colégio, olhando pela colina gramada na direção das pistas de atletismo. Ela falou de forma inteligente e tocante sobre o tipo de música de que gostava (cantoras e compositoras femininas temperamentais, com letras socialmente progressistas) e de sua intenção de morar em Nova York um dia, para frequentar o Strand, "um sebo imenso no centro".

Nate não tinha certeza se já estivera em um sebo. Não havia algo assim no subúrbio em que viviam, ele não achava que houvesse.

– Você devia ir para Nova York um dia – disse Michelle.

– Já fui. Nunca estivemos em um lugar como aquele.

Nate tinha fotos do fim de semana que havia passado com a família em Nova York, tiradas pelo pai, dele e de sua mãe abraçados no deque de observação do Empire State. Usavam ponchos recém-comprados e sorriam debilmente enquanto uma garoa fina caía sobre suas cabeças.

Michelle abriu um sorriso complacente.

Na luz que se esparramava pelo estacionamento, Nate achou as sardas e o cabelo cor de palha de Michelle charmosos. Ele quase estendeu a mão para tocar a dela (sobre a coxa).

Não tinha relação com sexo. De certo modo, Nate tinha poucas amizades na vida, amizades verdadeiras, diferente do tipo de aliança condicional que tinha com Scott e companhia. Havia Howard, do acampamento de verão, e Jenny, uma garota com jeito de moleque que morava em sua rua, mas que havia se mudado para Michigan quando Nate estava no meio do ensino fundamental, e lhe mandado uma vez uma carta, perdida no meio de muitos anos. Também havia outro vizinho, que estudava na escola pública. Nate e ele se afastaram depois do ensino fundamental. Sentado no banco com Michelle, Nate sentia como se os dois compartilhassem alguma coisa, alguma sensibilidade nebulosa e levemente melancólica que os tornava diferentes dos demais colegas de classe.

Mas na escola, na segunda-feira, Michelle pareceu ter voltado ao seu antigo jeito de ser.

– Não acredito que tirou dez naquela prova – disse ela depois da aula de cálculo. – Que *coup d'état*. – Deu um tchauzinho enquanto se afastava. – *Ciao, chéri.*

"Golpe", ele quis gritar. "Você só quis dizer golpe."

Mesmo assim, Michelle e ele eram constantemente confundidos com um casal e tratados como tal. Várias vezes Scott lhe perguntou se a vagina dela cheirava a naftalina por causa das roupas antigas que ela usava. O status social ambíguo de Michelle, nem bacana nem excluída, aparentemente era o equivalente feminino dele. Até foram ao baile de formatura juntos. Nate tentara reunir coragem para convidar uma aluna bonita do segundo ano, e ficou tanto ressentido quanto aliviado quando o convite de Michelle excluiu essa possibilidade. Na noite do baile, achou que Michelle podia querer fazer sexo, mas ele não chegou a tentar, embora tivessem ficado – mais do que ficado, na verdade: ele teve uma breve oportunidade de verificar a hipótese de Scott sobre o buquê de suas partes femininas (a palavra que ele usaria seria *almiscarado*). Nate não avançou porque, naquele momento de sua vida em particular, não queria se enrolar com uma garota que era um pouco repulsiva para ele. Nem podia imaginar-se dormindo com Michelle e dispensando-a em seguida, do jeito que Todd ou Mike fariam (embora não Scott, que, apesar de toda rudeza, era sensível e inabalável em sua devoção por Amy). Havia algo na atitude de Todd e Mike em relação às garotas que parecia errado para Nate – a crença implícita deles de que qualquer coisa que vitimasse uma menina tola ou não atraente era apenas o que ela merecia. Empatia era reservada para as garotas mais bonitas. (O menor revés sofrido por Amy, fosse um 8 na prova ou um resfriado ameno, provocava murmúrios de grande preocupação.)

Além disso, na época do baile, Nate começara a colocar suas esperanças eróticas na faculdade, onde, imaginava, até as garotas que pareciam com Amy Perelman seriam inteligentes e, mais importante, *maduras*, uma palavra que ele havia começado a interpretar como "com vontade de fazer sexo com ele". Se fosse listar as maiores decepções de sua vida, o primeiro ano da faculdade estaria perto do topo, logo atrás da percepção muito tardia de que até algo aparentemente tão sublime quanto um boquete – seu pênis na boca de uma mulher! *Seu pênis na boca de uma mulher!* – podia ser tedioso, até mesmo levemente desagradável, sob as circunstâncias erradas ou feito por alguém sem experiência.

Se tivesse sido um moleque de rua resgatado de um beco sem saída onde procurava comida no lixo e resolvia problemas milenares de matemática na parte de dentro de caixas de cereais rasgadas, não seria mais ingênuo, mais ignorante dos costumes sociais de um lugar como Harvard. E se tivesse sido um sem-teto autodidata, pelo menos poderia ter usufruído os benefícios sociais de ser exótico. O que parecia normal em casa gritava a cidade do interior, os empregos simples e a mediocridade em um campus onde o tom fora dado havia muito tempo por puritanos com nomes como Lowell, Dunster e Cabot. Todd, Mike e Scott, com os cabelos cheios de gel espetados desde a testa, camisetas polo e BMWs, diminuíram de tamanho. Os garotos que pareciam pertencer a Harvard – aqueles que davam a impressão de estarem à vontade, conversando despreocupadamente nos gramados, cumprimentando antigos amigos e jogando a cabeça para trás enquanto gargalhavam – dirigiam Volvos surrados, encomendavam roupas em catálogos (uma atividade que antes Nate associava a fazendas isoladas nas pradarias e aos primeiros circulares da Montgomery Ward) e, em um inglês simples, despojado de todo sotaque regional, recitavam os nomes de lugares dos quais ele jamais ouvira falar: "Sim, estive em Isleboro!", "Meu tio tem uma casa lá!", "Vamos a Blue Hill todo verão".

Antes de chegar a Cambridge, Nate se preparara para a Park Avenue, para os clubes de campo, iates, caviar, para a extravagância desatenta de Tom e Daisy Buchanan, mas Maine, *Maine* o pegara de surpresa. Nate estava acostumado a localidades de veraneio que se anunciavam como tais em seus nomes: *Long Beach Island, Ocean City*. Seus novos colegas de classe não eram playboys ou debutantes. Não usavam blazers; as garotas não se chamavam Muffy ou Binky. Um bom número deles viera de escolas públicas (embora em grande parte de um tipo específico de escolas públicas da elite). Eram garotas magras, com rabos de cavalo, que não usavam maquiagem, e garotos desleixados com camisetas e bermudas cáqui. Falavam de canoagem e caminhadas como os maiores divertimentos de suas jovens vidas. Nate, que fizera aquelas coisas no acampamento de verão, não lhes dava qualquer outro significado especial além do que outra atividade exigida, como cantar ao redor da fogueira ou fazer marionetes de dedo com tiras de feltro.

Quando a família de Amy Perelman fora a Vail durante as férias de primavera, todo mundo na escola soube que eles ficaram em um chalé de esqui que soava como uma espécie de palácio alpino servido por um regimento de carregadores de uniforme. As pessoas em Harvard, por outro lado, se referiam às "casas" de suas famílias em Vermont ou New Hampshire como se fossem cabanas que seus pais ou avós construíram com as próprias mãos, tora por tora, e pareciam quase competir sobre quem tinha o menor número de comodidades. ("Nunca temos água quente o suficiente porque dependemos de nosso gerador solar, que não usa nenhuma eletricidade.") Amy falava do restaurante cinco estrelas em que sua família comera depois de um longo dia esquiando; as pessoas em Harvard falavam sobre ficar sob um clima de zero grau esperando que os aquecedores a carvão esquentassem, como se suas famílias nunca tivessem vivido em ambientes totalmente climatizados. Nate também esquiara. Passou um fim de semana com um grupo de garotos da sua sinagoga, em uma montanha estéril na Pensilvânia que também era uma mina abandonada. A viagem foi chamada *Shabbaton*. Ficaram em um Holiday Inn e comeram no Denny's do outro lado do estacionamento.

Nate nunca havia se considerado um desfavorecido. Seus pais eram imigrantes, mas o tipo com bons empregos. Trabalhavam para empreiteiros na área de segurança nacional. Ele cresceu em uma casa com um gramado e um balanço de metal ao fundo. Frequentou uma escola particular, embora religiosa, onde recebeu uma excelente educação. Seus pais tinham pós-graduação (mestres em engenharia na Universidade Politécnica de Bucareste, em vez de, digamos, doutores em história da arte por Yale). Desde pequeno, Nate discutia atualidades na mesa de jantar; em família, assistiam a *60 Minutes* e *Jeopardy!*. Aparentemente, no entanto, alguns pais liam o *New York Review of Books* e bebiam martínis. Com o tempo, Nate aprenderia a distinguir melhor as casas de seus colegas de classe mais sofisticados – o velho "branco, anglo-saxão e protestante" *versus* intelectuais acadêmicos (judeus ou gentios) –, mas nas primeiras semanas de aula parecia que todos eles, desde os filhos de conhecidos agitadores de esquerda até a prole de titãs industriais antissindicatos, falavam a mesma língua. Parecia assim porque era verdade. (Muitos deles frequentaram as mesmas pré-escolas.) No fundo, esses grupos eram como os Capuleto e os Montecchio. Quaisquer que fossem as diferenças, eram ambas as famílias ricas de Verona. A família de Nate era da Romênia.

Antes de chegar a Harvard, Nate lera *Guerra e Paz* e *Ulisses* para sua própria formação, só que mais importante era o fato de nunca ter ouvido falar da J. Press – então não podia zombar (depois de um tempo, descobriu que era uma loja de roupas). Ele tinha apenas uma vaga familiaridade com o *New Yorker* e nem ideia do quanto era fácil transformar uma maçã em um dispositivo para fumar maconha. Nate fora capitão da equipe de trívia do ensino médio. Sabia muitas coisas – por exemplo, a capital de cada país africano, assim como o nome de cada nação quando colônia, e podia enumerar em ordem alfabética –, mas não o tipo de coisas que fazia uma pessoa ser popular em Harvard no outono de 1995.

Então ele estava mais do que feliz em ser orientado nesses assuntos por seu colega de quarto, Will McDormand. O bisavô de Will fora um executivo da ferrovia importante o bastante para ser desprezado por Eugene Debs em pessoa. Depois de vários dias esforçando-se para puxar papo nas atividades de orientação, Nate ficou boquiaberto com a fila de "caras" que saíam para beber com Will. Apesar de tomarem latas e mais latas de Miller Lite e provocarem uns aos outros por causa da garota cheia de espinhas que liberara seus favores no colégio interno, eram claramente o tipo de rapazes que apertavam as mãos com firmeza, faziam as velhinhas corarem e darem risadinhas e expressavam as condolências de modo apropriado nos funerais (antes de fugirem para a área deserta do cemitério e fumar um pouco de maconha). Usavam expressões de leve ironia e sua conversa se esquivava habilmente de todos os assuntos sérios, intelectuais ou sentimentais. Quando Nate falou qual era o curso que desejava fazer, um silêncio constrangedor se abateu sobre a sala.

Nate acreditava apaixonadamente na igualdade dos homens, desdenhava dos privilégios hereditários e lamentava, por motivos ideológicos, as falhas das revoluções francesa e russa; da mesma forma, durante seus primeiros dias em Harvard, cada vez que alguém batia na porta ele saltava do sofá com grande expectativa. Tentava descobrir qual novo integrante era sobrinho de um membro do governo e qual era neto de um economista ganhador do prêmio Nobel, detalhes que Will lhe dava com uma indiferença que Nate tentava imitar em suas respostas. (Imagine quanto um sequestrador poderia levar pelo resgate se assaltasse aquela sala cheia de caras assistindo a um jogo do Red Sox com o som desligado enquanto o Smashing Pumpkins tocava no estéreo de Will!) Will preferia Nate aos outros dois colegas de classe – Sanjay ("Jay") Bannerjee, um rapaz afável mas um pouco difícil de Kansas City, que tentava mas não conseguia disfarçar a ansiedade por beber cerveja, e Justin Castlemeyer, um jovem republicano de uma cidadezinha da Carolina do Norte. Will tratava os dois com uma *noblesse oblige* que, conforme o semestre progredia, ficava cada vez mais afetada. Mas ele achava que Nate era "histérico". Gostava quando Nate dizia "coisas inteligentes" enquanto servia rodadas de vodca, tequila, Jägermeister, licor de pêssego ou o que quer que tivesse à mão. Will gostava especialmente de escutar Nate recitar os nomes coloniais dos países africanos.

– Você é como um brinquedo de corda! – ele exclamava. – De novo! De novo!

Levou muito tempo para Nate perceber que "obrigado" não era a única resposta possível à oferta de amizade de Will. Durante grande parte do primeiro ano, Nate encontrou-se entre os amigos dele, cobiçando garotas surpreendentemente vazias, que, embora tivessem energia suficiente para expedições em barcos à vela e finais de semana no campo, e embora tivessem *entrado em Harvard*, recuavam diante não só de qualquer conversa abstrata mas de qualquer forma de cultura não relacionada à bebida ou à vida ao ar livre (incluindo filmes com legendas e qualquer coisa que envolvesse "performance"). De vez em quando uma dessas garotas saudáveis e bronzeadas sussurrava só para Nate, em particular, referências às histórias românticas que lera certa vez em uma casa de veraneio, deixadas para trás por um convidado chato qualquer. Então, era evidente que elas *sabiam* ler. Nate estava ciente de que havia outros tipos de garotas no campus, mas essas garotas, as que saíam com Will – muitas delas colegas do colégio interno ou filhas de famílias amigas, ou garotas cujas famílias passavam o verão nas proximidades há tanto tempo, que eram "como primas" –, essas pareciam ser "as melhores", aquelas que realmente pertenciam ao lugar.

Outras colegas de classe estavam arruinadas para Nate depois que Will havia tirado sarro delas. Garotas que gostavam de teatro eram "teatrésbicas", ativistas eram "sem-tetas", e pretensas jornalistas do campus eram "vagingadoras". Quando Nate passava algum tempo com outras pessoas, Will parecia ameaçado. Pelo menos era como a psicologia popular ensinava Nate a interpretar o comportamento do amigo. (Anos mais tarde, Nate concluiria que Will era simplesmente um idiota.)

– Vai sair com os feiosos esta noite? – perguntava ele. – Se é isso que você curte, tudo bem, mas quando ficar cansado dos broxas e dos cães raivosos, vá para o quarto de Molly. Vamos fazer alguns jogos com bebidas... ou então discutir a dicotomia mente-corpo.

Como se Nate tivesse ido para Harvard para jogos com bebidas! Mesmo assim, inevitavelmente, ele acabaria se esgueirando para fora de um dormitório onde um grupo assistia à série *Mystery Science Theatre 3000* ou a um filme de Godard e indo para o quarto de Molly. Lá ele jogaria com garotas já bêbadas que o chamavam de "fofo" e perguntavam com vozes risonhas e arrastadas se Will estava saindo com alguém e se era realmente tão bom jogador quanto ouviram falar. (Nate não sabia dizer se a resposta que esperavam ouvir era sim ou não.)

Foi só na metade do segundo ano que Nate ficou completamente cansado do mundo de Will. Era tarde demais. Ele não tinha muitos outros amigos. Algumas vezes saía com seu antigo companheiro de quarto, Jay, mas praticamente afastara todas as pessoas agradáveis e atenciosas de quem talvez tenha gostado por um momento no primeiro ano, mais ou menos, trocando-as por Will. Quando ele saía com outras pessoas, com outros tipos de pessoas, por causa de uma ou outra atividade extracurricular, não conseguia parar de pensar segundo as regras de Will. Cada vez que via uma garota de calças justas coloridas, não importava o quão bonita ou poética fosse, ele pensava em "teatrésbicas" e ouvia sons de vaias ao fundo. E os agradáveis passeios dos garotos, com idas ao cinema ou em palestras no campus e depois até uma cafeteria ou um jantar, eram coisas deprimentemente maçantes não regadas a álcool. Muitos desses ferozes debatedores e ardorosos editores de jornais bebiam muito café e, em vozes que ficavam estridentes em momentos de grande tensão, discutiam as implicações alegóricas de *Seinfeld*.

Foi quando Nate começou, realmente, a ler. Era como se toda a leitura feita no ensino médio tivesse sido corrompida. Uma parte dele desejava impressionar, alcançar uma sofisticação que pensava que lhe seria útil – socialmente – na faculdade. (Rá.) Na primavera do segundo ano, ele começou a ler febrilmente em sua solidão, solidão que começava a temer ser permanente. Afinal de contas, se ele, se alguém como *ele*, não era feliz na faculdade, onde e quando seria? Seu desapontamento e isolamento o tornaram amargo, e ele julgava o mundo ao seu redor com dureza, com a generalidade dos neuróticos. Exceto pessoas como Will, que já tinham privilégios o suficiente para se dar ao luxo de considerá-los garantidos, seus colegas de classe lutavam cegamente para escalar os degraus da meritocracia, como se suas vidas não fossem nada mais do que a preparação para a faculdade de administração ou de direito – ou, se fossem "criativos", para serem roteiristas em Hollywood. Só quando lia, ou uma vez ou outra nas discussões em classe ou durante as horas nas salas dos professores, Nate sentia algum indício de esperança. Talvez sua personalidade não estivesse tão malformada, uma vez que ele pelo menos encontrava afinidade em algum lugar, mesmo que fosse nas palavras de homens há muito mortos. Ou na sala de aula, que todo mundo sabia que era a parte menos importante da faculdade.

Na metade do terceiro ano, ele conheceu Kristen. Fizeram um seminário de ciências políticas juntos. Pelos comentários que ela fazia em sala de aula, Nate percebeu que ela era muito inteligente. Também era bonita, com o ar saudável e atlético comum às amigas de Will. Ela tinha o tipo de confiança tranquila que vem da fé em sua sólida autodisciplina e rápido bom senso. Nate e ela muitas vezes ficavam no mesmo lado nas discussões. Logo trocavam sorrisos sempre que um colega de classe particularmente bobo falava. Começaram a sair juntos da sala e descobriram que vinham de condições igualmente modestas. Criada na Nova Inglaterra, Kristen parecia intrigada com os pais imigrantes dele. Ela ria de suas piadas. Mesmo assim, quando finalmente reuniu coragem para convidá-la para sair, Nate esperava que ela fosse recusar – do nada mencionar um namorado em Hanover ou em Williamstown, um lesbianismo latente ou um voto de castidade que seria mantido até a implementação do plano de saúde universal. Mas... Kristen disse sim. Ela rompera havia pouco tempo com o namorado (em Providence).

Kristen queria fazer medicina e tinha um coração imenso. Era o tipo de garota que passava as férias de inverno participando de projetos da Habitat para a Humanidade em uma floresta em Honduras, mas também era teimosa e mordaz, propensa a um desdém fulminante em relação à tolice ou à insensatez que era ao mesmo tempo atraente e levemente intimidante. As pessoas instintivamente queriam a aprovação dela. Entre o ar autoritário e a boa aparência bronzeada, Kristen era, no julgamento cruel do mundo, um achado para Nate, muitos degraus acima dele na hierarquia social da universidade. Nate concordava com o mundo, sem reservas: sentia-se extremamente sortudo. Kristen não compartilhava o amor dele pela literatura, mas, bem, isso parecia algo irrelevante, como insistir que sua namorada compartilhasse sua preferência por Pepsi em vez de Coca-Cola. Não era como se ela estivesse disposta a sair apenas com estudantes de biologia.

Mais ou menos na mesma época em que conheceu Kristen, Nate conheceu Jason em uma aula de teoria literária, e foi Jason que o apresentou a Peter. De certo modo era de se esperar que Nate sentisse uma conexão mais forte com o pensativo Peter. Mas três eram melhor do que dois. Havia algo de terrivelmente ansioso em dois caras tomando uísque, falando infinitamente noite adentro sobre livros e o desvio da nação para a direita financiado pelas corporações e se era justo dizer que o marxismo fora testado ou não porque o comunismo no estilo soviético era uma perversão sem tamanho. Jason, enquanto terceiro elemento, melhorava a dinâmica. Sua fanfarronice alegre dissipava a timidez de Nate e Peter e dava às saídas deles o aval social de uma noite com os caras.

No último ano da faculdade, alternando seu tempo entre Jason-e-Peter e Kristen, Nate estava feliz. Muitos anos depois daquilo ele ainda se perguntava se era o máximo de felicidade que sentiria na vida. Tudo era tão novo – a namorada e os amigos. E ele havia esperado tanto por ambos. Depois da graduação, ele seguiu Kristen para a Filadélfia, onde ela começou o curso de medicina e ele escrevia textos como freelancer para uma revista de centro-esquerda em Washington. Sentia falta de Jason, que fora fazer o doutorado em estudos americanos em Yale. Em casa, sozinho, fazendo os freelances, Nate se sentia isolado. Talvez esperasse muito de Kristen. Ela tinha um jeito diferente de ser e, além disso, estava ocupada e cansada. O curso de medicina ocupava toda sua mente e sua vida social.

Com o tempo, Nate começou a ficar frustrado pela falta de sensibilidade literária dela, pela absoluta praticidade de sua inteligência, e também por certa retidão ou "conservadorismo" da parte dela – em outras palavras, pela essência de Kristen que antes ele reverenciava. Começou a visitar Jason em Nova York com cada vez mais frequência. Começou a notar que havia mulheres que se vestiam de um jeito diferente, que usavam óculos elegantes, botas de salto alto sexys e cabelos bacanas que faziam os rabos de cavalo de Kristen parecerem sem graça. Muitas dessas mulheres liam Svevo ou Bernhard no metrô. Em casa, ele lia partes de Proust para Kristen, e ela ficava com aquele ar embaraçado, como se a completa extravagância de Proust fosse moralmente questionável, como se existissem crianças na África que fariam um uso melhor daquele excesso de palavras. Kristen também parecia desaprovar o estilo de vida de Nate, confinado em casa em um nível visceral, quase calvinista, que ela não conseguia justificar por nenhum de seus princípios fundamentais. (Na teoria, ela era devotada aos pobres e necessitados.)

Mas a animosidade se acumulava tão lentamente que por muito tempo Nate praticamente não percebeu. Ficou chocado de verdade quando Jason lançou a ideia de que o relacionamento fosse menos do que perfeitamente feliz:

– Não sei – disse ele. – É só o que parece quando você fala dela... é tipo: "Kristen, suspiro, isso", "Kristen, suspiro, aquilo".

Nate ficara tão zangado que tudo o que conseguiu fazer foi não sair do bar. Não importava que nas últimas 24 horas ele várias vezes acusara Kristen em silêncio de ser hipócrita e de ter uma mente estreita. Não importava que segundos antes de Jason falar aquilo, ele imaginara a garçonete de estilo gótico dando em cima dele.

Naquela primavera, Kristen inscreveu os dois como guias de cegos na corrida de cinco quilômetros em Fairmont Park. Na manhã da corrida, Nate queria ficar na cama, ler e talvez, *talvez*, tomar um ou dois Bloody Mary mais tarde, enquanto lia mais um pouco em um bar durante um jogo qualquer.

– Por que tudo sempre tem que ser tão saudável, ensolarado e benemérito? – perguntou ele.

Nate não estava gritando, mas quase.

Kristen estava sentada na cadeira da escrivaninha, com o corpo dobrado ao meio enquanto calçava os tênis. Olhou para Nate não com preocupação, mas com uma surpresa que rapidamente se transformou em aborrecimento. Então voltou a se ocupar dos sapatos. Isso o irritou ainda mais.

– Não sou o maldito Jimmy Stewart – disse ele, misturando *Poliana* e *A felicidade não se compra*.

Um espasmo de irritação – um total desprezo, na verdade – cruzou o rosto de Kristen.

– Se quer ficar sentado de cuecas o dia todo, vá em frente – disse ela. – Eu pego uma cerveja na geladeira para você, se é o que quer.

Nate trouxera o notebook para a cama. Agora ele fechava o computador e olhava para a parede atrás da cabeça de Kristen.

– Não foi o que eu quis dizer.

Kristen começou a prender o cabelo em um rabo de cavalo.

– Vou para a corrida agora – ela disse naquela voz de médica que estava treinando: neutra, distante e empática, mas fria. – Acho que devia ir também, porque você disse que iria, e estão contando com você. Mas a decisão é sua.

É claro que Nate se desculpou. É claro que começou a se arrumar. Mas a verdade é que ainda desejava não ter que ir. Sentia que tinha sim alguma razão, mesmo que estivesse claramente errado porque havia prometido ir, porque seria um saco ser cego e porque tinha a sorte de ter sido abençoado com o dom da visão.

Depois daquilo, as brigas entre eles começaram a parecer mais como julgamentos sublimados da personalidade do outro. Por um tempo, cada briga era seguida – do lado de Nate, pelo menos – por uma violenta contrarreação interna. Ele se sentia mal com o precipício para onde seus pensamentos ressentidos pareciam levá-lo. Queria voltar atrás, retratar-se, mesmo em sua mente, por suas críticas em relação a Kristen e restaurar o *status quo* mental (Kristen era a melhor, ele a adorava) que lhe servira tão bem por tanto tempo. Mas, conforme as brigas continuavam, sua vontade subsequente de retroceder começava a diminuir. Enquanto isso, Kristen se interessava cada vez mais em passar o tempo com seus colegas de classe. Nate descobriu que estava aliviado em ser deixado em paz. Logo perceberam que haviam "dado um tempo".

O rompimento foi muito amigável – era como se, ao concordarem em se separar, suas frustrações um com o outro encolhessem até dimensões manejáveis –, e embora Nate ficasse um pouco surpreso em ver o quão rápido depois disso ela ficou com um dos colegas de classe do curso de medicina, não havia alguém que ele respeitasse mais do que Kristen por seu jeito bom, resoluto, de cidadã de bem.

Nate se mudou para Nova York. Tinha altas expectativas tanto para a vida profissional quanto para a amorosa. O surto de crescimento que tanto esperara nunca aconteceu, mas ele ganhara corpo. Suas proporções se harmonizaram. Também sentia como se tivesse sido vetado e que o selo de aprovação de Kristen seria transmitido, por meio de algum novo ar de autoconfiança, para todas as outras garotas bonitas. Afinal de contas, quando ele ainda estava namorando e, digamos, trocou um olhar com uma garota no metrô, pareceu que se não fosse pela existência de Kristen ele e a atraente desconhecida teriam saído juntos do trem e ido até um bar para um chope e uma conversa inteligente e superanimada. Uma vez solteiro, no entanto, Nate rapidamente ficou ciente da vasta e complicada cadeia de eventos que é necessária antes que um olhar se transforme em uma conversa ou um número de telefone, quanto mais em chopes. Acontece que muitas daquelas garotas bonitas que brilhavam tão promiscuamente no metrô tinham namorados esperando por elas na estação. Pelo menos era o que elas diziam.

Quando conseguia marcar um encontro com uma garota que conhecera na rua, ele geralmente tinha uma série de surpresas. Sim, aquelas garotas com óculos quadrados lendo Svevo, Bernhard ou, o mais comum, Dave Eggers (Nate tinha que admitir que, de fato, Svevo e Bernhard sempre foram autores muito mais raros de se encontrar, mesmo nos trens da linha F), eram, como categoria geral, muito atraentes. E quando a soma total do conhecimento de Nate sobre essas mulheres era o que ele adquiria pela roupa, postura, material de leitura e expressão facial delas, tornava-se fácil para ele preencher as lacunas. Elas não seriam veganas, e sem gatos (ou com um único gato), de inclinações à esquerda, sãs e críticas das inadequações do sistema educacional norte-americano sem encarná-los pessoalmente. Ele foi extremamente ingênuo.

Foi mais ou menos nessa época que ele começou a entender o que significava o termo *baixa autoestima*, algo com que achava se identificar intuitivamente. Mas o que ele havia experimentado não tinha nada a ver com o hábito de ser maltratado por algumas das garotas que conheceu no primeiro ano em Nova York. Ele saiu com uma garota chamada Justine, uma aluna da Pratt que vivia em um estúdio minúsculo na Bed-Stuy com um poodle chamado Pierre e uma gata chamada Debbie Gibson. Várias noites depois que Nate gentilmente sugerira que eles talvez não tivessem futuro juntos, ela ligou para o celular dele.

– Pensei que talvez quisesse vir até aqui – disse ela.

Eram duas da madrugada. Nate disse que era melhor não.

– Acho... bem, não tenho certeza se esqueci minha ex.

Embora Kristen lhe tivesse dito que seu novo namorado estava de mudança para o apartamento que costumavam dividir, e embora ele tivesse ficado, hum, *surpreso* com a rapidez com que isso acontecera, o que disse para Justine não era, estritamente falando, verdade. Ele não estava ligado em Kristen. Mas foi o melhor que conseguiu pensar na hora.

Justine começou a chorar.

– Acho que Noah estava certo.

Noah era o ex *dela*. Aparentemente, ele dissera que ela precisava colocar silicone nos seios para que algum cara quisesse ficar com ela. Obrigado a provar que este príncipe encantado estava errado, Nate disse que estaria lá em vinte minutos.

Mas se sentiu envergonhado no dia seguinte. O que importam óculos quadrados e tatuagens ousadas se pertenciam a uma garota que sugeria, em um tom de voz resignado de partir o coração, que talvez ele pudesse gostar de transar com ela assistindo a pornô "porque era como Noah gostava"? (Nate se perguntava como Noah se sentia ao ver a silhueta de pelos enrolados de Pierre, o poodle, passando por ali durante as cenas de espancamento e penetração anal enquanto o cão mal-humorado perseguia Debbie Gibson pelo quarto.) Nate se sentia mal por Justine – porque ela crescera em um subúrbio infinitamente mais deprimente do que o dele; porque sua mãe repetidas vezes escolheu "o babaca" (o padrasto) em vez dela; porque, apesar de ter cursado escola de artes, ela esperava com tristeza ser garçonete ou secretária a vida toda ("Não conheço as pessoas certas"); e porque caras como Noah e como o próprio Nate se aproveitavam dela. Mas pena não podia ser transformada em sentimento romântico, e Nate sabia que a melhor coisa que podia fazer por Justine era parar de vê-la.

Além disso, ele tinha seus próprios problemas. Insatisfeito com a edição feita em um de seus artigos, ele – em um momento de melindre ou de princípios, dependendo do ponto de vista – jurara nunca mais escrever para a revista de centro-esquerda que fora sua principal fonte de renda e de credibilidade. Esta decisão tivera consequências desastrosas para sua carreira e suas finanças.

Quando se mudou para Nova York, tinha certa noção de que havia ralado muito durante os anos na Filadélfia. Agora ele percebia que isso não era verdade, e era até mesmo risível. Mesmo com as conexões de Jason nas melhores revistas masculinas, Nate estava com dificuldades para conseguir trabalho em Nova York. Aceitou um trabalho temporário que se tornou definitivo, um emprego por tempo indeterminado na biblioteca de uma empresa de capital privado, com a intenção de escrever à noite. O emprego era tão desmoralizante que ele se acabava de beber nas horas livres. Foi um péssimo ano (quase dois, na verdade). Seus pais tão zelosos, que imigraram para uma terra desconhecida pensando em seu bem-estar e cujos trabalhos não criativos e não exatamente recompensadores garantiram sua educação liberal, estavam decepcionados, o que era compreensível. Queriam que ele tivesse um emprego de verdade ou fizesse uma pós-graduação. Nate, no entanto, estava determinado a viver da escrita.

Olhando para trás, ele tinha orgulho de ter "perseverado", o que significava não ter ido para a faculdade de direito. Mudou-se para um apartamento mais barato, o que lhe permitiu deixar o emprego na empresa para viver com uma renda menor de trabalhos temporários e revisões freelance para uma empresa de advocacia. Ele trabalhava em textos de ficção, em artigos arrojados e em críticas de livros, conseguindo trabalhos aqui e ali. Sua voz crítica melhorava. Começou a ter mais trabalhos. Ao se aproximar dos trinta anos, era evidente que conseguira construir uma carreira de verdade como escritor freelancer. O feito foi coroado quando uma importante revista on-line lhe ofereceu um emprego fixo como crítico de livros.

Nessa época, ele praticamente parara de pegar garotas nos bares (muito menos no metrô), pois aprendera que tinha mais chance de conhecer alguém com quem pudesse ter uma conversa se marcasse encontros com mulheres que conhecia em festas do ramo editorial – assistentes editoriais, editoras assistentes, publicitárias, até mesmo estagiárias. Nem todas eram brilhantes, mas as chances de que tivessem um ex-namorado chamado Noah que lhes dissera para botar silicone eram menores. Elas nunca conheceram alguém como Noah, não em um contexto romântico pelo menos, não em Wesleyan, Oberlin ou Barnard. E se não tinham lido Svevo ou Bernhard – e, vamos encarar, a maioria não lera –, pelo menos sabiam quem eram. ("*A consciência de Zeno*, certo? Não é James Wood que, tipo, ama este livro?")

Essas mulheres estavam gostando cada vez mais dele, o que lhe era bem conveniente. As mulheres bem-cuidadas, vestidas elegantemente, e muito bem-instruídas do mundo editorial achavam-no atraente. Quanto mais sua assinatura aparecia, mais atraente elas o achavam. Não era que fossem alpinistas sociais, mas começavam a vê-lo sob uma luz que o favorecia, as mesmas luzes sob as quais ele começava a se ver. Não era subempregado nem completamente falido – pelo menos não exclusivamente. Também era um intelectual literário jovem e em ascensão.

Nate sentia-se não apenas feliz mas consagrado pela reviravolta na sua sorte, como se uma discussão interminável por fim tivesse lhe dado razão. Sua impopularidade, ainda que persistente, nunca lhe parecera muito certa. Não era e nunca havia sido um cara nervoso, ou um coitadinho; seu interesse em ficção científica, que nunca havia sido muito forte, chegou ao auge aos treze anos. Ele sempre foi uma pessoa muito solícita e agradável, segundo seus próprios padrões.

Ele soube que finalmente chegaria lá quando começou a sair com Elisa, a Bela. Não muito tempo depois, começou a fazer um rápido progresso no livro com o qual conquistou um adiantamento de seis dígitos de uma grande editora, impulsionando tanto sua reputação profissional quanto sua popularidade pessoal. As coisas finalmente haviam se arranjado.

Capítulo 3

O bloco de texto que aparecia na tela do computador era opressivamente denso. Nate estendeu a mão para pegar a caneca de café antes de começar a ler.

O e-mail era de Hannah, aquela do jantar na casa de Elisa.

"Eu estava me perguntando", ela escrevera. "Na outra noite você disse que a indiferença ao sofrimento que era comum na época de Dickens ainda existe. Só ficamos melhores em manter isso à distância. Mas naquela época coisas como trabalho infantil eram toleradas de uma maneira que não são agora. Hoje em dia são ilegais, na verdade. Isso não importa?" Ela continuava nesta toada por mais alguns parágrafos antes de terminar com um recado amigável. "Eu me diverti muito na outra noite. Foi legal conversar com você."

A caneca de café de Nate continha Coca-Cola já sem gás. Não era o que preferia tomar logo de manhã cedo, mas ele não tinha os recursos para fazer café, em parte porque não tivera recursos para fazer café durante tantas manhãs consecutivas que tinha medo de encarar as culturas vivas que colonizavam sua cafeteira.

Depois de ler o e-mail de Hannah, ele largou a caneca. O impacto na escrivaninha fez uma pilha de livros balançar. Quando Nate estendeu a mão para firmá-la, o grampeador que estava no alto da pilha ao lado escorregou, caindo nas costas de sua mão estendida. Ele gritou.

Vários minutos se passaram antes que voltasse a clicar na mensagem de Hannah. Franziu o cenho e leu novamente. Sóbrio, na luz do dia, sentia-se estranhamente hesitante em investir naquele contato. A razão para isso não era clara.

Por outro lado, estava desperto o bastante para começar a escrever seu ensaio sobre a mercantilização da consciência. E não tinha mais nada em particular para fazer. Quando estava trabalhando no seu livro, sempre tinha algo para cumprir. Mesmo quando não estava escrevendo material novo, sempre podia retomar o texto e mexer em frases já escritas. Agora que o livro estava nas mãos do editor, sentia falta disso.

Clicou em RESPONDER. "Não é verdade, no entanto", seus dedos tamborilavam no teclado com um som agradável de produtividade, "que somos tão gananciosos, se não mais, do que as pessoas naquela época? Queremos vidas confortáveis, e se não temos criados, temos dispositivos feitos na China que economizam trabalho. Só que agora queremos nos sentir bem com isso também. Então nos asseguramos de que a exploração ocorra longe da vista. A China é o lugar ideal."

Depois de clicar em ENVIAR, Nate verificou se tinha novos e-mails. Esperava algo de Peter, que se mudara de New Haven para o Maine havia pouco tempo por causa de um trabalho acadêmico. Mas, não, nada.

Ele se levantou e olhou pela janela. A rua estava vazia, as árvores que se alinhavam nas calçadas eram baixas e espigadas, as folhas esparsas até no auge da primavera. Haviam sido plantadas há anos, como parte de um projeto de revitalização urbana, e tinham aquela aparência triste, fracassada, como se ninguém além de funcionários públicos ligasse para elas. Talvez não fossem a espécie adequada para o local, ou simplesmente exemplares ruins de cada tipo. Os moradores ricos de, digamos, Park Slope, um bairro melhor, teriam impedido que a cidade plantasse essas mudas retorcidas e desnutridas em suas ruas. O pessoal de Park Slope provavelmente importava suas próprias árvores exuberantes, verdejantes, talvez até frutíferas.

O cheiro de bacon veio pela janela. Nate se perguntou se deixara passar algo na última vez em que revirou o armário em busca de comida.

Enquanto seguia até a cozinha, suas meias grudavam nas tábuas de madeira do chão. Gotas de café, datadas de uma época anterior à renúncia da cafeteira, tinham secado, transformando o chão em uma faixa de papel pega-mosca para poeira, recibos amassados e disquinhos de papel caídos do furador.

Ele deu uma olhada na geladeira, procurando não sabia o quê. Uma refeição pronta de ovos Benedict e uma xícara de café forte seria bom. Até parece. Nem mesmo uma caixa de arroz do *delivery* de seu restaurante chinês favorito, cujo slogan era *VOCÊ sempre vai encontrar delícias*. Ele colocou o resto da Coca-Cola na caneca e jogou fora a garrafa. Um cheiro rançoso subiu da lata de lixo. Ele fechou a tampa.

No outro cômodo, o computador apitou. Nate voltou correndo para sua mesa.

"Mesmo assim", Hannah escrevera, "não importa que as formas de exploração que eram toleradas abertamente no passado foram varridas para debaixo do tapete? Isso não diz sobre como nossa concepção do que é aceitável mudou?"

Ela tinha razão. Nate recostou-se em sua cadeira. Não era um argumento definitivo, mas algo que ele teria que abordar no ensaio. Será que talvez, conforme nos tornamos mais ambiciosos eticamente, temos mais incentivos para esconder nossas falhas de nós mesmos? Ele rabiscou "Rawls" em um Post-It e colou na tela do notebook.

Então começou a analisar mais atentamente as implicações pessoais daqueles e-mails. Por que se sentia tão desconfiado?

Havia Elisa. Ele não achava que se meter com uma das amigas dela acabaria bem, e Hannah estivera no jantar. Mesmo assim, não dava para saber se elas eram muito amigas. Ele nunca ouvira Elisa falar nela. E Hannah era mais velha, tinha pelo menos trinta anos, mais perto da idade dele do que da de Elisa. E parecia, bem, diferente de Elisa, mais madura ou algo assim. Não parecia provável que fossem superamigas.

Não, algo além de Elisa o impedia de prosseguir. Nate fechou os olhos e imaginou Hannah olhando para trás na porta da cozinha de Elisa. Tinha uma boa aparência, meio impressionante e atraente em certos momentos, quando parecia animada, mas havia algo nas linhas austeras de suas sobrancelhas e nas feições angulosas que não era exatamente bonito. E ainda que tivesse um belo corpo, era muito alta e tinha um pouco daquela qualidade dos atores cômicos, membros soltos, meio pateta, envergonhada e bem-humorada, mas talvez também um pouco assexuada.

Se Hannah tivesse uma sensualidade mais óbvia, ele tinha certeza de que teria pensado mais nela depois daquela noite, quando era a única mulher presente que poderia ser uma candidata viável para seu interesse. Isso tinha que significar alguma coisa, embora Nate não soubesse muito bem o quê. Quando era mais jovem, ele imaginava que quando crescesse se tornaria cada vez menos superficial, e a aparência das mulheres não importaria tanto. Agora que era mais ou menos crescido, percebeu que isso não aconteceria. Ele nem era tão superficial assim. Muitos de seus amigos eram muito mais frios e calculistas em suas atitudes em relação à aparência das mulheres, como se os sentimentos de ternura que motivavam as paixonites na adolescência tivessem acabado. Em seu lugar surgiu o olho frio de um apreciador experiente, que antes de qualquer coisa sabia como calcular o valor de mercado.

A atração física o levara direto para as camas de Elisa e Juliet. Isso não era exatamente uma prova de sabedoria. Já com Kristen houve um breve período, antes de se falarem, em que ele a achava um pouco sem graça, tímida e com um jeito puritano. Mais tarde, quando Kristen tornou-se perturbadoramente bela para ele, era difícil acreditar em como havia sido dura sua avaliação inicial.

O problema, ele percebeu, não era a aparência de Hannah.

Nate voltou para a janela, abrindo totalmente as cortinas e voltando os olhos semicerrados para o céu branco leitoso. O problema era que ele não estava interessado no tipo de relacionamento que tivera com Kristen.

Pensou em Juliet, no olhar em seu rosto no outro dia, bem antes que desse as costas para ele. Então, depois, em Elisa. *Jesus.* Quando os outros foram embora, ela tentou beijá-lo.

– Não acho que seja uma boa ideia para nenhum de nós – disse ele, esquivando-se.

Ela ficou chateada. Se estava envergonhada ou zangada, ele não sabia. Mas ele estava. Não acreditava que ela queria fazê-los passar por isso *de novo.* Enquanto ela chorava e resgatava antigas queixas que Nate achava estarem enterradas, ele tomou o resto do vinho e então partiu para uma garrafa de vodca comprada há décadas que ainda repousava no fundo da geladeira dela. Uma hora mais tarde, ela ainda continuava. Nesse ponto ele estava tão zangado que ficou tentado a fodê-la – só para fazê-la se calar. Mas não fez isso. Ele tinha contribuído para criar esta situação e sabia disso. Depois de um tempo, os dois se acalmaram, e ele a persuadiu a ir para a cama.

– Só para que saiba, não era só pelo sexo – disse ela sob as cobertas. Ele estava recostado na porta do quarto, prestes a sair. – Eu só queria me sentir abraçada – disse ela. – Queria, por um instante, não me sentir sozinha. Entende?

– Entendo – respondeu ele. Enquanto pegava sua bolsa carteiro e fechava a porta do apartamento, ele também sentiu vontade de chorar.

Ao contrário do que essas mulheres pareciam pensar, ele não era indiferente à infelicidade delas. Ainda que passasse a impressão, contra sua vontade, de provocar isso.

Quando tinha 25 anos, para onde se virasse via uma mulher que ou já tinha namorado ou então não queria compromisso. Algumas estavam dando um tempo dos homens para dar uma chance às mulheres ou ao celibato. Outras estavam ocupadas estudando para entrar na pós-graduação ou planejando longas viagens a ashrams indianos ou em turnês pelo país com bandas de rock só de mulheres. As que tinham namorado não estavam muito aí para o relacionamento e pareciam trair com frequência (o que algumas vezes atuava a seu favor). Mas aos trinta anos tudo era diferente. O mundo parecia povoado em níveis alarmantes por mulheres que não se preocupavam mais tanto com suas carreiras, em ascensão ou decaindo. Não importava o que dissessem, na prática pareciam não ligar muito para outras coisas além de relacionamentos.

O sol surgiu de trás das nuvens. Uma gota de suor escorreu pelo pescoço de Nate e foi absorvida pelo tecido flexível de sua camiseta. Enquanto tirava a camiseta e a jogava no chão, ocorreu-lhe que talvez Hannah quisesse apenas ser sua amiga. Será que estava sendo presunçoso?

Ele voltou para o computador e apertou a barra de espaço. Quando o monitor voltou à vida, ele analisou os e-mails de Hannah novamente.

Dickens isso, trabalho infantil aquilo. Mesmo que não estivesse se oferecendo descaradamente para chupar seu pau, em certo sentido, estava fazendo exatamente isso. Dava para ver no cuidado dela, na simpatia calculada, mesmo quando discordava dele, no tamanho exagerado daquela primeira mensagem. Esses e-mails eram convites para ele chamá-la para sair. Se ele entrasse nessa, cedo ou tarde seu pau acabaria na boca dela.

Para surpresa de Nate, a ideia de Hannah se abaixando diante dele causou uma leve agitação em sua virilha. Interessante. Vestindo apenas uma boxer cinza, ele girou a cadeira, afastando-a da mesa, para poder esticar as pernas e imaginar um boquete dela – para propósitos de pesquisa, para determinar seu nível de interesse.

Distraiu-se com uma rachadura sinistra na parede que descia pelo estuque acima de sua cama. Com formato de seta, parecia apontar acusadoramente para a imundície abaixo dela. Partes do colchão negro tipo futon estavam à mostra porque os feios lençóis branco e preto, comprados em uma daquelas "lojas de departamentos" que vendem mercadorias com defeitos em áreas urbanas não muito enobrecidas, eram pequenos demais para o colchão e todas as noites escapavam dos cantos, enrolando-se como uma armadilha aos seus tornozelos. O edredom verde pendia no chão, com um canto dentro de uma caneca abandonada.

Como seu apartamento não tinha sala de estar, o quarto era a área principal. Alguém certa vez lhe dissera que não ter um sofá era uma maneira eficiente de levar as garotas para a cama, mas isso partia do pressuposto que uma garota levada para ali não rejeitaria o lugar imediatamente. Neste momento, seu apartamento estava igual a um corpo humano descuidado, com odores fétidos escapando de fendas sombrias e manchas indisciplinadas brotando aqui e ali. Limpeza não era o forte de Nate, nem ter de chamar alguém para fazer isso para ele. Não era nem que não quisesse desembolsar sessenta ou setenta dólares a cada dois meses. Atormentava sua consciência ver uma senhora latino-americana abaixando-se para limpar seu banheiro; ele adiava isso até que o nível de imundície ficasse intolerável. Quando finalmente vinha, Consuela,

Imelda ou Pilar arregalavam os olhos para ele assustadas, como se uma pessoa que vivesse deste modo provavelmente fosse perigosa. Ele não as culpava. Largado sobre seus próprios detritos, muitas vezes Nate se sentia envergonhado. Quando alguém batia inesperadamente à porta, ele tinha aquela sensação de pânico, como se tivesse que levantar a calça apressadamente, desamarrar a meia-calça do pescoço e esconder a boneca inflável dentro do guarda-roupa.

Depois de um momento, Nate desistiu de sua "investigação". Voltou para a cama, para reunir forças.

Jason lhe diria para foder Hannah, se Nate estivesse a fim. Mas Jason – com o dedo, Nate fez um círculo do tamanho de um prato no ar acima do travesseiro – não era a pessoa certa para consultar sobre esse tipo de coisa. Embora fosse tecnicamente bonito (e oito, nove, centímetros mais alto do que Nate), Jason não tinha o gene que o tornava bom com as mulheres, a coisa que Nate percebera que tinha, mesmo na época em que elas queriam em geral ser suas amigas. Apesar de todo o papo-furado, Jason era certinho, quase escrupuloso, na hora do contato físico. Ele podia interromper um amasso só para dizer à garota que ela devia usar um brilho labial mais eficiente. "O quê?", ele diria, genuinamente perplexo, se você chamasse sua atenção por esse tipo de coisa. A crença de que tinha o direito de ter só do bom e do melhor era tão arraigada nele, que Jason não só sentia nojo das imperfeições mais insignificantes das mulheres, como tinha plena certeza de que sua aversão era sensata. "Como posso ficar com uma garota com uns lábios que parecem lixa?", ele perguntaria. Ok, Jason, tudo bem. Afaste cada garota solteira que lhe dê meia oportunidade. Vá para casa sozinho, assistir a um pornô. *De novo.*

Mesmo assim, Jason aconselhava Nate: "Pare de pensar demais, cara. Você age como uma garota." Nate odiava, realmente odiava, que lhe dissessem que pensava demais. Jason não era o único que dizia isso: os tipos hippies que romantizavam o natural e o "intuitivo" também preferiam sentir a pensar. Mas não pensar era um jeito de dar a alguém uma licença para ser um canalha. Se Nate só consultasse seus "sentimentos", ele comeria Hannah sem levar mais nada em consideração.

Nate inalou várias vezes, bem rápido. Alguma coisa cheirava mal. Não era o apartamento. Era seu suor, almiscarado e animal. Ele saltou da cama. Há um tempo seu estômago sibilava e uivava como uma dupla de gatos no cio. Precisava conseguir algo para comer logo. Um banho era uma boa ideia, pensando no futuro.

Depois ele ficou parado na frente da pia do banheiro, com uma toalha em volta da cintura. No espelho embaçado, seu corpo parecia estar em estado de pânico. Os mamilos formavam "O"s rosados, dos quais os pelos hirsutos em seu peito, apontando para todos os lados, pareciam estar em fuga desenfreada. Ele desenvolvera uma pequena pança que se projetava numa saliência sobre a toalha branca. Suas sobrancelhas, grossas e abundantes como os cabelos da cabeça, precisavam de uma aparada. Elisa o introduzira ao conceito de sobrancelhas aparadas, assim como o introduzira a várias outras inovações estéticas, como meias que não subiam até a metade das panturrilhas. "Como tomates no pé", ela dissera, franzindo o cenho ao ver o anel em sua perna onde as meias acabavam e os pelos pulavam para fora, selvagem, gesticulando com fervor.

No espelho, Nate cerrou o queixo e pressionou os lábios. Com aquela expressão ele parecia um comentarista de TV a cabo pensando na resposta a uma questão espinhosa: quando a Al Qaeda atacará novamente? O Irã tem quantidades suficientes de plutônio para uma arma nuclear? Embora Nate nunca tenha deixado de considerar seu nariz problemático (bulboso e tipo camponês, como o de um monge decadente com um disfarce), sua agente literária, uma decana ousada e alegre da indústria editorial, dissera que ele tinha um rosto fotogênico: inteligente sem ser pedante, atraente mas não a ponto de diminuir sua credibilidade, ela falou alegremente. Este último ponto Nate ouviu com um pouco menos de bom humor do que ela esperava.

Enquanto se vestia, ele olhou de relance para o notebook. Ainda não decidira como responder à Hannah. Enquanto calçava um par de meias marrons, percebeu que um pé tinha um buraco do tamanho de uma moeda perto da costura. Virou o tecido para que o buraco não deixasse seu dedo escapar enquanto caminhava. Então lhe ocorreu: era um homem com um contrato para publicar um livro. Por causa do livro, teve que contratar um contador, uma evolução digna de nota na vida de uma pessoa que durante anos chegara perto de se qualificar para receber ajuda de programas sociais. Outras pessoas, como Jason e Peter, tinham como certa uma visão mais grandiosa sobre o que mereciam. Jason prezava demais seu bem-estar para relegar seu pé a uma meia furada. E Peter, embora fosse um batalhador do mundo acadêmico, provavelmente usava meias de seda costuradas à mão encomendadas especialmente de um antigo fazedor de meias italiano. O pé de Nate não merecia a mesma consideração? Nate arrancou as meias marrons. Pegou outro par na gaveta.

Antes de sair, verificou seus e-mails mais uma vez. Apenas spam de várias pontas de estoque novas. Irritado, minimizou os e-mails, e então surgiu na tela o último site que havia visitado. Uma mulher nua parada com os seios pressionados contra uma parede de tijolos, a bunda empinada para trás enquanto ela se equilibrava na ponta dos pés.

Havia muito tempo – quase dois meses – que não dormia com alguém. Na festa do último fim de semana, ele provavelmente poderia ter passado a noite, ou pelo menos dado uma rapidinha, com uma jovem assistente editorial. Mesmo assim, decidira no último minuto dar o fora dali, ir para casa sozinho. Ele andava perdendo a vontade de fazer qualquer coisa pelo simples medo de lágrimas, lágrimas femininas, futuras lágrimas femininas hipotéticas que poderiam, talvez, quem sabe, surgir. (Nem toda mulher com quem ficava gostava dele!) No meio do amasso, tudo que ele precisava era de um momento fugaz de sobriedade em sua mente para evocar a preocupante e embaraçosa cena que poderia acontecer depois de uma, duas ou três noites, quando ele tentasse escapar do apartamento dela sem se comprometer com um novo encontro, sem encará-la nos olhos porque sabia que ela sabia o que ele estava fazendo. E então o telefonema alguns dias mais tarde, quando, em uma voz deliberadamente alegre, desejando ser otimista, ela por acaso sugeria que podiam combinar de fazer alguma coisa. Segurando o telefone perto do ouvido, Nate se sentiria não apenas mal, mas culpado. Por acaso ele a enganara, parecera um pouco mais interessado do que estava graças a uma combinação de tato, estratégia e falta de vontade, para o bem de ambos, de estragar o momento? Assim que isso acontecesse – assim que sua mente saísse da bebedeira, tateando o presente para contemplar este patético *déjà vu*, induzindo o futuro –, a coisa toda simplesmente ficava... impraticável. *Inacreditável.* Este era Nate, cujas ereções incansáveis no passado o fizeram pensar que fosse um viciado latente em sexo, que poderia acabar na cadeia por se masturbar em um teatro pornô na Flórida. Mas, em vez de acalmar sua mente, sua nova moderação sexual causava um novo tipo de ansiedade. Fazia com que se sentisse um covarde.

Foda-se, ele pensou enquanto pegava a carteira e as chaves do aparador. Talvez devesse ir em frente e comer Hannah, assim como toda garota disponível do Red Hook até Williamsburg. Talvez começasse na cafeteria, com Beth, a garota linda que trabalhava atrás do balcão.

Capítulo 4

A luz era fraca e avermelhada no bar que Hannah escolheu na avenida Myrtle (antigamente conhecida como Murder). A música, um álbum alternativo do início dos anos de 1990 vagamente familiar a Nate, não estava muito alta. Um grande cano exposto corria pelo teto. As mesas eram enfeitadas com luminárias vintage, um toque chique em um lugar que aspirava ser um boteco com ar sombrio, escuro, com cortinas pesadas. Como Jason dizia, você pode reconhecer um boteco de verdade pelos banheiros. Se não federem, o lugar não é um boteco, não importa quanto grafite haja nas paredes.

Hannah chegou alguns minutos depois das oito, desculpando-se pelo atraso.

– Não tenho desculpas – disse ela enquanto se acomodava no banco do bar. – Moro no final da rua.

Nate sentiu um cheiro de xampu de coco.

Enquanto Hannah se decidia entre um Chianti e um Malbec, com a cabeça inclinada, afastando-se da dele, e os lábios ligeiramente franzidos, Nate percebeu que ela parecia muito com uma garota que ele conhecera no ensino médio. Emily Kovans estava no primeiro ano quando ele estava no último. Ele ainda podia visualizar Emily sentada no gramado entre o prédio da escola e a lanchonete. Seus cabelos loiros compridos e sujos, brilhantes como os de Hannah, só que mais claros e menos ruivos, tinham um pedaço de corda trançada neles, e ela usava montes de pulseiras de prata e anéis com pedras coloridas. As sandálias ficavam ao seu lado; os pés pequenos surgiam por sob uma saia florida comprida. Em geral Nate não era atraído por hippies chiques, mas por meses ele nutriu um anseio carinhoso pela pequena Emily Kovans.

Hannah murmurou um agradecimento quando a garçonete trouxe sua taça. Nate perguntou a ela sobre a vizinhança.

– Adoro aqui – disse ela. – É claro, da última vez que meus pais me visitaram, disseram que viram pessoas comprando drogas bem na frente do meu prédio. – Ela sorriu enquanto passava a mão por uma mecha de cabelo macio. – Não são muito discretos nisso.

Nate continuou a observar seu rosto, em busca de traços de Emily. A semelhança ia e vinha, dependendo do ângulo. Depois de um momento, o sorriso de Hannah começou a vacilar. Nate percebeu que era sua vez de dizer alguma coisa.

– Os meus odeiam todo o Brooklyn – ele disse.

Ela inclinou a cabeça.

– Como assim?

Com o polegar e o indicador, Nate girou a taça no balcão.

– Até o filho do quiroprático da minha mãe mora em Manhattan – disse ele. Levantou o olhar para encontrar o de Hannah. – E ele, como minha mãe gosta de lembrar, não fez Harvard.

Hannah riu baixinho.

– Que bom.

– Eles perceberam que mudei para cá quando estava falido – Nate prosseguiu. – Não conseguem entender por que fiquei. Disse para eles que gosto daqui. Todos os meus amigos moram aqui. Disse para eles que toda a indústria editorial vive no Brooklyn.

Hannah ainda estava sorrindo.

– E?

– E caí em uma armadilha. Meu pai diz: "Está vendo? É como eu sempre disse para você: ninguém ganha dinheiro escrevendo. Exceto Stephen King. E, até onde eu sei, ele não mora no Brooklyn."

Com um gesto desenvolto do queixo, ela afastou o cabelo do rosto.

Nate estava de volta ao ensino médio. Aula de história, a voz grave da Sra. Davidoff descrevendo as batalhas de Roosevelt com o judiciário (Scott, cobrindo a boca com a mão e formando as palavras *Learned Hand* toda vez que ela mencionava a corte) enquanto Nate olhava Emily pela janela.

Ele não conseguia se lembrar da última vez que pensara em Emily Kovans. Neste bar escuro, onde o cheiro de cigarro impregnava a roupa das pessoas e um vidro de neon rosa de martíni brilhava projetando-se na parede, ele se lembrava não só de Emily mas de como o mundo parecia para ele então. Podia ver o que não via na época: como sua emocionante paixão livre de angústia estava ligada com a juventude, com o arrebatamento particular de um aluno do último ano que iria para Harvard nos meses de abril e maio – a faculdade e a vida adulta brilhando diante dele como recompensas pelo bom comportamento. (Quão ingenuamente ele acreditara no que seus professores e conselheiros escolares disseram sobre as alegrias da faculdade.) Não sabia na época que a capacidade de sentir o tipo de paixão sincera e sem reservas que sentira por Emily desapareceria, caindo como a pele trocada de um animal. Seu ser atual era bem mais sórdido – fustigado por desejos efêmeros, em grande parte lascivos, cujas gratificações ele não mais acreditava que o fariam feliz, pelo menos não por muito tempo.

– Eu adorava essa música.

A voz de Hannah o trouxe de volta ao presente. Nate ouviu. *Aqueles lençóis são sujos, assim como você*, a vocalista entoava com um alegre acompanhamento pop-surfista da Califórnia. Era de um álbum diferente do que estava tocando antes. Ele não reconheceu a música.

– Eu ouvia o tempo todo quando estava no ensino médio – disse Hannah. – No primeiro ano da faculdade também.

Ela contou para ele que crescera em Ohio e estudara em um grande colégio público, o tipo onde ser líder de torcida era algo levado a sério. Tomou um gole de vinho.

– Você pode imaginar por que o punk parecia realmente bacana.

– Ohio, então?

– Sim.

Ela passou um dedo pela borda de um guardanapo de papel que dobrara em um triângulo.

– A maior parte dos meus amigos de infância ainda está em Cleveland. Talvez em Chicago, se foram ambiciosos.

Hannah contou que fora para a Barnard por um capricho e acabara ficando na cidade para fazer o curso de jornalismo.

– Ninguém que conheço em casa escreve ou faz algo do gênero – ela contou. – Eles têm empregos convencionais em bancos e companhias de seguro. Coisas assim.

Ela apoiou o queixo na palma da mão. Uma pulseira fina de prata escorregou pelo braço e desapareceu na manga do suéter.

– E você? – perguntou ela. – Sentia-se afastado deste mundo antes de chegar aqui? Ou sua família é...?

Nate sabia o que ela queria dizer.

– Eu contei para você o que meu pai pensa sobre a profissão de escritor?

Hannah deu uma risada calorosa, rouca.

Nate estava encantado por algo que não conseguia identificar muito bem, um tom de voz talvez, um tipo de malícia no ar. Agora que estava sozinho com ela, achava que Hannah era um pouco diferente do que havia esperado. Ele formara uma impressão dela como o tipo de pessoa alegre e competente que alguém gosta de ter à disposição em jantares ou em acampamentos, mas ela se mostrou mais interessante do que isso.

– Eu não cresci mesmo em um ambiente intelectual chique – contou para ela. – Mas estava determinado a não ficar em Baltimore. Fiquei um ano em um colégio interno em Washington e conheci garotos que eram filhos de políticos e colunistas do *Washington Post*. Eu sabia que queria aquilo, o que os pais deles tinham. Sentia que se eles tinham aquilo, não havia motivo para eu não ter também.

Hannah se inclinou, pronta para se divertir.

– O que você queria exatamente?

Nate teve um vislumbre do espaço entre os seios dela sob o decote V folgado da camiseta.

Ele não tinha um plano de ação para esta noite. Nem a decisão de convidá-la para sair fora tomada com muito objetivo. No dia depois de receber o e-mail, ele simplesmente ficou inquieto. No mesmo espírito que folheou pilhas de menus de deliverys, verificou os nomes em seu telefone, chegando até o final da lista – Eugene Wu – sem ver um que chamasse sua atenção. O jeito de ser de todos eles parecia sem graça, familiar demais. Hannah oferecia, pelo menos, novidade. Escreveu para ela sugerindo que continuassem a conversa pessoalmente.

– O que eu queria? – ele repetiu. – Você realmente quer saber?

– Eu realmente quero saber.

Ele brincou com um cubo de gelo coberto de uísque dentro da boca, pressionando-o contra a bochecha. Lembrou-se de antigos sonhos: um homem professoral e com uma beleza comum, com um queixo forte, sentado em um escritório com painéis de madeira nas paredes, uma fila de estudantes esperando do lado de fora e uma bela esposa ao telefone. Algumas vezes o escritório não tinha as paredes recobertas de madeira mas de cromo e vidro, com uma secretária que completava suas chamadas e uma janela imensa com vista para os arranha-céus de Nova York. Havia também uma pequena cabana na África, onde ele dispensava os antibióticos e ensinava os moradores locais a amar Shakespeare.

– Por um lado, fazer algo interessante – disse ele. – Por outro, ser admirado por isso.

Nate lembrou-se de algo mais: a crença de que o sucesso era algo que simplesmente acontecia com alguém, que era só fazer o que tinha que ser feito e, se fosse merecedor, você seria agraciado pela mesma mão invisível que garantia que a delicatéssen teria leite para beber e sanduíches para comprar. Não seria bom? De vez em quando Nate invejava os menos perspicazes, tão seduzidos pelo sucesso que seu entusiasmo pelas pessoas de sucesso era realmente genuíno. Nate sabia perfeitamente bem quando era bajulado por pessoas assim – ou quando elas estavam tentando – e era mais do que capaz de se sentir sujo por causa disso.

– Eu costumava pensar... – ele começou a dizer. Mas não sabia como terminar. Começou a brincar com um dos botões de sua camisa. – É mais complicado do que eu pensava, a coisa toda... ambição e escrita – disse por fim. – Mais sórdido.

Hannah gargalhou.

– Vendeu sua alma finalmente?

– Só um pedaço aqui e outro ali.

– Sorte a sua – ela comentou. – Eu tentei. Ninguém quis comprar.

Como ele, Hannah era escritora freelancer, mas Nate tinha quase certeza de que ainda não havia chegado muito longe. Ele lembrava que ela estava tentando conseguir um contrato para um livro.

– Eles virão – ele lhe assegurou.

Quando Hannah se levantou para ir ao banheiro, caminhou com os ombros e a cabeça levemente inclinados, como se estivesse acostumada a ambientes projetados para pessoas mais baixas. Vestia um suéter sobre a camiseta e jeans dentro da bota, um estilo que fazia Nate se lembrar da Mulher Maravilha quando as garotas começaram a adotá-lo em massa há um ou dois anos. Sua roupa parecia quase deliberadamente não sexy. Mas ela tinha o que parecia um tique de puxar os dois lados do suéter, fechando a blusa, o que tinha o efeito de tornar seus seios (não insubstanciais) mais proeminentes. Enquanto ela se afastava, o suéter comprido impedia que ele desse mais uma olhada em sua bunda.

– Mais um?

Nate virou a cabeça. A garçonete, uma mulher jovem, encarava o lugar onde o rosto de Nate estaria se ele não estivesse observando Hannah se afastar. Ela não era tão bonita quanto elegante, com um nariz levemente adunco e lábios carnudos. Seu cabelo escuro estava separado em duas maria-chiquinhas que pendiam dos dois lados do rosto.

– Sim, obrigado – falou ele. Acenou com a cabeça para a taça vazia de Hannah. – E outro chianti para ela.

– Ela estava bebendo Malbec.

– Outro Malbec, então.

Ela se inclinou sobre o balcão para pegar o guardanapo amassado de Hannah. O vão entre os seios *dela* era franco e indisfarçável. Os botões de cima de sua camisa xadrez estavam abertos, e mesmo se ela usasse uma regata por baixo, também era bem decotada.

Ela seguiu para a outra extremidade do balcão. Enquanto Nate e Hannah conversavam, mais pessoas haviam chegado; o ambiente estava inundado com sombras compridas e ondulantes. Uma bola de discoteca lançava manchas vermelhas e azuis nas paredes da sala comprida e estreita.

Ao retornar, Hannah olhou sua taça de vinho.

– Obrigada. A próxima rodada é por minha conta.

Jason tinha a teoria que garotas que ofereciam para pagar em encontros sofriam de baixa autoestima. Não sentem que merecem ter suas contas pagas; é um sinal de que há algo errado com a garota. Nate não tinha certeza se concordava. Algumas vezes, era legal, apenas justo – especialmente se você não era Jason, a quem nunca faltava dinheiro porque, Nate tinha certeza, recebia rendas suplementares significativas dos pais e avós. Não que Jason e ele falassem disso abertamente. Ninguém no círculo deles faria isso.

Jason nunca sairia com Hannah de qualquer forma. Ele só se interessava por mulheres que eram muito atraentes de um jeito convencional, uma preferência que certa vez defendera sob a razão da justiça social: "Se pessoas inteligentes só saíssem com pessoas inteligentes, as estruturas de classe se ossificariam. Haveria uma subclasse permanente de pessoas estúpidas. Mas quando um homem inteligente sai com uma mulher bonita, inteligente ou não, você enfraquece aquele tipo de sistema rígido de castas. Crianças ricas burras fazem um favor para todo mundo ao corroer qualquer justificativa para privilégios baseados no nascimento." Jason era um idiota. Mesmo assim, pensar em como o amigo a avaliaria – Jason provavelmente chamaria Hannah de nota sete ("material para ser colega de trabalho") – incomodava Nate. Ele não gostava da ideia de sair com garotas com quem Jason não sairia. Isso parecia errado, pois era evidente que Nate era uma pessoa melhor – era mais bem-sucedido e também mais merecedor.

Esta não era uma linha de raciocínio útil.

– Qual é a proposta do seu livro? – perguntou para Hannah.

– O quê? Ah... *aquilo*. – Ela começou a arrumar as dobras do suéter. – Aulas e faculdade na América – disse, por fim. – É um tipo de história e análise de uma obsessão nacional. A ideia é que a Ivy League* é nossa versão da aristocracia. – Ela acenou com a cabeça na direção dele. – Bela camiseta, falando nisso.

---

* Ivy League é um grupo formado por oito importantes universidades privadas norte-americanas: Brown, Columbia, Cornell, Harvard, Pensilvânia, Princeton, Yale e Dartmouth College. (N. da T.)

Nate olhou para baixo. Tinha deixado os botões de cima da camisa abertos. Por baixo, usava uma camiseta velha. Estavam visíveis as letras carmesim A-R-V. Ele riu.

Foda-se Jason. Nate estava curtindo a noite.

– Quando você vai mandar a proposta?

Hannah levou uma mão até o brinco, uma coisa prateada pendurada.

– Ainda não terminei – ela disse. – Está levando mais tempo do que eu esperava.

Nate assentiu.

– É muito trabalho. E a gente quer deixar o mais consistente possível.

No momento seguinte, ele fez um comentário descartável sobre como era triste que tão poucas pessoas lessem nos dias atuais.

– É difícil não se sentir irrelevante em um mundo no qual um livro que realmente faz sucesso venda talvez cem mil cópias. Até o programa de TV mais meia-boca sobre viagem ou animais de estimação assassinos seria cancelado imediatamente se fosse assim tão mal.

– Ah, não sei – comentou Hannah, girando o banco do bar para encarar Nate. – Acho que, de qualquer modo, é vaidade querer isso. Sabe, querer escrever livros porque é sua vocação, mas também querer ser tratado como uma estrela de rock.

Ela ergueu a taça de vinho, se não de modo elegante, precário, pela haste, quase até a altura do queixo. Havia em seus modos agora uma certa despreocupação majestosa que não combinava com a timidez anterior.

– Você é realmente tão indiferente assim ao destino dos livros? – perguntou Nate. – Na outra noite, você disse que adorava Nabokov. Não seria uma coisa horrível se as pessoas parassem de ler *Lolita*?

– Acho que as pessoas que provavelmente vão gostar de *Lolita* lerão *Lolita* – disse ela com uma expressão desafiadora-paqueradora. – Não me importo com o resto. Quero dizer, não me importa o que fazem para se divertir.

Passou pela mente de Nate que a posição de Hannah não era muito feminina. Ela soava mais como uma esteta do que como uma educadora, e as mulheres, na experiência de Nate, tendiam a serem educadoras.

Ele sentia intuitivamente que ela estava parafraseando alguém (um professor? *Aulas de Literatura*, de Nabokov?) e que esse alguém era um homem.

– Você está dizendo que a maior parte das pessoas é filisteia e que nenhuma quantidade de educação ou divulgação cultural vai mudar isso? – perguntou ele.

Ela ergueu uma sobrancelha.

– Não exatamente. Quero dizer, quem usa a palavra "filisteia" hoje em dia?

– Você sabe o que quero dizer.

– Não acho que sejam pessoas piores porque não gostam de romances, se é o que quer dizer.

– Não acha?

– Podem ser, não sei, gênios da ciência ou cristãos que devotam suas vidas à caridade. Não vejo por que ser uma pessoa que lê romances faz de mim ou qualquer um superior.

– Você realmente acha isso? Ou está apenas fingindo concordar porque é politicamente correto?

Hannah gargalhou e seu suéter abriu, revelando os contornos de seus seios através da camiseta.

– Em grande parte eu acho isso – disse ela. – Tento achar isso.

Nate percebeu que estava tendo uma conversa com Hannah – isso é, não estava só embromando uma conversa com ela enquanto articulava os tiques e limitações mentais dela em segredo. Quando se trata de encontros, sua inteligência com frequência parecia um apêndice desajeitado que em grande parte falhava ao lhe proporcionar o que quer que fosse necessário – humor cínico e árido; cortesia; gosto por certos autores da moda –, mas, em vez disso, incomodava-o lembrando que estava entediado. E não estava entediado agora.

– É pretensão pensar que *Lolita* é melhor do que um programa de televisão sobre animais de estimação? – insistiu ele.

– É pretensão pensar que você é melhor do que outra pessoa só porque ela não curte o relato mais elegante do mundo sobre abuso infantil.

Os olhos dela brilharam com a luz lançada pela bola de discoteca.

Nate sugeriu que pedissem outra rodada.

Quando a garçonete trouxe as bebidas, ele se lembrou de algo.

– Não sabia que você e Elisa eram amigas – comentou ele.

Hannah olhou para a fórmica negra do balcão. Com as pontas dos dedos, empurrou a taça pela superfície lisa, guiando-a como um disco de hockey pelo gelo.

– Na verdade, não. Para ser sincera, fiquei surpresa quando ela me convidou para o jantar. – Levantou os olhos. – Mas foi uma surpresa boa, devo dizer.

Isso fazia todo sentido. Elisa não era boa em manter amizades com mulheres. Costumava correr atrás de novas amigas do sexo feminino ansiosamente, mas ano após ano a rotatividade era alta. Para Nate não era coincidência que metade dos convidados do jantar eram amigos dele e não dela.

– E quanto a você? – perguntou Hannah. – Você e Elisa...?

– Costumávamos sair – Nate disse rapidamente.

Hannah assentiu. Nate assentiu de volta. Ele suspeitava que Hannah já soubesse sobre Elisa e ele. Por um momento, continuaram a assentir um para o outro.

– É ótimo que ainda sejam amigos – comentou ela.

Hannah sugeriu que fossem lá fora para fumar um cigarro. Nate ficou feliz por poder levantar-se um pouco.

Era um mês de junho gelado, o ar estava frio. Hannah e Nate ficaram parados, de costas para o bar. Do outro lado da rua, em um armazém novo e reluzente, uma mesa mostrava uma pilha de abacaxis e bananas. A parede dos fundos estava recoberta com pilhas de papel higiênico Nature's Harvest enrolados em bucólicos papéis celofane verdes. Ao lado do armazém ficava uma empresa de seguros em mau estado e com fachada de vidro.

Hannah remexeu na bolsa e passou um maço de cigarros para Nate. Ele segurou a caixa amarela a uma boa distância do corpo, como um abstêmio obrigado a segurar uma taça de martíni.

– Eu não sabia que você fumava – comentou ele.

Ela continuou a remexer na bolsa.

– Só quando bebo – disse. Sua voz estava um pouco cantarolada. Ela se mantivera em pé de igualdade com ele bebida após bebida. Isso o surpreendera.

A luz do semáforo ficou verde. Dois táxis amarelos com o sinal de disponível aceso passaram, seguindo rapidamente para Manhattan. Hannah pegou um isqueiro de plástico. Nate a observou colocar um cigarro na boca, protegê-lo do vento com uma mão e acender com a outra. Quando inalou, sua boca formou um pequeno círculo. Suas pálpebras se fecharam languidamente. O prazer parecia atravessá-la em ondas.

– Você parece uma viciada.

Sem olhar para ele, ela lhe mostrou o dedo do meio. O gesto surpreendeu Nate, que caiu na gargalhada.

– Eu fico doida com essa coisa antifumo – disse ela. – É tão totalitário.

Antes que soubesse o que estava fazendo, Nate se inclinou e a beijou. Chegou nela tão rapidamente que ela fez um barulhinho juvenil e risonho de surpresa-concordância antes de começar a beijá-lo de volta. Ele sentiu os cigarros caírem no chão.

A boca dela tinha um leve gosto de cinzeiro. Isso não o incomodou. Ele gostava que ela achasse a coisa do antifumo "totalitária".

Nate começou a avançar, fazendo-a recuar até que suas costas tocaram na fachada de tijolos de um edifício ao lado. Inclinou-se para ela, uma das mãos na parede sobre sua cabeça para servir de apoio, e a outra desceu até a curva de seus quadris. Então, abruptamente, ele sentiu um aperto no peito, enquanto seu corpo reagia a um pensamento antes mesmo que estivesse totalmente formado em sua mente. Sem querer, Nate começou a se perguntar se aquilo era uma boa ideia, se o afeto espontâneo que sentia por Hannah não era um sinal de que isto era a última coisa que devia querer.

Não. A mão na parede se fechou em punho, esfregando nos tijolos; a outra encontrou o caminho até o ponto em que as costas de Hannah formavam uma depressão para dar início às nádegas, o que era de fato bom, *muito bom*. Pela camisa, ele sentia a mão dela subindo por suas costas. Disse a si mesmo para relaxar e curtir o momento.

Capítulo 5

Nate ergueu a jarra da cafeteira contra a luz. A metade de baixo era uma mistura de manchas marrom-claro com contornos mais escuros, uma recordação fóssil de cada bule de café que fizera desde a última vez que limpara a jarra. Começou a esfregar o interior com uma esponja morna.

Depois de um tempo, seus pensamentos se voltaram para Hannah. Divertira-se com ela na outra noite. Isso não era tão incomum. Ele em geral gostava dos primeiros encontros. O que era incomum era a impressão que ficara dela, tanto de sensatez quanto de profundidade intelectual. Embora isso não fosse algo que admitisse abertamente, na maioria das vezes ele achava que as mulheres eram ou profundas ou sensatas, mas raramente ambos. Aurit, por exemplo, era profunda, mas não sensata. Kristen era sensata mas não profunda.

Algumas vezes ele se perguntava se era um pouco misógino. Ao longo dos anos, várias mulheres reclamaram que quase todos os escritores que ele admirava não só estavam mortos e eram brancos, mas também eram homens. Embora isso tenha sido apontado para ele com uma satisfação acusatória, Nate não achava que significasse tanto assim. As mulheres encararam barreiras sistêmicas à educação e às oportunidades durante a maior parte da história. Elas não escreveram tanta coisa assim.

O que ele não dizia (para que favorecer um caso de acusação?) era que o tipo de escrita que preferia parecia inerentemente masculino. Os escritores que mais o impressionavam não eram motivados por um sentimento de injustiça pessoal. (Era improvável que escrevessem, digamos, poemas chamados "Mamãe".) É claro que isso não era uma caracterização acurada de todos os livros escritos por mulheres, ou da maioria.

Mas o fato era que quando ele lia algo que admirava, algo escrito nos dias de hoje – ficção, não ficção, não importava –, havia cerca de oitenta por cento de chance de que um homem tivesse escrito.

Ele achava que as mulheres eram tão inteligentes quanto os homens, igualmente capazes de descobrir quanto tempo levaria para o trem A colidir com o trem B se os dois fossem um na direção do outro em uma velocidade média C. Elas eram tão capazes quanto os homens de pensar racionalmente; só não pareciam estar tão interessadas nisso. Ficavam felizes em usar um argumento racional para defender o que já acreditavam, mas era improvável que fossem influenciadas por ele, não se conflitasse com uma inclinação ou, pior, com uma intuição, não se minassem uma opinião querida ou se ofendesse sua autoestima. Muitas vezes, quando Nate discutira com uma mulher, um ponto final era alcançado quando ficava claro que nenhum argumento a faria mudar de opinião. Sua posição baseava-se no que ela "sentia" ser verdade; então era impermeável.

Mesmo mulheres conscientes intelectualmente pareciam ser, antes de mais nada, interessadas na defesa, usando o intelecto para servir a uma causa como o feminismo, o meio ambiente ou o bem-estar das crianças, ou na interpretação de sua própria experiência. Veja Aurit. Era uma das mulheres – pessoas – mais inteligentes que Nate conhecia. Era lúcida e original e não tinha receios intelectuais, como se vê em algumas mulheres; ficava à vontade desafiando a sabedoria convencional. Mas os assuntos de suas conversas – sionismo, judaísmo, patriarcado – vinham de sua vida. Quando ela tentava fazer um texto mais abstrato, o resultado era comparativamente pobre. Não se interessava em relações internacionais ou na política do Oriente Médio; o que a interessava era crescer em uma família israelense doida e conflituosa que funcionava como um monstro de duas cabeças, socialismo liberal e tribalismo primitivo em todos os lugares, esbarrando um no outro. Em outras palavras, ela estava interessada em ser Aurit. E tudo bem. Mas era um contraste.

É claro que se alguém falasse isso para Aurit, ela ficaria furiosa. E, para Aurit, se algo a fazia se sentir mal isso era motivo suficiente para rejeitá-lo. Ela não gostava nem quando Nate mencionava coisas fora do seu domínio. Se ele começava a falar de filósofos que ela não lera, que era a maioria deles, seu rosto ficava tenso, os lábios contraídos, com uma pulsação perto das têmporas, como se Nate, ao falar sobre Nietzsche, estivesse na verdade colocando o pau para fora e batendo nela com ele. Até Jason – e Aurit era certamente uma pessoa melhor do que *Jason* – era muito mais justo intelectualmente.

E isso era Aurit, que era brilhante. Se Nate fosse sincero, também pensaria que as mulheres como categoria geral pareciam menos capazes (ou interessadas) de apreciar a estética da literatura ou da arte de uma forma desinteressada: eram mais propensas a basear seus julgamentos na mensagem da coisa, se era ou não algo que aprovavam, se era algo que "precisava ser dito".

Agora a jarra da cafeteira estava razoavelmente transparente.

Nate deixou a jarra de lado e inspecionou a cafeteira, examinando os restos de pó endurecido que estavam agarrados. Quando virou o aparelho de plástico de cabeça para baixo, os compartimentos começaram a cair, balançando descontrolados nas dobradiças de plástico. A máquina começou a escorregar de suas mãos. Inclinando-se rapidamente, ele a segurou, apertando-a contra o estômago. Colocou-a na pia e começou a esfregá-la com a esponja macia.

Quando terminou, deixou a cafeteira para secar no balcão ao lado da jarra de água. Enquanto caminhava até o quarto, tirou a camiseta úmida. O ar no quarto estava denso com uma melancolia inquieta enquanto uma pálida luz do sol do final da tarde quase não conseguia ultrapassar uma grossa camada de nuvens. Uma camada leve de condensação pontilhava a vidraça e dava ao quarto um aspecto fechado, hermético.

Ele sentiu uma onda de afeição pelo seu pequeno refúgio. A marca de miséria específica daquele lugar o atraía, basicamente. Miséria de verdade não era isso, mas o utilitarismo estéril do apartamento de subúrbio de seus pais, onde vários aparelhos invisíveis zumbiam monotonamente como monitores de hospital. Ou a falsa elegância plastificada da casa em que viviam quando era criança, uma versão imigrante do lar norte-americano, escolhida de programas de TV de uma geração anterior, com flores artificiais e uma sala de estar raramente usada. Até mesmo as elegantes cooperativas pré-guerra, top de linha, que alguns de seus amigos compraram em anos recentes, com portões para bebês e adegas refrigeradas (geladeiras para vinhos!), eram para Nate mais esquálidas do que este pequeno apartamento, que era, em contraste, o lar de uma pessoa que vivia para outras coisas que não o aconchego doméstico e domesticado que quase todo mundo parecia querer.

Ele havia feito alguma limpeza. Isso ajudava. A vida cotidiana de Nate era caracterizada por rompantes de produtividade pontuados por períodos de letargia, solidão, sujeira e melancolia. Seus maus humores tinham a qualidade de se autoperpetuarem. Ele não tinha um emprego ou uma rotina consistente para deter sua degradação, e seu recurso tradicional – beber – tendia a ser útil só no curto prazo. Mesmo assim, Nate nunca fora incapacitado por seu estado de espírito, não por mais de um dia ou dois, e, desde que seu livro foi vendido, seus momentos de baixo astral ficaram menos frequentes e menos severos. Se seu sucesso relativo não o tornara exatamente feliz, tinha, na média, o deixado menos infeliz. Hoje a aproximação de um prazo de entrega o arrancara da inatividade. Tinha a resenha de um livro para escrever, e rápido. Na preparação, entrara em modo hiperprodutivo. Nas últimas horas saíra para correr (oito quilômetros em 41 minutos e 38 segundos), enviara um cartão atrasado de RSVP do casamento de um amigo, passara na lavanderia e se aventurara no supermercado, onde comprou cerveja, leite, três pizzas congeladas (sabor especial), e um amplo suprimento de Corn Flakes e Froot Loops (seu desjejum ideal era uma tigela de Corn Flakes seguido por uma "sobremesa" de Froot Loops).

Sentindo-se no direito de um momento de descanso, Nate abriu a janela do quarto e inclinou-se para fora, respirando o ar úmido em lufadas. As duas janelas de seu apartamento – uma do quarto e uma da cozinha – eram os únicos atributos que um yuppie poderia ambicionar. Voltadas para o sul, deixavam entrar muita luz solar, e do sexto andar a vista era decente – se você olhasse por sobre os telhados dos prédios vizinhos, na direção do horizonte, não na da rua embaixo. Mas seu quarteirão era mais caro para ele pela feiura. Sua proximidade com os lugares da moda – bares e restaurantes atraentes, cafeterias, seus amigos – era conveniente, mas era seu jeito fora de moda que ele amava.

Na esquina, o toldo amarelo de uma borracharia dizia: "Aberto das 7h às..." Nas manhãs de domingo, as vitrines da igreja do outro lado da rua atraíam uma multidão de mulheres negras com saias na altura da panturrilha que se agarravam às suas pernas com a brisa.

Esses vestígios de uma vizinhança que existia antigamente eram especialmente tocantes agora. Em seu prédio, pessoas que viveram por muitos anos em apartamentos sombrios e mofados com ladrilhos de linóleo rachados assistiam de suas portas enquanto unidades ao redor eram demolidas e refeitas com novas janelas reluzentes, pisos de madeira e aplicações de aço inoxidável – e um tipo diferente de inquilinos, o tipo que pagava várias vezes o aluguel dos não reformados. Nate se mudara alguns anos antes da atual onda de revitalização urbana; o fato de seu apartamento não ter recebido quase nenhuma melhoria era motivo de orgulho.

Mesmo assim como os recém-chegados, Nate só vivia superficialmente entre os pobres. Caminhavam nas mesmas ruas e pegavam o mesmo metrô (os ônibus, no entanto, eram em grande parte cedido às classes mais baixas), mas era como se os dois grupos existissem em camadas distintas da atmosfera terrestre e só à distância pareciam estar no mesmo plano. Uma loja chamada National Wines & Liquors, onde tanto bebidas alcoólicas quanto o encarregado do caixa ficavam protegidos atrás de um vidro à prova de balas, não era na verdade uma concorrente do muito mais novo Tangled Vine, especializado em vinhos orgânicos e locais e que exibia o trabalho de artistas da área em suas degustações das noites de quinta. Até nos armazéns, onde todos os caminhos de fato convergiam, as pessoas de níveis sociais distintos raramente compravam os mesmos produtos. Nate pegava o *New York Times*, que essas lojas haviam começado a vender só há pouco tempo (logo que ele se mudou para a vizinhança, tinha que caminhar até Park Slope para comprar o jornal), enquanto os taxistas e operários da construção civil pegavam o *Post.* Ele comprava engradados com seis cervejas para levar para casa, em vez das latas individuais de um litro. Só o dinheiro que ia de um lado para o outro do balcão tocava todas as mãos.

Nate ouviu um soluço gutural de um motor sem silenciador vindo da rua, seguido pelo guincho de freios. Podia ouvir os gritos, mas não distinguir as palavras, enquanto duas mulheres jovens atravessavam a rua diante de um carro parado.

Pensou novamente em Hannah. Depois que se beijaram na outra noite, voltaram para dentro do bar e terminaram suas bebidas. Ele a acompanhou até em casa, e deram mais alguns amassos na frente do prédio dela. Mesmo agora, ele a achava incrivelmente sexy – sua fácil disposição em contradizê-lo, sua roupa não feminina mas nem por isso sem qualidade.

Mas ele devia pegar leve. Tinha o mau costume de se concentrar em uma ou duas coisas de que gostava em toda garota por quem começava a se interessar, como se isso fosse justificar sua atração. Esta aqui (Emily Chiu) não era só bonita de um jeito mignon e delicado que ele achava especialmente atraente, mas ele e ela também tiveram, no primeiro encontro, uma conversa intensa e íntima sobre serem filhos de imigrantes. Aquela outra (Emily Berg) era engraçada. Uma terceira era estonteantemente impressionante, com certo ar de mulher lúcida, competente e profissional. (Sim, logo no início, ele pensou que talvez pudesse se apaixonar por Juliet.) Mas primeiras impressões não eram confiáveis. Juliet, por exemplo. Ela se orgulhava de ser uma pessoa que tinha a coragem de falar o que lhe dava na telha, que chamava as coisas como as via, mas depois de alguns encontros Nate achou que *agressiva* era talvez uma descrição mais adequada. Ela era um repositório de verdades ao mesmo tempo óbvias e rudes: uma amiga devia começar uma dieta, um esforçado colega de trabalho devia aceitar suas limitações e parar de ser "um repórter figurão que não está destinado a ser". Ela raramente fazia perguntas sobre Nate, exceto para questionar se ele estivera em tal, tal e tal restaurante e para se surpreender quando ele respondia que não. Eles não pareciam encontrar muitos tópicos em comum; durante boa parte do tempo que passavam juntos Nate fingia interesse em assuntos que lhe chamavam a atenção apenas moderadamente: problemas do pessoal do *Wall Street Journal*, a vasta quantidade de repórteres de economia que não tinha um conhecimento sólido do tema, os méritos dos grãos de café *versus* o café moído. E também a alta porcentagem de nova-iorquinos que, segundo Juliet, sentia-se intimidada por mulheres de sucesso.

Não havia nada *errado* com Juliet – Nate não tinha dúvidas de que muitos outros homens a achariam atraente –, mas era óbvio que ela e ele não dariam certo. Mesmo assim, quando ele percebia que havia tido uma primeira impressão errada – sobre Juliet e sobre qualquer mulher com quem saíra –, sempre se sentia um imbecil por parecer, no começo, mais entusiasmado do que ficaria depois.

É claro, essas mulheres deviam ter ouvido quando ele disse que não procurava nada sério. Mas, de certa forma, não importava realmente que tivesse sido estupidez delas. Pessoas éticas não tiravam vantagem da fragilidade de outras; era como ser um cafetão ou um estelionatário. E aproveitar-se da fragilidade é exatamente o que parece um encontro com a maioria dessas mulheres – com a total exposição de suas expectativas, sua fome por conexão e sua leda suposição de que os homens queriam o mesmo tanto quanto elas.

Baseadas em quê? Em quem?

O ar frio da rua começou a congelar seu peito nu. Nate voltou para dentro, pronto para começar a trabalhar. O livro que estava resenhando fora escrito por um romancista israelense com tendências esquerdistas. Nas últimas semanas, havia lido todas as obras do autor e outros livros relacionados, mas não, até agora, o livro que devia resenhar. Ele rapidamente foi absorvido pelo texto, mal desviando o olhar dele até que o sol mergulhou atrás de um horizonte cinzento e entalhado de edifícios de seis e sete andares. Já estava ficando desencantado com o texto – era repleto de sentimentalismo, a política era pouco convincente e de autocongratulação – quando percebeu que estava estreitando os olhos para ler na quase escuridão; acendeu a luminária da escrivaninha. Terminou de ler o livro lá pela meia-noite e começou a fazer anotações. Várias horas mais tarde, desligou a luz para tirar uma soneca rápida. Estava de volta à escrivaninha, reclinado sobre o notebook, quando o primeiro raio de luz alaranjado começou a tingir a escuridão lá fora. Foi até a janela. Até a igreja com fachada de vidro parecia austera e digna na bruma do amanhecer. *Como um traje veste agora esta cidade / a beleza da manhã. Silenciosas e nuas...* Jurou observar o nascer do sol mais vezes, quando não tivesse passado a noite acordado.

Na metade da manhã, o sol estava brilhante, forte e reluzente. As nuvens que sobraram reduziram-se a fiapos empurrados pela brisa. Nate fechou as cortinas para bloquear a luz. Neste momento, estava definindo o ponto central de seu argumento. Embora compartilhasse a indignação do autor em relação a certos desenvolvimentos na Israel contemporânea, havia, ele escreveu, algo de inevitável sobre a inclinação direitista do país. Quando uma nação que afirmava ser fiel aos princípios da democracia liberal é fundada com uma motivação explicitamente nacionalista, a contradição está fadada a voltar para assombrá-la, mesmo se o nacionalismo estiver disfarçado de sionismo. Como desde o nascimento Israel optou por uma posição evasiva – como os Estados Unidos em relação à escravidão –, não há muito como argumentar com o crescente número de israelitas, sobretudo judeus ortodoxos e imigrantes russos, que desprezam os princípios liberais como meros sinais de fraqueza. Com o tempo, um verdadeiro acerto de contas, não apenas um puxão de orelhas, será necessário. (E aqui Nate percebeu que Aurit iria odiar o texto).

De vez em quando, enquanto pensava sobre uma frase ou elaborava um contra-argumento, ele se levantava para caminhar, cruzando as mãos atrás da cabeça enquanto percorria o pequeno perímetro do apartamento. No fim da tarde, abriu as cortinas e olhou para fora. As sombras das nuvens passavam tão rapidamente sobre os edifícios que Nate teve a sensação de que ele próprio estava em movimento.

Era início da noite quando enviou a resenha pronta. Sentia-se como se tivesse saído de uma câmera escura e íntima. Tomou um banho e deixou uma trilha de pegadas molhadas enquanto voltava para o quarto com a toalha ao redor da cintura, as bochechas macias e rosadas por causa da navalha. Resistiu ao desejo de escrever um e-mail para o editor com algumas correções mínimas que lhe ocorreram enquanto se barbeava. Em vez disso, recolheu as três tigelas de cereal, duas canecas, uma lata vazia de Bud Light, um prato de cerâmica laranja cheio de pedaços de massa de pizza, e vários papéis-toalha engordurados. Não pareciam detritos demais para 24 horas de trabalho contínuo.

Sentado em um bar nas redondezas cerca de uma hora depois – a fome saciada e o interesse no jogo dos Yankees que passava na TV de tela plana diminuindo conforme a liderança sobre os Orioles crescia –, ele sentiu vontade de ver Hannah. Queria conversar com ela sobre a resenha, com a qual estava bem satisfeito. Havia feito uma referência a Nabokov de passagem que achava que ela fosse gostar.

Brincou com a ideia de ligar para ela e ver se ela queria se juntar a ele. Mas aquilo era ridículo. Ele estava praticamente dormindo sentado no banco do bar e sentia-se bêbado após uma única cerveja. Também havia o fato de que ele era prudente em começar algo.

Deixou alguns dólares embaixo do copo e acenou um adeus com a cabeça para o garçom, um cara rude, musculoso, da idade de Nate. Ao sair para a rua, um entregador em uma bicicleta passou zunindo, fazendo-o dar um passo para trás. Ocorreu-lhe o quanto estava sendo ridículo, e *neurótico*. Estava fazendo tempestade em copo d'água. Decidiu ligar para ela no dia seguinte.

O restaurante onde se encontraram era um daqueles lugares estilo bistrô, com banquetas de couro vermelho e um chão de ladrilhos branco e preto, uma decoração inspirada em *Casablanca* e no colonialismo francês. Quando Nate chegou, Hannah estava inclinada no balcão com uma bebida na mão. Um raio de luz do sol da janela traçava uma faixa em suas costas esbeltas e, quando ela se virou, ao longo do peito e dos ombros.

Estava vestida com blusa e saia justa, que não era exatamente uma minissaia, mas não chegava aos joelhos. Estava bonita.

– Você está bonita – disse ele.

– Obrigada.

Nate puxou sua camiseta, só para perceber que sua barriga se projetava um pouco para a frente. Encolheu-a e viu que seu jeans, uma daquelas calças da moda que Elisa escolhera para ele, cedera por ter ficado muito tempo sem lavar. Os bolsos abarrotados, com a carteira, o celular e as chaves, não o deixavam nada atraente.

– Esperando chuva? – perguntou Hannah.

Ela acenou para o guarda-chuva que ele carregava e inclinou a cabeça na direção da janela. Dava para ver o céu azul cintilante sobre os telhados.

– Talvez eu tenha me informado mal – comentou ele.

Disse para ela que ganhara o guarda-chuva naquela tarde, da garota que trabalhava na cafeteria a que ele sempre ia. Alguém deixara lá havia semanas.

– De graça até injeção na testa, certo? – ele brincou. Então olhou para o guarda-chuva. Era grande, roxo e branco. – Bem, talvez seja um pouco exagerado.

Quando Hannah sorriu, a semelhança com Emily Kovans o surpreendeu novamente.

– Espero não estar virando meu pai – disse ele depois que se acomodaram em uma mesa no fundo do restaurante. – Ele gosta de se vangloriar por nunca ter que comprar panos de prato ou panos de chão porque ele simplesmente pega aqueles que dão para você usar na academia.

Hannah perguntou como eram os pais dele.

– ... quando não estão roubando itens domésticos, quero dizer.

Nate imediatamente quis retirar o que dissera. Não gostava do tom de deboche que normalmente tomava conta de sua voz quando falava sobre os pais, como na última vez que vira Hannah, e zombou da atitude deles em relação ao Brooklyn. Tentando entreter, ele muitas vezes se pegava fazendo graça do jeito de imigrantes de classe média deles: as observações politicamente incorretas sobre minorias; as afirmações defensivas, quase infantis, de superioridade sobre os norte-americanos e a cultura norte-americana, que com tanta frequência interpretavam mal; a preocupação descarada com dinheiro e a suspeita frequente de que as pessoas tentavam se aproveitar deles. Todas essas histórias eram verdadeiras, mas quando Nate as relatava, algo não era traduzido. Ele sentia mais empatia pelos pais do que seu tom insinuava, e suspeitava que o que estava realmente tentando dizer era "sou diferente... Sou de Harvard, de Nova York, não sou como esses caipiras". Isso foi um problema especialmente com Elisa. Talvez ele nunca a tenha perdoado pela gargalhada sem remorso que ela deu quando lhe contou, há muito tempo, que eles tinham se maravilhado com os móveis na janela de uma loja popular. Tinham dito que a mesa de café laqueada creme e dourada e a cama com a cabeceira em forma de cisne lhes traziam lembranças de Versailles.

– Eles não são tão ruins – ele disse para Hannah, enquanto o garçom colocava os cardápios na mesa. – São boas pessoas.

Ela era mais comunicativa. Seus pais cresceram no lado oeste de Cleveland ("o lado errado"). Seu pai era o filho inteligente de um trabalhador da indústria automotiva que conquistara o amor de uma garota popular, a mãe de Hannah, quando eram estudantes na Kent State.

– E realmente ela era a rainha da escola – contou Hannah.

Seu pai era um advogado corporativo. Ela tinha duas irmãs mais velhas, ambas equilibradas e bem-sucedidas, "mais meio-oeste" do que ela. As duas eram casadas: uma vivia em Chicago e a outra em Cleveland. No lado leste.

Quando terminaram os coquetéis, Nate pediu uma garrafa de vinho.

– Isso virou uma refeição de verdade – disse Hannah. – Muito classe média.

Ela contou que visitara a casa de praia de uma amiga em Cape Cod havia algumas semanas. Descreveu a adega da casa e o quarto no qual ficara, que se abria para uma varanda com vista para o mar. Disse que não conseguia acreditar que estivesse ali. Nate destacou que os ricos gostam de ser hospitaleiros com os tipos inteligentes e artísticos. Precisavam de uma audiência de pessoas com discernimento suficiente para realmente apreciar tudo o que tinham. Ajudava-os a aproveitar mais os seus bens. Hannah insinuou que ele estava sendo cínico demais. A família da amiga dela tinha dinheiro. Por que aquilo tornava a hospitalidade dela mais suspeita do que a das outras pessoas? Nate disse que não pretendia insultar a amiga dela. Estava falando no nível macro.

– Ah, no nível *macro* – falou Hannah. – Entendo.

Nate ficou envergonhado na mesma hora. Por que usara essa palavra? Tinha o mau hábito de se deixar levar, revelando sem querer sua precisão pedante, o molde acadêmico de sua mente. Na escrita, ele conseguia disfarçar isso com uma linguagem enganadoramente casual, um tom de conversa propositivo que muitas vezes lhe faltava no bate-papo.

Em contraste, Hannah tinha um jeito descolado, apesar de uma leve timidez; tinha uma postura divertida, irônica, relaxada no tom de voz naturalmente provocador, e mesmo no jeito descuidado com que segurava a bebida.

– Quero dizer... – começou ele.

– Sei o que quer dizer – ela disse. – Eu só acho que qualquer teoria abrangente baseada em uma concepção equivocada ou em um exagero está fadada ao fracasso.

Ela sorriu, com um jeito inocente.

Nate gargalhou. Por que as mulheres dizem que os homens se sentem ameaçados por mulheres que os desafiam?

O garçom serviu o resto do vinho na taça deles. Quando deixaram o restaurante, os edifícios e as calçadas estavam escorregadios e brilhantes. Nate limpou uma gota de água da testa. Hannah olhava indignada para o céu.

Nate sacudiu o guarda-chuva, vitorioso.

– Eu sabia!

Hannah revirou os olhos, com o tipo de exasperação brincalhona que as mulheres gostam de fingir quando estão flertando. Quando ela se abrigou sob o guarda-chuva com ele, o quadril dela encostou no dele. Estava tão perto que Nate quase podia sentir o cabelo dela em seu rosto.

– Vamos para sua casa – ele disse.

E expressão de Hannah se tornou pensativa. Ela empurrou o cabelo para trás da orelha e afastou o corpo dele o máximo que pôde sem sair debaixo do guarda-chuva. Ela parecia analisar a questão seriamente. Nate estava tentado a tocá-la, mas algo, talvez o fato de que estava ocupada "considerando o assunto", o conteve, como se fazer isso constituísse uma interferência ilegítima, como tentar subornar um júri.

– Quero ver sua coleção de livros – disse ele, em vez disso.

– Droga...

– Vou considerar isso como um sim.

O táxi que ele chamou parecia se mover como um carrinho bate-bate nas ruas brilhantes, espalhando água enquanto deslizava até o meio-fio cerca de seiscentos metros diante deles. Correram na direção dele, rindo como dois bêbados enquanto despencavam no banco traseiro. O motorista careca e pequeno resmungou quando disseram para ele que estavam indo para o Brooklyn e, murmurando no celular em algum idioma do sul da Ásia, batia com o punho contra o volante com uma cobertura rendada. Isso também lhes pareceu extremamente engraçado.

Ao cruzar a ponte, Nate esticou a cabeça para trás para ver o horizonte de Manhattan atrás deles. As cadeias de luzes brancas das filas de táxis nas outras pontes do East River eram como colares pendentes sob as torres muito brilhantes, uma queima de fogos congelada em seu momento mais expansivo. A vista, familiar e ainda assim – sempre – emocionante, combinada com o cheiro de plástico do táxi, fizeram com que se sentisse quase tonto. Ele tinha um tipo de reação pavloviana a táxis. Raramente pegava um, exceto quando ia para a cama com uma garota nova.

O apartamento de Hannah era bem na Myrtle, no segundo andar de um edifício sem escadas. Nate esperou perto da porta enquanto ela deu a volta na sala, acendendo uma série de luzes pequenas. O espaço iluminou-se gradualmente, enquanto ela chegava no terceiro e no quarto interruptores. O piso de madeira era gasto, mas as paredes eram muito limpas, um branco puro com molduras originais no alto e pouquíssimos quadros. Uma parede estava forrada com estantes de livros. Do outro lado, uma meia-parede separava a cozinha da sala de estar. O cômodo era bem espaçoso para os padrões nova-iorquinos, em parte porque havia relativamente poucos móveis. Não havia, Nate percebeu, sofá. Nem televisão.

Hannah gesticulou para Nate se sentar perto da janela onde duas cadeiras estofadas não combinando estavam uma em cada lado de uma mesa pequena e triangular. No peitoril da janela havia um cinzeiro.

Uma brisa entrava pela janela. O ar, pesado com a umidade, tinha um cheiro limpo e fresco. Hannah colocou uma música no aparelho de som, um cara com um som chapado com uma guitarra, a voz etérea e triste.

– Pensei que você gostasse de punk – disse Nate enquanto Hannah seguia para a cozinha.

– O quê?

Ela deu meia-volta.

– Ah, certo... O Descendents. Outra época.

Época. Nate gostava disso. A música não era ruim, embora o fizesse lembrar da Starbucks.

A brisa agitava o ar novamente. Nate se reclinou na cadeira, experimentando uma prazerosa sensação de estar fora do tempo e da vida normais. Era oficialmente o primeiro dia de verão, e sua mudança de humor estava em sincronia com o calendário. Ele se sentia livre e arrebatado, como quando era jovem, quando o verão era uma grande possibilidade, um estado de espírito, não um período em que havia menos trabalho porque os editores estavam de férias.

Hannah andava pelo apartamento com uma alegria atordoada, girando trêmula nos calcanhares cada vez que mudava de direção. Na ponta dos pés, pegou do armário da cozinha uma garrafa de Bourbon e dois copos de vidro fino com borda azul. Colocou os copos na mesinha ao lado de Nate e começou a servir o vinho, segurando a garrafa bem no alto, como uma garçonete, o líquido comprido e âmbar reluzindo sob a luz da lâmpada. Quando passou de um copo para o outro, derrubou tão pouco que uma trilha pontilhada de líquido ligava as bebidas deles.

Nate pegou o que estava mais perto.

– Saúde.

Ele notou algumas peças de cozinha de porcelana branca e azul no balcão da cozinha de Hannah.

– Isso me lembra as coisas que minha mãe trouxe da Romênia – disse ele. Embora tivesse desconversado quando ela perguntou, ele queria contar para Hannah sobre sua família desde que ela lhe contou sobre a dela. Ela não era em nada como Elisa.

Ele lhe contou sobre a casa de tijolos vermelhos em que viviam durante a infância dele. Depois da escola, Nate e sua mãe sentavam-se em volta da mesa, uma de fórmica, na ensolarada cozinha da década de 1960 e tomavam chá – isso foi antes que a mãe começasse a trabalhar fora o dia todo. Ele se lembrava de adorar os cubos de açúcar na tigela de porcelana com delicados relevos ao redor da borda e toda dourada por dentro. Como a pequena tigela era uma das poucas coisas que ela pôde trazer quando eles emigraram, era guardada no armário como um tesouro de valor inestimável. Pensando bem, ele disse para Hannah, era interessante como sua mãe trazia algo de aristocrático de sua vida na Romênia, algo muito Velho Mundo e romântico, apesar da pobreza, do antissemitismo e da aridez.

– Ela ainda tem um pouco do esnobismo europeu – disse ele. Durante o chá, ela contava para ele que as crianças na Europa não liam "essa... essa... essa..." – e dava uma fungada de desprezo – "... *Enciclopédia Brown*". Deu a Nate um exemplar de *Cem mil léguas submarinas*.

Foi também durante o chá que ela lhe falou pela primeira vez dos romances que amava. Jogava os cabelos compridos, cor de mel, por sobre os ombros enquanto explicava como Anna Karenina simplesmente não aguentou mais. O Sr. Karenin era um bom homem, mas o tipo de bondade dele – e Nate se lembrava do jeito que sua mãe agarrou seu braço com a mão firme ao dizer isso –, seu tipo de bondade podia ser sufocante. E a borda da xícara de chá dela estava manchada de batom vermelho.

– Acho que ela não tinha muitos amigos na época – disse Nate rapidamente, sentindo de repente que falara demais. – Ela e meu pai eram realmente diferentes.

Hannah assentiu.

Nate ficou aliviado que ela não tenha perguntado sobre o casamento de seus pais, e o que, como adulto, ele pensava dessa interpretação meio autobiográfica da mãe dele.

Ele se levantou para examinar as estantes de livros.

– Você tem muita coisa de Greene.

Em geral, ela tinha antigas edições baratas, os títulos impressos nas fontes da moda na década de 1960 em cima do nome de Graham Greene.

– Tive uma formação católica – disse ela.

Caminhou até o lado dele, trazendo consigo o cheiro doce de Bourbon. Nate se virou e a beijou.

No instante seguinte, ela se afastou. Olhou para o chão. A luz das lâmpadas reluzia em seus cílios compridos, dando-lhe um aspecto lânguido, abandonado. As palavras que saíram da sua boca na sequência estragaram o efeito. Ela disse que podia passar a noite ali se quisesse, mas ela preferia não... bem, você sabe. Hannah mordeu o lábio.

– Acho que devia ter dito isso antes que você viesse para cá.

Nate deu um passo para trás como se tivesse sido rejeitado. Queria que ela não parecesse tão nervosa. Não era um desses caras escrotos que tinham ataques de raiva porque ela não queria dormir com ele. Olhou na direção da cozinha.

– Está tudo bem – disse ele. – O que for melhor para você.

– É só que... – Os olhos de Hannah deixaram o chão e foram até o rosto dele. – Só que não nos conhecemos tão bem. E isso é o mais importante.

Nate começou a estalar os dedos da mão direita com a esquerda. Ele poderia ficar sem sexo, mas realmente não queria entrar em uma longa e incômoda conversa sobre isso.

– Hannah – disse ele. – Eu entendo. Não tem problema. De verdade.

Ele devia ter soado impaciente, porque ela pareceu se eriçar. Deu um sorriso rápido.

– Ótimo – disse ela.

Nate colocou as mãos nos bolsos. Começou a olhar para os livros novamente.

– Só me diga uma coisa – ele falou depois de um momento. – Isso tem a ver com você ser católica?

Por um instante, Hannah pareceu surpresa.

– Não. Tem a ver com você ser judeu.

Nate deu uma gargalhada, uma risada com gosto. Quando parou, o constrangimento que sentira um minuto atrás se fora. Hannah também parecia não estar mais irritada. Reclinara-se na estante, parecendo divertir-se. Nate tocou seu rosto.

– Está realmente tudo bem, eu gostaria de dizer.

Ela assentiu.

– Está tudo bem.

Capítulo 6

Nate e Aurit tinham um restaurante aonde sempre iam. Localizado a meio caminho entre o apartamento dos dois, o lugar era moderado o suficiente no preço para agradá-lo mas não tão desprovido de pretensões culinárias para ser inaceitável para ela. Também era um lugar da moda, o que era meio que um mistério para Nate. Certos toques medievais – paredes escuras, bancos altos de madeira, iluminação imitando tochas em luminárias de ferro no teto – garantiam uma temática que poderia facilmente ter descambado para o mau gosto.

Nate chegou primeiro e estava sentado em uma mesa perto da cozinha.

Aurit apareceu dez minutos depois. Analisou o ambiente.

– Não sei por que quer sentar aqui se há bancos disponíveis.

Nate olhou a hora em seu celular.

Depois de mudarem de mesa, Aurit começou a falar sobre uma festa que fora no fim de semana anterior.

– Eu ouvi dois caras feios, completamente idiotas, falando bem alto sobre qual mulher dali eles gostariam de levar para casa. Eu queria falar: "Vocês não percebem que as pessoas podem ouvi-los? Pensam que estão falando em algum idioma exótico?" – Ela balançou a cabeça numa negativa. – Já disse que eram feios?

Outra noite ela jantara com uma amiga que era "legal, mas tem um hábito que me deixa louca. Você faz uma observação sobre qualquer coisa e ela começa a *explicar* a coisa para você, como se você não tivesse a mínima ideia do que se tratasse. Você diz: 'Tantas pessoas têm se mudado para South Slope ultimamente', e ela diz: 'Bem, é mais em conta do que outros bairros', e você tipo: 'Obrigada e, a propósito, não sou *idiota*.'"

Nate deu uma gargalhada.

– Sério, é superirritante – prosseguiu Aurit. – Mas é também meio trágico. Ela deve afastar as pessoas o tempo todo, sem nem saber o motivo.

A garçonete deles tinha os cabelos loiros, com raízes negras, e elaboradas tatuagens nos antebraços. Depois que ela anotou os pedidos, Aurit perguntou a Nate como estavam as coisas. Ele contou para ela sobre a resenha do livro, deixando de fora aspectos que imaginava que ela fosse achar questionáveis.

– Humm... hum, hum, hum... Isso é interessante.

Ela pareceu muito mais interessada quando ele mencionou que saíra com Hannah novamente.

– Me conte.

Nate descreveu o encontro, surpreendendo-se com quanto ele soava efusivo. Deixando de fora aquele momento tenso, fora uma noite realmente agradável.

– Isso foi quando? Quarta? Quinta? – perguntou Aurit. – E depois disso?

Ela passava manteiga no pão. Quando Nate não respondeu imediatamente, ela deixou a fatia de lado.

– Nate. Você não ligou para ela?

Algumas vezes, Aurit o fazia se lembrar de Lorax, o pequeno personagem carrancudo do Dr. Seuss que sai dos tocos das árvores para assustar o capitalista ganancioso. Como a torre do jogo de xadrez, ela era baixa e grande na parte de cima, com grandes seios maternais e ombros largos que eram como o alto de um triângulo, afinando até os quadris pequenos que gostava de destacar em jeans justos. Ela tinha pele morena e atraente, feições discretas, quase simples. O cabelo negro era curto, mas tinha essa característica intrigante de não parecer curto, ou pelo menos não incomodava Nate com a androginia que alguns cabelos curtos tinham. Era cortado em várias camadas desfiadas, o que sempre deixava muito cabelo ao redor do rosto, mechas compridas que batiam quase no queixo e estavam sempre caindo para a frente, e sendo colocadas atrás daquelas orelhas de duende.

Aurit há muito explicara para Nate que os dois jamais teriam um envolvimento amoroso porque quando começaram a passar algum tempo juntos, ele estava saindo com Elisa. Na época em que ele e Elisa terminaram, era tarde demais: Aurit e ele já estavam na "zona da amizade". Por muito tempo, Nate acreditara nisso porque Aurit dissera de um jeito tão autoritário, soara plausível e ele tinha o costume de pensar que Aurit tinha mais discernimento do que ele para essas coisas. Até que lhe ocorreu que ele nunca se sentira atraído por ela. Ele era perfeitamente capaz de achar outras mulheres além de Elisa atraentes. Aurit simplesmente não era uma delas. Essa percepção o assustou um pouco. Ele quase se convencera de um falso relato sobre seus próprios sentimentos porque Aurit fora muito enfática. Ele também ficou aliviado. Aurit tinha um jeito todo seu. Se ela o quisesse como namorado, era bem provável que, sentindo-se atraído ou não, ele estivesse neste exato momento carregando as sacolas de compra dela.

A garçonete chegou com o hambúrguer de Nate. Trouxe para Aurit um prato de folhas que pareciam jogadas e então se retirou rapidamente, como se para evitar outros pedidos.

– O que é isso? – perguntou Nate para Aurit.

– Você não respondeu minha pergunta – ela disse. – Quantos dias faz?

Nate inclinou-se para a frente, para olhar melhor.

– É rúcula? Folhas de bambu?

– Quatro? Cinco?

– Algum tipo de trevo? Você não vai pedir mais nada além disso?

– Você ganha algo em fazê-la esperar? Eu só gostaria de saber o que os homens pensam quando fazem esse tipo de coisa.

– Você está fazendo algum tipo de dieta extrema? Devo ficar preocupado?

Aurit era orgulhosa demais de sua silhueta magra para perdê-la.

– É uma *pizza*.

– Talvez de onde você venha chamem isso de pizza. Aqui nos Estados Unidos chamamos de montinho de grama.

– Para sua informação, é uma pizza de *prosciutto* e rúcula. – Aurit usou o garfo para abrir um espaço entre os arbustos. Nate viu que embaixo havia o que parecia ser uma pizza normal de queijo e *prosciutto*. Ela abaixou o garfo, e a rúcula voltou à posição inicial.

– Então... *Hannah*?

Nate começou a colocar ketchup em seu hambúrguer.

– Por que está tão empenhada no interrogatório? Eu só saí com ela duas vezes. Nem mesmo dormi com ela.

Na cama de Hannah, naquela noite – há *quatro* noites, para ser exato –, eles alternaram entre uma conversa e algo parecido com um amasso prolongado e perfeitamente inocente entre adolescentes. Mas havia sido bem bacana. Talvez ele estivesse ficando velho, mas havia um alívio surpreendente em saber que não ia acordar com o leve constrangimento que muitas vezes sentia depois de transas embriagadas. Pela manhã, ele ainda ficou um pouco por lá. Depois voltou para casa caminhando por uma rua da qual particularmente gostava, com mansões recuadas da calçada. Construídas por industriais do século XIX, as mansões haviam se degenerado em meados do século XX, tornando-se pensões de quartos individuais. Recentemente, o bairro fora revitalizado, e as pensões se converteram em prédios residenciais de alto padrão. Naquela manhã de verão, aquela rua umbrosa parecia exuberante e perfumada. Nate se sentiu estranhamente animado enquanto seguia para casa.

– E daí? – perguntou Aurit. – Isso importa? Você pode fazer o que quiser só porque não colocou sua coisinha lá?

Pelo amor de Deus.

Nate colocou o pão em cima do hambúrguer, pegou o sanduíche com as duas mãos e deu uma dentada. Estremeceu quando um pouco de ketchup escorreu do pão em suas mãos. Podia sentir os olhos de Aurit sobre ele. Ela tinha um jeito muito particular de encarar. Ficava imóvel exceto por um leve aumento das pupilas, o que sugeria que sua mente estava trabalhando a mil, tentando acomodar alguma verdade nova e extremamente condenatória que acabara de descobrir. Nate olhou intensamente para o pão do hambúrguer, imaginando que estava em um veleiro que balançava com suavidade. Sua única companhia no veleiro era um grande e suculento cheeseburguer. O idílio teve vida curta.

– É muito legal, Nate – disse Aurit. – Enquanto escrevia a resenha do ano e fazia não sei o que mais, aconteceu de sair com uma garota umas vezes, passar a noite com ela (e daí se vocês realmente dormiram juntos ou não?). Mas você é assim, no instante em que a pessoa sai de vista, você esquece dela. Assim que se separaram, você voltou para Natelândia. E quanto a ela?

Nate desejou ter convidado Jason para jantar em vez dela. Dava para comer um maldito cheesebuguer com Jason.

Ele olhou a parede oposta, onde um tipo ameaçador de lança estava em exposição.

– Acho que seria um pouco estranho se Hannah estivesse tão envolvida após dois encontros – disse ele, por fim. Sentia que responder qualquer coisa significava ceder para Aurit, mas não via outra alternativa que não fosse fazê-la continuar com aquilo. – Acho que você não está dando muito crédito para ela.

– Dois encontros que, segundo você, foram muito bem – disse Aurit. – Então ela está pensando em você e se perguntando que talvez ela tenha imaginado isso, talvez estivesse louca em pensar que vocês se divertiram, por que, de outro modo, você teria ligado.

– Talvez ela esteja pensando que não liguei porque andei ocupado. O que, por acaso, é verdade. Ou talvez não esteja pensando nada porque *ela* está ocupada. É uma garota inteligente e tem coisas para fazer. Eu realmente acho que você não está sendo justa com ela, transformando-a nessa criatura triste, sentada esperando meu telefonema. Talvez ela nem tenha gostado de mim. – Nate arranjou suas feições em um sorriso que esperava ser charmoso. – Sei que é difícil de acreditar, mas nem toda mulher me acha irresistível.

Aurit pegou uma pilha de rúcula de sua pizza.

– Sem ofensa, Nate, mas parece mesmo que você está na defensiva.

Ele largou o hambúrguer no prato.

Aurit começou a fazer delicados traços com o garfo, tirando montinhos de rúcula da pizza. Cortou um pedacinho triangular. Estava prestes a colocá-lo na boca, mas, em vez disso, falou:

– A coisa é que Hannah parece legal, tipo alguém que você poderia gostar de verdade – Aurit falou em um tom de voz propositalmente calmo, balançando o garfo com o pedaço de pizza sobre o prato. – Em geral você escolhe as mulheres erradas. Vê uma bonita e arranja um motivo para achá-la interessante. Então, quando não dá certo, você age como se o problema fosse "as mulheres" ou "os relacionamentos", em vez da mulher que escolheu... Como aquela palerma da Emily, que podia muito bem ter dezesseis anos de idade.

– Qual Em...? – Nate começou a perguntar. Mas era óbvio que ela se referia a Emily Berg. Ele fechou os olhos por um momento. – Eu realmente não quero falar sobre isso – disse ao abri-los. – Podemos, por favor, deixar isso para lá?

Ele sabia que Aurit interpretaria sua reação como "defensiva". Ele não estava na defensiva. Estava frustrado pela menção (injusta) a Emily e pela análise simplista da vida pessoal dele – feita, naturalmente, com uma certeza inabalável.

– Tudo bem – concordou Aurit.

– Obrigado.

Nate deu uma mordida em seu hambúrguer.

– É só que eu não entendo – falou Aurit. – Parece que quando encontra alguém adequado para você, e passa um tempo legal com essa pessoa, você devia seguir com cuidado, levar isso a sério...

Nate sentia como se fosse objeto de um tipo de tortura altamente sofisticado, no qual o torturador ouve suas objeções, até parece simpático a elas, e então continua a administrar choques elétricos.

Certa vez Aurit adotara um sistema de categorização de pessoas que Nate achou útil. Ela dizia que algumas pessoas eram horizontalmente orientadas, enquanto outras eram verticais. Pessoas horizontalmente orientadas preocupavam-se exclusivamente com o que os outros pensavam, em se encaixar ou impressionar seus pares. Pessoas orientadas verticalmente eram obcecadas apenas com algum tipo de "verdade" superior na qual acreditavam do fundo da alma e queriam alardeá-la, não importando se os outros estavam interessados. Pessoas horizontalmente orientadas são falsas e bajuladoras, enquanto as que são inteiramente verticais não têm qualquer habilidade social – são aquelas que ficam nas ruas gritando o apocalipse. Pessoas normais ficavam no meio, mas tendiam para um lado ou para o outro. Nate estava quase dizendo a Aurit que ela descambava para uma verticalidade insensível.

– Podemos, por favor, falar de outra coisa que não sejam encontros? – ele disse, em vez disso. – Quero dizer, há muito mais no mundo do que quem quer sair com quem e "Ah, meu Deus, você já ligou para ela?". Até parecemos personagens de *Sex and the City*.

Aurit ergueu as sobrancelhas e jogou o cabelo para trás, levantando o queixo, de modo que, diminuta como era, parecia olhar para ele como se estivesse em algum tipo de poleiro.

– Ah, desculpa, Nate. Esqueci quanto você é profundo. Como sou idiota, não acredito que o entediei com minha tagarelice de mulher. Talvez devêssemos falar sobre desarmamento nuclear.

Como foi que ele se tornara o errado? Nate não sabia o que aconteceu, mas agora não havia salvação para ele.

– Sinto muito – disse ele. – Só estou cansado.

– Tanto faz. – Aurit deu de ombros. – Está tudo bem. Só odeio o jeito como tantos homens tratam "encontros" como se fosse um assunto frívolo. É estúpido. – Ela deu um sorriso gélido e inclinou a cabeça na direção dele, para não deixar dúvidas sobre quem exatamente considerava estúpido. – Namorar é provavelmente a interação humana mais plena que existe. Você está avaliando as pessoas para ver se elas valem seu tempo e atenção, e elas estão fazendo o mesmo com você. É a meritocracia aplicada à vida pessoal, mas não há prestação de contas. Nós nos submetemos a essas inspeções íntimas e simultaneamente as infligimos sobre os outros, tentamos manter nossas psiques intactas (para evitar que nos tornemos frios e calejados), e esperamos que no fim de tudo acabemos mais felizes do que nossos avós, que não passavam esse vasto período de suas vidas, esses anos primordiais, tão completamente sozinhos, dissecados com tanta frieza e de uma forma tão explícita uma vez, e outra, e outra. Mas quem se importa, certo? São só coisas de mulheres.

Típico de Aurit. Pegar qualquer coisa que a interesse e aplicar toda aquela criatividade para transformá-la em Algo Importante. Nunca lhe ocorreria que havia alguma coisa com a qual valesse mais a pena se importar ou em que pensar do que a busca da felicidade – no sentido comodamente associado e fatalmente burguês da palavra – das mulheres de classe média alta. Ela achava que se pudesse transmitir *o quanto isso significava* para as mulheres, esclarecer isso de uma vez por todas, o mundo se renderia. Ela nunca percebia como era limitada sua perspectiva, como ela era insensível para tudo o que ficava fora da esfera de suas próprias preocupações.

– Não sei – disse Nate em um tom de voz que pretendia ser apaziguador, embora estivesse prestes a discordar. – É fácil exagerar a importância de tudo que te afeta pessoalmente. É como aquelas mães que, quando os filhos não se saem bem nos testes, acham que exames padronizados são as piores coisas do mundo. Eu só não acho que o namoro seja exatamente esse flagelo da vida moderna que você está dizendo. Não acho que tenha tanta importância assim. É só um aspecto da vida e certamente não o mais importante.

– Não, você não acha que seja grande coisa, não é? – analisou Aurit. Sua voz já não tinha um tom arrogante, mas pensativo, como se fosse uma naturalista classificando uma nova espécie nada atraente. – Da próxima vez que se sentir solitário, meu palpite é que achará que é grande coisa. Mas enquanto estiver se sentindo calmo e tranquilo, e for capaz de se concentrar em seu livro ou em suas resenhas altamente intelectuais e "ah, tão importantes", posso ver por que isso reforça sua percepção de si mesmo para agir como se fosse alguém profundo demais para se importar.

Nate estava se divertindo.

– Sou estúpido, é isso que você está dizendo.

Antes que Aurit pudesse responder, a garçonete se aproximou.

– Já acabaram?

– É... *não* – disse Aurit, que estava pronta para dar uma garfada na pizza.

A garçonete fez cara feia e se afastou. As narinas de Aurit se dilataram. Um mau atendimento era fonte de grande frustração para ela, uma irritação que podia a qualquer momento tomar conta dela, como a ciência era para a igreja medieval.

– Quando ela voltar, vou dizer que havia muita rúcula na minha pizza.

– Oi, pessoal.

Nate e Aurit ergueram o olhar. Parada ao lado da mesa deles estava Greer Cohen – a mesma Greer Cohen cujo adiantamento pelo livro despertara tanta animosidade no jantar de Elisa. Greer sorria animada, como se falar com eles fosse a melhor coisa que lhe acontecera em semanas.

Encontrar Greer não era uma surpresa, na verdade. No Brooklyn, todo mundo se esbarrava em todos os lugares. Embora as áreas do Brooklyn que pessoas do mesmo estilo deles curtiam tivessem se expandido de forma drástica em uma rede cada vez maior de falsos botecos e restaurantes que misteriosamente ficaram na moda, para Nate o lugar nunca parecera menor, de tão cheio de pessoas que ele conhecia.

– Achei que fossem vocês, pessoal – disse Greer, em sua voz cantarolada e feminina que alongava as vogais.

O modo de falar de Greer não era apenas sedutor, mas sedutor como uma adolescente com chiclete na boca, saia de tênis e coxas bronzeadas.

– Ouvimos falar do seu livro – disse Aurit. – Parabéns. É uma grande oportunidade.

Greer sorriu e deu levemente de ombros, como se dissesse: "Quem? Eu?" Como se a história do livro simplesmente tivesse surgido em seu caminho, e ela mal tivesse tido tempo de perceber. Agora, *Greer* era uma pessoa orientada horizontalmente. Até em sua sensualidade havia algo superficial. Algumas pessoas cheiravam a sexo; Greer, apesar das roupas meio masculinas, cheirava a uma sensualidade fabricada, mais provocante do que vulgar, como uma *pinup* da década de 1940.

Da última vez que Nate a vira, em uma festa, tinham entrado em uma longa e cansativa discussão. Nate dissera que, em certo sentido, e só em certo sentido, é mais difícil para os homens dizerem não para o sexo do que para as mulheres. Quando uma mulher diz não, ninguém fica com os sentimentos feridos. Os homens esperam ser rejeitados. Mas quando um homem diz não, a mulher sente como se ele tivesse acabado de dizer que ela é gorda e indesejável. Isso faz com que ele se sinta um canalha. Greer afirmou que ele estava sendo um idiota sexista que não achava que as mulheres devessem paquerar os homens e que se recusava a considerar a seriedade do assédio sexual e do estupro. Nate achou que ela forçou a barra e foi pouco sutil, interpretando-o de maneira equivocada de propósito, para fazer efeito, ou simplesmente era incapaz de entender a distinção que ele fazia.

Agora, no entanto, enquanto Greer descrevia seu livro para Aurit ("Em parte é uma biografia, sobre as desventuras da minha adolescência, mas também é meio que um livro de artes com fotos, desenhos e letras de música"), ele estava fascinado pelo seu decote. Ela começou a balançar a cabeça vigorosamente por algo que Aurit disse. Os seios de Greer, acomodados em uma regata verde-oliva, eram do tamanho favorito de Nate, grandes o bastante para encher uma taça de vinho (tinto). Quando ele tentou encontrar o olhar dela, viu que ela estava olhando diretamente para ele.

– Foi ótimo encontrá-los – disse ela, por fim. – Vejo vocês mais tarde.

Nate observou o traseiro em formato de coração de Greer balançar no compasso de seus passinhos desenvoltos enquanto ela seguia até a área do bar.

– Eu contei para você que Hans estará pela cidade em algumas semanas? – perguntou Aurit.

Hans, o namorado de Aurit, era um afável jornalista alemão que usava óculos redondos e algumas vezes dava a Nate a impressão de ser mais uma propriedade dela do que um indivíduo por si só. A existência de Hans na vida de Aurit, ainda que semimaterial devido à natureza de relacionamento de longa distância deles, dava a ela autoridade para passar sermão nos outros sobre suas vidas amorosas.

Nate ainda contemplava a bunda de Greer. "É bonita."

* * *

A luz do sol inclinava-se pelas janelas do "Recess, aberto das 7h às 21h" e reunia-se em turbilhões brilhantes de poeira sob as cadeiras e atrás dos balcões repletos de grãos de café.

Apesar de sua opinião sobre a revitalização urbana, Nate gostava da abundância de cafeterias no bairro nos últimos tempos. Era difícil acreditar que, há muito tempo, os pálidos e cansados freelancers e estudantes de pós-graduação que se reuniam diariamente em lugares como o Recess estariam digitando sozinhos, enfurnados em seus quartos sombrios.

"Algumas vezes você só quer ver outro ser humano, entende?", Nate tentara explicar para o pai, que torcera o nariz para o desperdício de dinheiro e tecera incontáveis elogios às virtudes da máquina de café expresso doméstica. Nate não contou ao pai que trabalhar no Recess impedia-o de ficar vendo pornografia, o que aumentava sua produtividade o suficiente para recuperar o que gastava no café.

Nate escolhera o Recess por dois motivos: pela proximidade (um quarteirão e meio de seu apartamento) e por Beth, que trabalhava atrás do balcão. Ele encontrou o olhar de Beth agora. Ela sorriu e olhou interrogativamente para o computador dele. Ele deu de ombros e fez uma expressão como se dissesse que estava tentando trabalhar, mas sem sucesso. De fato, ele estivera analisando um e-mail de uma loja de material de escritório. Parecia que não havia momento melhor para se comprar uma copiadora.

Na verdade, ele estava com dificuldade de se concentrar. Sua mente ficava vagando. Coisas pessoais. Hannah.

Ele não ligara para ela no dia seguinte ao jantar com Aurit. Esperara mais um dia. O dia extra era tipo um foda-se para Aurit. Ela fora uma verdadeira mala sem alça naquela noite. Mas... ligar para Hannah parecia uma boa ideia. Era a coisa certa. Ele passara a noite com ela. Ela havia feito o café da manhã para ele. No telefone, a voz de Hannah, contra os prognósticos catastróficos de Aurit, não estava repleta de recriminações chorosas, embora ele tivesse levado – *caramba* – seis dias para entrar em contato com ela. Ela soara um pouco sonolenta no início, as consoantes não muito distintas. Depois de uma pausa longa o suficiente para alarmá-lo, ela dissera:

– Claro, vamos fazer alguma coisa.

Desde então, Nate estivera ocupado revisando sua resenha sobre o livro sobre Israel e preenchendo um longo e detalhado questionário do departamento de marketing de sua editora. O fato de que em fevereiro seu livro chegaria às lojas de todo o país começava a parecer mais real. Quando ele pensava em ver Hannah, sentia uma ligeira sensação de expectativa. Não apenas ele gostava dela, mas eles comportavam-se bem um com o outro, não ressentidos e rabugentos como Aurit e ele foram na outra noite, mas nas melhores versões deles mesmos: atenciosos, educados e bem-humorados. Essa interação parecia a Nate não só a melhor versão de si mesmo, mas sua versão mais real, exceto que, como um gato irritadiço, esta pessoa magnânima e comprometida só se materializava de vez em quando, sob circunstâncias muito específicas. Conhecer pessoas novas despertava isso nele. Assim como receber boas notícias. Nate nunca fora mais tolerante com as pessoas do que nas semanas que se seguiram à venda de seu livro.

Mas Hannah e ele logo sairiam do território dos "recém-apresentados". A coisa toda sobre não querer dormir com ele, sobre não conhecê-lo bem o bastante, deixava claro que ela não queria algo casual. Ele concordara tacitamente com os termos dela quando a convidara para sair novamente. (Este era o verdadeiro motivo de Nate ter hesitado em ligar para ela, que teria contado para Aurit se ela não tivesse começado de cara a passar um sermão nele.) Depois da outra noite, seria mais difícil, mais constrangedor para ele dizer para Hannah que não queria nada sério. Além disso, algo o impedira de dizer isso nas duas vezes que saíram. Ele sentira que, para Hannah, isso seria um rompimento – que ela não pestanejaria e diria "eu também não estou procurando nada sério" do jeito que muitas garotas fazem, como se isso fosse parte do desafio do namoro. Cada vez que saíra com Hannah, ficara relutante em dizer algo que pudesse jogar um balde de água fria na dinâmica divertida e sedutora deles. Sem dúvida, sentia a mesma hesitação esta noite.

Lá fora, o freio de um ônibus gemeu. Nate apoiou os cotovelos na mesa e esfregou as têmporas com as mãos. Aurit também não seria de nenhuma ajuda. Ela não entendia (e se recusava deliberadamente a entender) que, no pequeno espaço mental em que ela guardava imagens amorosas de aconchego, Nate se via tentando ler na cama enquanto um corpo estranho respirava pesado ao seu lado e perguntava se ele apagaria logo a luz. Ele se imaginava lançando um olhar de despedida para seu apartamento, enquanto fechava a porta e partia para a casa da namorada "porque *é* mais confortável, não é mesmo?". Ele assistia a sexo meloso, pornografia cuidadosamente escondida e noites de filmes – comédias independentes bem recomendadas no Netflix, ou talvez, se estivessem se sentindo especialmente ambiciosos, um documentário.

Nate era devotado à humanidade no abstrato – aos direitos humanos, à igualdade de oportunidades, à erradicação da pobreza. Era, em teoria, compreensivo com relação às limitações dos outros: era necessário levar em consideração as causas, as árduas desvantagens colocadas pela estupidez, pela cultura do consumo infantilizado etc. Mas quando aproximava o microscópio, os seres humanos tornavam-se, para ele, um tipo muito pouco atraente. Pareciam gananciosos, desmazelados, hipócritas, indulgentes. Sexo, o impulso sexual, era uma isca – uma ilusão criada por um organismo animal que visava apenas à perpetuação da espécie. A maquiagem, o penteado, as pernas depiladas e a musculatura torneada nas academias, a postura urbana e um verniz protetor de juventude, realização e até mesmo afabilidade... não eram nada além de mero disfarce para o patético "eu" que existia por trás de tudo isso? Não era misoginia. Os homens colocados em situações similares, livre de pretensões, seriam igualmente desagradáveis. Mas Nate não era atraído e repelido por homens. Os homens não o obrigavam a entrar em contato com seus aspectos menos atrativos. O poço de carência, os focos de autopiedade, os pensamentos mais vãos e torpes que os amigos homens de Nate tinham quando acordavam no meio da noite permaneciam em grande parte ocultos dele, como odores desagradáveis sugados pelos exaustores dos banheiros modernos.

Mas talvez estivesse se iludindo. Certas ideias abstratas não o impediram de desfrutar muitas outras coisas que achava filosoficamente questionáveis, como consumir produtos da China, viajar de avião, Tori Amos. Se quisesse estar em um relacionamento, nenhum argumento o faria mudar de ideia. Talvez a questão principal não fosse *por quê*, mas simplesmente *que* ele não queria estar em um relacionamento. Seu trabalho o satisfazia, e seus amigos proporcionavam toda a conversa e companhia de que precisava.

Isso era errado? Por que as mulheres continuavam patologizando homens por não quererem namoradas? Há sites inteiros escritos por mulheres supostamente inteligentes e "independentes" que não pensam duas vezes antes de chamar esses homens de imaturos, na melhor das hipóteses, cretinos na pior. Nate gostaria de argumentar, se tivesse alguém com quem argumentar, que as mulheres queriam estar em um relacionamento porque, em um nível visceral, elas não queriam ficar sozinhas. Elas não eram indivíduos nobres, elevados, preocupadas com o bem-estar da nação ou com a preservação das espécies. Simplesmente desfaleciam com imagens de um casal fazendo o jantar juntos, de um namorado apaixonado batendo brincalhão com o pano de prato na bunda dela, enquanto os dois picavam legumes, tomavam vinho e ouviam rádio (de preferência em um apartamento pré-guerra que compraram juntos com uma cozinha equipada). E essa é a prerrogativa delas. Mas que direito tinham de demonizar quem preferia outra coisa? Se a ideia de Nate de um jantar agradável envolvia curvar-se sobre a mesa da cozinha, com uma pizza congelada e um exemplar de *Herói do nosso tempo*, de Lermontov, quem poderia dizer que seu ideal era pior?

Nate sabia que a resposta seria "maturidade, é o que adultos fazem etc., etc.", mas as mesmas mulheres que eram tão rápidas em chamar os homens de imaturos quando eles não organizavam a vida ao redor de confortáveis relacionamentos domésticos jamais chamariam outra mulher de imatura por não quererem bebês. Elas se ressentem ao máximo com qualquer um que dê a entender que há algo de errado com a escolha *delas*. Não, as mulheres só vêm com esse papo de maturidade adulta quando é conveniente, quando procuram um argumento para falar mal de algum pobre-coitado que não quer o que elas querem. Não é apenas inconsistente: é sinal de má vontade para levar a sério a preferência de outras pessoas. Como tal, é um impulso tirânico. E alguém realmente precisa dizer isso.

Do lado de fora da janela, a luz do sol refletia nos para-brisas dos carros estacionados. Nate terminou seu café e deixou a caneca de lado.

O problema era que não importava o quão injustas elas eram, não importava o quão insanamente se dobravam à domesticação, Nate era incapaz de ignorar totalmente as alegações das mulheres – aquelas com quem dormira ou com quem poderia dormir. Se pelo menos, como aqueles escritores ególatras do século passado – Mailer, Roth etc. –, ele pudesse ver a satisfação de seu desejo sexual como um triunfo do espírito, a vital e necessária afirmação de uma virilidade gigante, poderosa, cuja essência era tanto intelectual quanto erótica. Ou Nate era menos poético, incapaz de alcançar essas alturas estonteantes de sofisticação imaginativa, e mais senso comum e pé no chão sob todos os aspectos – e sem dúvidas ele era –, ou era menos melodramático. Ele não podia enfeitar seu desejo básico de comer alguém, *de enfiar sua coisa*, com uma justificativa tão barroca; então era mais difícil entender por que seu desejo devia sobrepujar qualquer outra coisa, sobrepujar a infelicidade pós-coito das mulheres. A voz lúgubre de Kant, insistindo na imparcialidade, e o igualitarismo da época – cada pessoa igualmente passível de empatia – estava muito embrenhada nele.

– Você está bem, Nate?

Ele se virou para olhar o rosto largo e amigável de Beth, o tipo de rosto que mantinha um quê de garota bem-amada, daquelas que penduram fotos de cavalos na parede do quarto.

– Você estava fazendo uma cara estranha – ela disse.

– Só me concentrando, acho. Como você está?

Ela balançou o pano que estava segurando.

– Ah, você sabe, outro dia no paraíso.

O celular de Nate começou a vibrar na mesa, debatendo-se como uma barata de cabeça para baixo, lutando para se endireitar. Quando estendeu a mão para pegar o aparelho, o rosto de Elisa o encarou. Na tela, seus lábios carnudos estavam pintados de vermelho vivo, e seu cabelo loiro estava preso de qualquer jeito longe do rosto, com só algumas mechas soltas. O flash corara sua pele, e o ângulo era de esguelha porque ela tirara uma foto de si mesma com o braço esticado. Ainda parecia bonita. Mas se havia tentado valorizar-se para ele colocando esta foto para aparecer no celular toda vez que ligasse, ela calculara mal. A expressão implicitamente acusadora em seu rosto sempre o enchera de terror. Ele clicou em RECUSAR.

Então abriu uma tela de nova mensagem em seu computador.

– Sinto muito – escreveu para Hannah. – Estou cheio de edições na resenha do livro de Israel. Não vou conseguir sair esta noite.

Acrescentou algumas amabilidades, assinou seu nome, deletou seu nome, substituiu-o pela letra *N*, deletou a letra *N*, e por fim assinou *np*, com minúsculas, para representar apenas a quantidade certa de intimidade.

Assim que clicou ENVIAR, o alívio tomou conta dele.

Capítulo 7

Na noite seguinte, um conhecido de Nate faria uma leitura de seu novo livro em uma livraria em Lower Manhattan. Nate chegou cedo, também porque seu amigo Mark ligara e pedira que guardasse um lugar para ele.

Jason apareceu logo depois e tomou um dos assentos ao seu lado.

– Ei, cara, você vai sair depois, certo? – a voz de Jason era quase um sussurro. – Tenho uma fofoca. Não posso contar aqui.

Nate certa vez sugerira para Jason que havia algo lascivo na intensidade de seu interesse pela vida dos outros. Em resposta, Jason parafraseara Allan Bloom: "Quando faço isso, não é fofoca. É história social."

O amigo de Nate, Eugene Wu, chegou e sentou do outro lado. Nate estava prestes a falar para Eugene que o lugar estava reservado para Mark. Deteve-se. Eugene era o tipo de pessoa desconfiada, irritável. Era capaz de tomar isso como afronta pessoal. Havia algo de estranho em guardar lugar, de qualquer modo.

Mark chegou bem no momento em que o autor estava sendo apresentado. Nate acenou com o braço e fez cara de triste, tentando sugerir que fizera o melhor possível. O autor começou a ler. Nate tentou se concentrar, mas Mark o distraía. Obrigado a ficar parado em pé ao lado de uma estante de jornais estrangeiros, ele visivelmente mudava o peso do corpo de uma perna para a outra enquanto fazia cara feia na direção de Nate, que tentava evitar olhar aquela parte da sala.

Depois, um grupo grande se dirigiu até o bar mais próximo. No caminho, Nate entrou e saiu de várias conversas. A balbúrdia de buzinas de carros e o ruído do tráfego garantiam uma agradável ambientação urbana enquanto o grupo seguia pela Houston Street no crepúsculo úmido. Nate sentiu uma onda de contentamento. Algumas vezes se lembrava do quão solitário fora no ensino médio e nos primeiros momentos da faculdade, e até nos anos iniciais em Nova York, depois que ele e Kristen terminaram. Cercado por amigos e razoavelmente estabelecido, ele se sentia com sorte. Sabia que tivera sorte.

Dentro do bar não havia quase ninguém, apenas alguns obstinados assistindo a beisebol em uma TV de tela plana e outro grupo ao redor de uma mesa de bilhar. Mas o espaçoso jardim de cascalho nos fundos estava cheio. Parado sob uma árvore desgrenhada, Nate começou uma conversa sobre empréstimos consignados com uma garota chamada Jean. Ela estava escrevendo um artigo sobre pobreza urbana.

– Tive que tomar uns dois empréstimos desses ao longo dos anos – Nate lhe contou.

– Sério? – disse ela. – Você não é exatamente o público-alvo.

Jean usava belos óculos estilo bibliotecária e tinha uma alegre abundância de cabelos cacheados que sacudiam energicamente quando ela assentia, o que fazia com frequência, como para encorajar a pessoa com quem estava falando.

– Tive alguns anos ruins – comentou Nate. – Não podia me dar ao luxo de esperar dois meses para que uma revista resolvesse me dar um cheque.

Enquanto Jean lamentava, compreensiva, Nate começou a enrolar as mangas da camisa. Desejou ter vestido uma camiseta. O ar quente estava denso, como uma presença física.

– Posso perguntar por que você simplesmente não pegou um adiantamento em dinheiro no cartão de crédito? – perguntou Jean.

– Esqueci minha senha – respondeu Nate.

Por cima do ombro de Jean, ele viu uma morena muito bonita. Ela conversava com uma garota que ele conhecia de vista, e parecia olhar em sua direção. O cascalho sob os pés de Nate fez um ruído quando ele mudou de posição para ter uma visão melhor.

– Sério? – perguntou Jean.

Nate se voltou para ela.

– Imaginei que se usasse uma que sabia de cor, seria tentador demais – disse ele. – Então criei uma senha aleatória, escrevi em um papel, mas perdi.

Jean empurrou os óculos por sobre o nariz.

– Você pensou em pedir uma segunda via do cartão de crédito para o banco?

– Eu respondi errado as perguntas com meus dados pessoais.

– Está brincando – falou Jean.

– Minha mãe é romena. O nome de solteira dela tem muitas vogais. E talvez eu estivesse bêbado. Eles não faziam tantas perguntas no lugar que fazia empréstimo consignado.

Jean tinha uma risada barulhenta, que, embora não fosse exatamente feminina, ao menos parecia desinibida e sincera.

Ela era alguém de quem Nate gostava, alguém que sempre ficava feliz de encontrar em uma festa. Mesmo assim, ele inevitavelmente ficava sem assunto com ela. Ela sabia muito sobre bandas obscuras e atores independentes, mas quase nunca dava sua própria opinião ou arriscava uma que não estivesse de acordo com princípios corretos e compaixão liberal. Depois de um tempo, essa boa índole imutável deixava Nate incapaz de dizer qualquer coisa.

A morena entrou no bar.

Nate deu um tapinha no ombro de Jean.

– Volto em um minuto.

A garota – que era de fato jovem o bastante para Nate não achar que chamá-la de garota fosse politicamente incorreto – estava apoiada no bar, as solas dos pés para fora das sapatilhas enquanto ela ficava na ponta dos dedos.

Nate parou ao lado dela.

– Acho que estamos com o mesmo grupo. Você estava na leitura, certo?

Ela se abaixou. Alcançava, talvez, o queixo dele.

– Sim – respondeu ela cautelosamente.

– Então vai me ajudar?

– Com o quê?

Nate apontou com o polegar para o garçom.

– Você tem mais chance de chamar a atenção dele do que eu.

O nome dela, Nate logo descobriu, era Cara. Fizera pós-graduação em Stanford havia dois anos. Depois terminara o mestrado em literatura na John Hopkins. Era estagiária em uma solene revista literária e procurava um emprego em tempo integral. Estava em busca de algo no ramo editorial ou de revistas, mas estava difícil, apesar de sua formação.

– É realmente horrível que não haja mais empregos em tempo integral na nossa área – disse ela. – Eu aceitaria até um emprego no nível de assistente.

Para Nate, isso parecia mais do que um empreguinho sem importância. Mas Cara era jovem, e não era uma tarefa fácil começar uma vida profissional. E ela parecia ser meiga. Também ajudava que fosse bonita como uma modelo.

Eles voltaram para o jardim levando as bebidas. Estava agradavelmente mais escuro. Uma a uma, as janelas nos prédios vizinhos passaram de negras para amarelas, conforme as luzes em seus interiores eram acesas.

Nate e Cara se apoiaram em uma parede de tijolos. Ela confessou que sabia quem ele era, que alguém já havia lhe falado dele e que ela já lera alguns de seus textos, ou pelo menos ouvira sobre. Naturalmente, Nate estava lisonjeado. Ela lhe contou que vivia em South Slope com colegas de quarto. Gostava de lá. Nunca se sentira como uma verdadeira californiana. E Baltimore? Não, ela não podia dizer que gostava de lá, ainda que fosse a cidade natal de Nate.

Depois de alguns minutos, Nate se pegou olhando Jason e Eugene, que estavam juntos do outro lado do pátio. Ele ainda não ouvira a fofoca de Jason. Estava ficando um pouco entediado, mas não estava pronto para ir embora. Cara era mignon. Seu cabelo escuro caía em ondas compridas e soltas ao redor do rosto, que era delicado e atraente, com lábios bem-formados e grossos e sobrancelhas simétricas. Bronzeada, com uma aparência quase persa, ela não era apenas bonita: parecia inteligente e espirituosa. E claramente era esperta. Teria que ser. Era impossível – *não era?* – que fosse realmente tão entediante quanto parecia ser.

O que começou a irritá-lo depois de alguns minutos era que ela não parecia sequer tentar ser cativante. Não fazia o menor esforço para dar respostas inteligentes ou divertidas. Só uma jovem mulher atraente consideraria garantido o interesse de um estranho nas minúcias de sua vida.

Talvez fosse tímida.

Ele perguntou se ela gostava do estágio. Sua resposta não foi idiota, mesmo assim surpreendeu Nate por ser acadêmica e sem paixão. Em outro ponto de sua vida, ele teria sentido um desafio na rigidez dela, naquele ar de consentimento complacente em vez de entusiasmo. Ele teria tentado tirar dela algo que tivesse sentimento, ainda que fosse uma fofoca ou uma reclamação sobre os colegas de trabalho. Ele teria feito isso em parte porque não queria que ela se afastasse pensando que *ele* era chato. Mas ele não se sentia motivado a fazer esse tipo de esforço. Ele pensava em Hannah e sentia uma angústia em relação a algo que não sabia o que era. Preferia não analisar.

Ele estava pronto para escapulir quando se pegou contando a Cara que basicamente não tinha outra escolha senão morar em Nova York porque era um motorista horrível.

– Eu não poderia viver em um lugar onde você precisa de um carro para se locomover.

– Eu ouvi você mencionar dirigir, Nate?

Mark se aproximou, estendendo a mão para Cara.

– Oi, meu nome é Mark – disse ele, o tom de voz sem pretensões, como se duvidasse que alguém da importância de Cara gostaria de conhecê-lo. Era parte do seu estilo.

– Nate lhe contou sua teoria sobre dirigir? – perguntou Mark.

Ele soava entediado, de um modo quase lúgubre, como se já tivesse contado essa história uma centena de vezes e tivesse certeza de que ela não estava muito interessada.

Cara negou com a cabeça.

– Bem, deixe-me contar então. Ele é um motorista *terrível.*

Ela sorriu.

– Ele disse isso.

Ela já parecia mais animada do que quando Nate estava sozinho com ela.

Editor de revista, Mark era magro, ágil, com o cabelo cortado rigorosamente curto; sempre se vestia com elegância, estilo "business casual". De início, ele parecia quase trivial, mas cultivara uma personalidade seca, tipo homem comum, que lhe conferia grande vantagem.

– Ele diz... – começou Mark, a voz repleta de desaprovação. Fez uma pausa, como se derrotado, e recomeçou: – Ele contou para mim e para nosso amigo Jason, há alguns anos, quando fizemos uma viagem juntos, que seu cérebro é como um Mack Truck.

O sorriso de Cara agora era um pouco confuso. Nate estava balançando a cabeça, mas começou a rir, em parte por vergonha, mas também porque estava se divertindo. Ele quase esquecera essa história. Tinha que dar crédito a Mark no que dizia respeito a Cara. Mark deixou a coisa bem mais animada do que ele havia conseguido.

– Nate diz que bons motoristas são pessoas que podem colocar os cérebros em controle de velocidade. Seus cérebros são como pequenos carros japoneses. Ele, por outro lado... bem, o cérebro dele é um imenso motor rugindo que precisa ser constantemente monitorado. É poderoso demais para ser colocado na configuração padrão, onde é perfeitamente possível mudar as marchas ou parar no semáforo.

Mark balançou a cabeça de modo reprovador. Cara, com as mãos no quadril, virou para Nate, esperando algum tipo de defesa.

Nate tentou parecer digno de simpatia.

– O que ele não contou é que esses dois, Jason e ele, estavam me azucrinando a semana toda por causa do jeito que dirijo. Eu tinha que falar alguma coisa.

Mark franziu o cenho para Nate, antes de se voltar para Cara.

– Na minha opinião, ele foi extremamente elitista. Eu fiquei muito ofendido.

– Além disso – Cara disse com súbita energia –, acho que caminhões *também* têm controle de velocidade. Quero dizer, aviões têm, certo? Piloto automático? Por que não caminhões?

– Boa! – Mark se voltou para o amigo. – O que tem a dizer sobre *isso*, Nate?

Nate levantou as mãos.

– Tenham ou não, eu me rendo. Foi uma teoria estúpida.

Ele finalmente começara a se divertir.

Quando Cara se afastou para ir ao banheiro, Mark se voltou para ele. Seu rosto estava oculto pelas sombras dos ombrelones das mesas.

– Acho que ela está meio a fim de mim, mas se você... quero dizer, você chegou primeiro.

– Vá em frente – falou Nate. E estava sendo sincero. Ainda se sentia um pouco mal sobre o incidente do lugar não guardado. Mas isso não era o principal, no entanto. – Não tínhamos muito o que dizer um para o outro.

Mesmo na penumbra, Nate podia ver que Mark parecia surpreso.

– Eu a comeria não importa o que ela tem a dizer.

– Boa sorte.

Nate entrou para pegar outra bebida. Enquanto esperava no bar, estrondos agudos de gargalhadas atravessaram o ar ébrio. Nate se sentia pegajoso, e também bastante taciturno. Era difícil dizer por quê. A noite simplesmente parecia vazia, quase sem sentido.

Quando o garçom lhe deu a bebida, ele terminou-a rapidamente. Era sua terceira ou quarta, e bebê-la tão rápido foi o suficiente para fazê-lo passar de alto para bêbado. Pediu outra imediatamente.

Nate acordou na manhã seguinte com recordações constrangedoras – dele chegando em Jean e colocando o braço ao redor dela, por exemplo.

– Então, qual é a sua? – ele perguntara. – Quem é você realmente?

Ela rira, mas ele a sentira se afastando dele. Mesmo na névoa da embriaguez, ele percebia que não estava sendo ousado e corajoso, apenas bufão. E suado. Também tinha uma lembrança distinta de passar por Cara quando estava indo embora. Havia algo piedoso no jeito que ela olhou para ele.

Depois de quatro Advils, um café gelado grande e muitas horas passadas, sentiu-se bem melhor. No começo da tarde, ligou para Hannah.

– Bem... – disse ela lentamente, quando ele pediu para reagendar o encontro que ele cancelara. – Não é uma semana muito boa para mim.

Nate se fingiu de bobo, sugerindo alegremente a semana seguinte. Hannah disse que estaria ocupada também. Mas uma risadinha em sua voz deu confiança para ele.

– E que tal um café às dez da manhã, na terça? – perguntou ele. – Você não pode estar ocupada às dez da manhã de uma terça, não é? Não é como se você tivesse um emprego ou algo assim... e digo isso sem ofensa. Eu também não tenho.

Ela admitiu que poderia ter uma noite livre da qual se esquecera.

Quando ele chegou ao centro da cidade, em Bryant Park, Hannah já estava sentada com um livro em uma pequena mesa verde da cafeteria, passando o dedo de leve na borda da página enquanto lia. Seu cabelo, mais claro que o normal na luz do sol, caía para a frente nos dois lados do rosto. Ela ergueu os olhos do livro quando ele se aproximou. Ao se levantar, a cadeira alta em que estava sentada se moveu.

– Oi.

Nate se sentia atipicamente nervoso enquanto sorriam um para o outro.

– Trouxe algo para você – disse ele, colocando a mão no bolso de trás. Deslizou um exemplar de *Viagens com minha tia*, de Greene, pela mesa. – Percebi que você não tem esse – disse, olhando para o livro e não para Hannah.

– Ah! Que gentileza sua. Obrigada!

O concerto que foram ver só começaria dentro de alguns minutos, mas o parque estava repleto de atividade. Do outro lado da ampla faixa de grama estava o carrossel e, à esquerda, em uma barraca antiga, um "artesão do sanduíche". Algumas crianças, talvez com seis ou sete anos, brincavam na grama ali perto.

– Olhem! – gritou uma menininha asiática com trança e vestido branco. Ela falava com dois meninos loiros, gêmeos. A garotinha saltou de uma cadeira, a saia esvoaçando nas pernas abertas. Os meninos nem fingiram se importar. Saíram correndo, e ela os seguiu, a trança voando atrás. – Esperem!

Na década de 1980, o sociólogo William Whyte disse que não havia gangue de traficantes de drogas mais transgressivos do que aqueles que ficavam neste parque, quando eram contratados. Nate contou isso para Hannah, e ela riu.

– Você escreveu algo sobre ele? – perguntou ela. – Parece que me lembro de ter lido algo. Era... bom.

Nate ficou feliz que ela tivesse lido. Era um texto do qual ele gostava, sobre o materialismo da época.

Os músicos começaram a tocar. Hannah virou o rosto para eles. Ela sugerira um concerto grátis ao ar livre no final do dia.

– Vão tocar alguns dos últimos quartetos de Beethoven que são realmente maravilhosos – ela dissera.

Nate era menos interessado neste tipo de apresentação. Ele achava que havia algo irritante no amor da classe média alta nova-iorquina pela cultura erudita nos parques da cidade. Era tão cheio de autocomplacência, como se algumas apresentações ruidosas compensassem a desigualdade do sistema econômico.

– A-hã – comentara Hannah. – Sabe que você parece um daqueles, humm, *filisteus* que não veem uso na arte, certo?

Aquilo o calara.

Agora, Nate começava a se perguntar o que Hannah realmente achara do seu ensaio. Ela havia dito que era bom, mas com um jeito meio acanhado, como se estivesse escondendo algo.

A música parou. Nate estava prestes a aplaudir quando percebeu que era só o final do primeiro movimento. Hannah sussurrou que o próximo movimento seria mais lento. Nate assentiu, todo sério. Quando os músicos voltaram a tocar, ele fechou os olhos para filtrar as distrações. Hannah lhe dissera que aqueles quartetos eram pontes entre os períodos clássico e romântico. Isso era interessante. Mas as ripas cruzadas da cadeira de metal estavam machucando a parte de trás da sua perna. Era como se a cadeira tivesse sido projetada na década de 1980, para impedir que os traficantes de drogas ficassem muito confortáveis.

Ele estava pensando na redação que sua editora sugerira para seu livro no catálogo de vendas, quando as pessoas abruptamente começaram a aplaudir. Assim que percebeu, começou a bater palmas com grande entusiasmo.

Não conseguiu convencer.

– Acho que você não é um amante da música clássica, não é? – perguntou Hannah.

Nate deixou as mãos caírem.

– Tive aulas de piano quando criança. Acho que não foram muito úteis.

Quando deixaram o parque, ele e Hannah foram engolidos por uma multidão de pessoas que saía de um prédio comercial. Ao redor deles, as maletas batiam nas coxas; celulares eram desligados. Passaram pela entrada do metrô, e a multidão começou a diminuir. Caminharam para oeste, na direção do pôr do sol.

Hannah contou que tocava violoncelo na faculdade. Ela perguntou que tipo de música ele gostava.

– Para falar a verdade, sou meio idiota em relação à música – confessou Nate. – Em geral acabo gostando do que as pessoas me dizem que é bom. – Ele olhou para ela, um pouco tímido. – Gostei da música que você colocou no seu apartamento, na outra noite.

Protegendo os olhos do sol com a mão, Hannah se virou para ele.

– Elliott Smith? Eu não teria adivinhado.

– Fazer o quê? Gosto de música triste.

Ela jogou o cabelo por sobre o ombro. Sob a luz forte, seu cabelo tinha um brilho vermelho-dourado.

– Interessante.

Era um daqueles entardeceres alegres. As poças das quais os pedestres deveriam ter se desviado no dia anterior tinham secado e desaparecido. Risadas joviais vinham das cafeterias nas calçadas e ecoavam pelas ruas, que, no calor que se amenizava, pareciam esparramarem-se pela superfície e relaxarem com a tarde. As pessoas caminhavam alegres e cheias de vida, como se fizessem uma coreografia. Enquanto ele e Hannah saíam da calçada até a rua, Nate colocou a mão na parte de baixo das costas dela. Sentia-se feliz por estar exatamente onde estava.

Capítulo 8

Na semana seguinte, ele levou Hannah até seu apartamento. As lâmpadas das escadas dos terceiro e quarto andares estavam queimadas; eles subiram na quase escuridão. Ao ser aberta, a porta emitiu um lamento comovente, multissilábico.

– Espero que não esteja esperando muita coisa.

Hannah espiou a cozinha. Então seguiu pelo corredor estreito, em direção ao quarto. Nate seguiu atrás dela. Ele fizera uma arrumação antes da visita, mas seu apartamento limpo era pouco convincente, como um criminoso com as roupas arrumadas pelo advogado antes do julgamento. O pano que usara para limpar a escrivaninha e a cômoda estava embolado no parapeito da janela. Uma de suas gavetas estava cheia demais para fechar, então havia ficado meio aberta. Fizera a cama às pressas, mas um triângulo de lençol preto e branco espalhafatoso saía por baixo do edredom.

– É legal – disse Hannah lentamente. Apontou para a parede sobre a escrivaninha. – Gosto daquele quadro.

Nate encontrara a reprodução de *Vista de Toledo*, de El Greco, na rua. O céu azul zangado e a paisagem da cidade sobre a colina verde o atraíram. Ele havia consertado a moldura com fita adesiva.

– Obrigado.

Ele chegou por trás dela e colocou a mão no jeans que cobria seus quadris. Inclinando a cabeça em sua direção, ele fechou os olhos e inspirou o cheiro de seu cabelo.

Após o concerto na sexta-feira passada, eles tinham ido jantar e depois foram para a casa dela. Nate ficara por lá o resto do fim de semana. No sábado, saíram para tomar o café da manhã e caminharam pelo bairro. Tomaram Bloody Marys em um restaurante marroquino com um ótimo ar-condicionado e que ficava quase vazio entre o brunch e o jantar. Depois, ele se juntou aos planos dela de se encontrar com amigas da faculdade de jornalismo, faltando à festa que não estava mesmo muito a fim de ir (metade das pessoas que estariam lá eram as mesmas da leitura na semana passada). Domingo à tarde, Hannah praticamente o expulsou do apartamento.

– Eu pretendia trabalhar na proposta do meu livro neste fim de semana: se não fizer isso, escreverei matérias sobre saúde a vida toda. – Ela tinha um freela regular, escrevendo um apanhado semanal das notícias de saúde para o site da *Times*.

Agora, ela relaxava com o corpo contra o dele, seus quadris pressionando os dele. Nate começou a ficar excitado. No fim de semana que passara no apartamento dela, ela revogou a proibição de sexo.

Ele não mudara exatamente de ideia sobre não querer estar em um relacionamento. Mas agora que conhecera Hannah, agora que descobrira que gostava dela, não podia ver outro caminho. Foi com o prazer do cinismo desafiado que ele começou a acreditar que ela era de fato diferente das outras mulheres com quem saíra recentemente. Embora ela viesse da mesma classe média alta da maior parte das pessoas com quem ele convivia socialmente, Hannah parecia ser um tipo experiente, não tão tacanha quanto a maioria das mulheres que ele conhecia – não havia nada afetado ou dissimulado nela. Inteligente em vez de "esperta", ela não era tímida ou sem humor em seu jeito de pensar. Não arriscava dar opiniões com uma interrogação no final. Ele olhou o trabalho dela on-line e ficou surpreso por não ter prestado mais atenção nele antes. Suas críticas e ensaios eram lúcidos, bem-informados e muitas vezes maravilhosamente mordazes. Ela tinha voz própria, uma forma enérgica de atacar o moralismo temperada com ironia e calor, além de um humor sofisticado. Era quase tão dada à leitura quanto Jason e Peter e até mesmo o próprio Nate. (Para ser sincero, isso o surpreendera.) Também era engraçada – não hesitava em abrir um sorriso ou rir com gosto.

Nate também gostava do jeito como ela insinuava não ter uma opinião inteiramente formada sobre ele. Ele sentia como se ela o estivesse analisando, segundo algum padrão exigente de sua própria autoria. Nate a respeitava por isso. Sentia instintivamente que o padrão dela era bom, que ela era, essencialmente, *boa*. Não só no sentido de ser gentil com órfãos e gatinhos, não no sentido de fazer o bem no qual Kristen era boa, mas boa de algum outro modo. Honesta, sensata, não esnobe.

Um estouro como de arma de fogo atravessou a sala. Fogos de artifício, sem dúvida sobras do feriado de Quatro de Julho, comemorado há alguns dias. O estrondo logo deu lugar aos berros dos alarmes dos carros e gritos vindos da rua.

– Desculpe por isso – disse Nate, soltando Hannah e fechando parcialmente a janela. – Meus vizinhos levam a independência dos Estados Unidos muito a sério.

Hannah foi até o engradado de leite ao lado da cama dele e começou a examinar os livros empilhados ali.

– Aceita um pouco de vinho? – perguntou Nate.

– Claro.

Enquanto seguia até a cozinha, Nate bocejou. Estava tarde. Já tinham saído para jantar.

O vinho que comprara mais cedo na Tangled Vine estava em uma sacola plástica sobre a mesa. Ele abriu a garrafa e pegou um par de taças, segurando-as em uma mão com as hastes cruzadas.

Hannah estava parada em expectativa, até com docilidade, no meio do quarto. Nate colocou o vinho e as taças no engradado antes de ir até ela.

Na primeira vez que dormiram juntos, assim como na segunda, na manhã seguinte, fora urgente, febril, como se tivesse sido necessária uma grande quantidade de preparação, em vez de apenas um intervalo de algumas semanas. Nate queria ir mais devagar desta vez.

Ele a beijou. Ela era quase da sua altura. Ele mal precisava se inclinar. Ele deslizou a mão ao redor da cintura dela, e embaixo de sua camisa. As costas dela eram firmes e musculosas. Ele encontrou o fecho do sutiã: sentiu as mãos dela em suas costas, massageando gentilmente a pele sob o elástico da sua cueca boxer e movendo-se ao longo da linha da cintura. Era uma região sensível, e ele desfrutou do toque dela, mas começou a ficar consciente de que estava um pouco mais gordo ali do que gostaria, uma pequena saliência nas laterais e na frente, e tentou encolher os músculos abdominais.

Ele a conduziu na direção da cama. A luz da luminária da escrivaninha dava um ar de escritório ao cômodo, então ele a desligou. Começou a desabotoar a camisa. Seus olhos se ajustaram à escuridão, e ele viu Hannah observando-o da cama. Encarando-o, ela deslizou a camisa pela cabeça.

Nate serviu o vinho em uma das taças e a entregou para ela. Enquanto ela bebia, ele sentou-se ao seu lado e tocou seus seios. Ela lhe entregou a taça e, enquanto ele bebia, começou a abrir sua calça. Ele deixou a taça de lado. Então a abraçou, fazendo-a deitar de costas e tirando seu jeans enquanto pressionava o corpo contra o dela.

Como ocorrera nas vezes anteriores, ele foi rapidamente tomado por uma correnteza de sensações, com uma intensidade que o surpreendeu. Seus encontros mais recentes antes de Hannah – havia meses, e com mulheres que ele mal conhecia e que tinha pouca vontade de rever – tinham sido estranhos, sem tensão, quase masturbatórios.

Hannah e ele fizeram um sexo convencional, estilo papai e mamãe, sem teatro, e foi, para ele, realmente bom. Ele imaginou que para ela também tinha sido. O corpo dela parecia responder sutilmente ao seu toque. Isso era parte do que fizera ser tão bom para ele – isso e a falta de artificialidade: ele não estava consciente de desempenhar um papel, segundo uma expectativa. A intensidade e o mistério que estavam lá, e o esquecimento temporário de si mesmo, foram reais. Depois que gozou, ele enterrou o rosto no pescoço dela enquanto ondas de ternura, embaraçosamente fortes, tomavam conta dele.

Por alguns minutos, permaneceram em silêncio, aconchegados um nos braços do outro. Então Nate começou a se recuperar. Pensamentos cotidianos voltando a importunar sua mente. Ele ficou ciente da sensação úmida e levantou para jogar a camisinha no lixo.

Ao retornar, viu-a esparramada na cama.

– Você tem um belo corpo – disse ele. – As pessoas devem lhe dizer isso o tempo todo.

Ele podia ver os músculos definidos de seu estômago tenso enquanto ela ria.

– Estou, tipo, totalmente exausta de ouvir falar disso – brincou ela. Virou-se de lado. – Se há uma coisa que as mulheres odeiam é serem elogiadas. Somos tão seguras a respeito de nossos corpos.

Nate serviu mais vinho. Começaram a conversar, por algum motivo, sobre o ex-namorado dela, Steve, com quem estivera por quatro anos. Nate a pressionou por mais detalhes. Ele gostava do jeito inteligente, novelístico, que ela tinha de descrever as pessoas.

– Ele tinha esse traço culturalmente conservador – disse ela. – Lia muito. Era advogado, mas lia filosofia, ficção, até poesia. Eu respeitava isso, mas depois de um tempo essa coisa de cavalheiro-erudito me deu nos nervos. Parecia que ele estava tentando recriar alguma coisa, como se tivesse um pouco de nostalgia demais pelo passado, pela aristocracia e pelo privilégio de classe, na verdade.

Ela disse que Steve era pragmático e organizado e a criticava por ser descuidada, fazendo-a se sentir como uma espécie de criança selvagem. Com o tempo, o relacionamento deles acabou se tornando uma série de batalhas por controle.

– No último ano em que ficamos juntos, eu podia senti-lo me inspecionando constantemente, de cima a baixo. Um botão perdido ou uma manchinha eram um achado, quando meu fracasso fundamental como pessoa era exposto. – Ela começou a brincar com uma mecha de cabelo. – Mas não estou sendo justa. A verdade é que eu fazia o mesmo com ele no final... fazendo caso do quão rígido, pouco sutil e encrenqueiro ele era. Ele sempre me acusava de revirar os olhos e sorrir cinicamente para ele. Acho que eu fazia isso.

Uma hora já se passara. Tinham perdido interesse no vinho. Nate trouxe copos de água da cozinha.

Ele acabou contando para ela sobre Kelly Krebs, a garota com quem perdera a virgindade entre o primeiro e o segundo anos da faculdade.

– Nós nos conhecemos na praia. Ocean City. Ela era um tipo que jamais havia conhecido antes: classe média, típica americana, gentil.

Não tão inteligente nem tão preocupada com isso. Ela achava estranho eu ir para Harvard. Acho que ficava envergonhada comigo.

Por causa do nariz adunco e porque ela frequentara um colégio público de segunda linha, seus amigos do ensino médio chamavam Kelly de areia grossa, que, ele explicou para Hannah, era um termo usado em Baltimore que significava "caipira".

– Eles a chamavam assim na cara dela? – perguntou Hannah, horrorizada.

– Não, não – ele garantiu. – É claro que não. Só para mim.

Ele contou que isso dizia mais sobre seus amigos judeus provincianos e suburbanos – sem falar sobre sua imbecilidade – do que sobre Kelly. Eles aglomeravam todos os gentios (exceto os muito ricos, de onde saíam senadores e presidentes). Kelly não era uma caipira. Seu pai era contador. A mãe trabalhava meio período em uma butique. Para Nate, que era filho único, Kelly tinha o que parecia uma superabundância de irmãos. A casa da família, em Towson, um subúrbio vizinho ao de Nate, era um emaranhado de equipamentos esportivos – bastões de hockey guardados em porta-guarda-chuvas, joelheiras abandonadas em mesas de centro – e sinais inconfundíveis da presença feminina. Vidros de esmaltes eram largados abertos com o conteúdo escorrendo pelas páginas de revistas de moda. Sempre parecia haver um secador de cabelos no andar de cima. Sua própria casa parecia uma funerária em comparação. Os Krebs eram calorosos; como família, pareciam felizes. Nate gostava deles. Em especial do Sr. Krebs, um homem gordo e barbudo com uma voz grave. Ele treinava a liga infantil de futebol e estava sempre levando um ou outro filho para eventos esportivos ou ao shopping. Nate poucas vezes encontrara um pai tão bem-disposto quanto ele.

Nate podia ver que, como família, os Krebs eram orgulhosos de sua integridade, de seu jeito americano de ser, amigável e despretensioso. Gentis como eram, ostentavam sua própria marca de autossatisfação. Ele os comparava aos próprios pais, com o orgulho que tinham de sua inteligência erudita, sua sobriedade e seu comedimento. Ele se perguntava se todos pegavam as qualidades que tinham e tratavam isso como a coisa mais importante, usando como base para sentir-se superior aos demais.

Nate estava deitado de costas, olhando o teto. Voltou-se para Hannah.

– A resposta, decidi, era sim.

Ela estava apoiada no cotovelo, o queixo na palma da mão.

– Parece o germe do relativismo.

Ele começou a acariciar seus seios. Enquanto falava sobre a família Krebs, Hannah estendeu a mão para pegar sua camisa. Ele afastou a mão dela.

– Por favor, não – disse ele. – Não tenho palavras para dizer o quanto fico feliz de olhar seus seios.

Ela perguntou o que aconteceu com Kelly.

– Ela terminou comigo por causa de um cara da faculdade dela. Eu fiquei um pouco aliviado, para falar a verdade.

Devia ser quase três da madrugada. Em algum momento, Hannah começou a falar sobre um escritor que considerava superestimado. Que por acaso era filho de um jornalista muito importante.

– Não seria possível – perguntou Nate – que você simplesmente não goste das coisas que ele escreve tanto quanto as outras pessoas? Ou será que cada artigo de que você não gosta é uma evidência de uma conspiração da indústria, uma trama em benefício de soberanos nepotistas para manter ocultos escritores talentosos e que dão duro como, humm, Hannah Leary?

Ela deu uma gargalhada. Ele ficava feliz que a risada dela não fosse um prelúdio de sentimentos feridos ou mau humor.

– Talvez você tenha razão – disse Hannah. – Talvez seja um mecanismo de defesa da minha parte.

Nate pegou os cabelos dela e puxou-a gentilmente em sua direção. Começaram a fazer amor novamente.

Nate queria congelar e preservar uma imagem dela para a posteridade. Ela estava parada nua na janela, de costas para ele. Seu cabelo caía em mechas contra sua pele corada enquanto a ponta laranja do cigarro brilhava pensativo no escuro.

Já passavam das quatro quando finalmente adormeceram. O nariz de Nate estava enterrado no cabelo dela, um braço dobrado na lateral do corpo. Sua mão descansava sobre o seio, e a bunda dela encostava em seu membro, agora mole.

As semanas seguintes passaram como um fluxo quase contínuo de conversas e sexo, pontuadas por episódios de sono e trabalho. Nate estava produtivo, em modo trabalho, talvez ainda mais produtivo do que o normal (ele havia terminado o ensaio sobre a mercantilização da consciência). Mas as horas no computador, a noite passada sozinho, descansando com uma pizza e um livro, mesmo os jogos semanais de futebol no parque, pareciam quase extensões do sono. O tempo que passava com Hannah – narrando sua vida, ouvindo-a fazer o mesmo, trocando opiniões, fodendo – parecia o verdadeiro tempo desperto.

Ele contou a ela sobre seu livro, o jeito como evoluíra nos anos em que trabalhara nele. No início Nate pretendia escrever uma crítica contundente sobre os subúrbios, apresentando uma família de imigrantes com um filho. Um filho homem. Este filho seria o personagem central do livro, de cujos lábios fluiriam precocemente perspicácia e sabedoria, e sua dificuldade – com garotas e popularidade – arrebanharia a simpatia dos leitores. Ele contou para ela como o romance começara a ganhar corpo só quando seu personagem "insuportável" fora deixado de lado em detrimento dos pais, com seu casamento silenciosamente problemático e fajuto, mas que, de certo modo, era uma resposta perspicaz à vida americana. Hannah disse para ele que sentia-se subestimada quando mais jovem.

– As pessoas esperam que garotas de boas famílias de classe média sejam inteligentes... mas o que querem dizer com inteligente para uma garota é ter uma letra bonita, um armário arrumado e fazer as lições de casa dentro do prazo. Eles não esperam ideias ou nada parecido com um pensamento verdadeiro. – Ela disse que, no seu caso, escrever fora o jeito que ela encontrou de ser ouvida.

Uma noite, eles foram a uma festa oferecida por uma garota que era amiga de Nate e que Hannah conhecia de vista.

Quando chegaram ao apartamento de Francesca, no Lower East Side, ela correu até Nate e o abraçou.

– Quero apresentar você ao meu amigo Nicholas – falou Francesca. Ele a recordou do nome de Hannah. – Hannah, é claro. É *tão* bom ver você – disse ela. E voltou-se novamente para Nate: – Nicholas é um grande fã seu. Está ansioso pelo seu livro.

Francesca o puxou para o outro lado da sala. Ele perdeu Hannah de vista.

– Nicholas é muito importante no Canadá – sussurrou Francesca.

Nicholas era um cara musculoso, de bigode, e um cigarro apagado pendurado no canto da boca. Depois que ele e Nate trocaram algumas palavras, Francesca colocou a mão no braço de Nate.

– O que você gostaria de beber?

Algo em seu sorriso fez Nate suspeitar que ela não estava servindo gim-tônica pessoalmente para todos os convidados.

Vários anos mais velha do que Nate, Francesca era uma escritora atraente e elegante que tivera muito sucesso com o primeiro livro, ainda bem jovem. Depois disso, teve menos êxito, mas era bem conhecida. E fazia questão de conhecer todo mundo. Só há pouco tempo que Nate havia sido incluído nesse "todo mundo". Quando ele era apenas um escritor freelancer que fazia revisões para o escritório de advocacia, ela era apenas educada com ele.

Naqueles anos, Nate costumava ficar desanimado não por causa de Francesca em especial, mas pelo vasto número de mulheres cujas pernas, como as portas de um clube exclusivo, se abriam apenas após a prova do sucesso de um homem. Agora que ele estava do outro lado, ainda que por um triz, essa tendência o deprimia por outros motivos. Havia algo no jeito quase lupino que Francesca olhava para ele que anulava qualquer atração que houvesse ali.

– Não se preocupe – ele disse para ela. – Sei onde é a cozinha. Prazer em conhecê-lo, Nicholas.

Ele não encontrou Hannah na cozinha, mas o apartamento de Francesca tinha uma janela nos fundos que se abria para a saída de incêndio e um lance de escadas.

O telhado estava cheio de luzes de Natal brancas que saíam de uma extensão de dentro do apartamento. Ao longo de um dos lados do edifício de Francesca corria uma estrutura alta, como uma fortaleza, com poucas janelas. Dos outros, linhas irregulares de edifícios mais baixos se espalhavam ao redor.

Nate viu Hannah parada perto da beira do telhado. Estava conversando com Eugene Wu. Nate caminhou até eles e passou o braço ao redor da cintura dela.

– Oi – disse ele. Hannah corou levemente e se afastou. Nate percebeu que este era provavelmente o primeiro gesto público de casal que ele fazia. Em geral passavam o tempo juntos sozinhos. Achando graça da reticência dela, ele beijou sua têmpora levemente.

Hannah ignorou o gesto.

– Eugene estava me dizendo que a yoga é o novo orientalismo – disse ela. – Ainda bem que eu faço pilates.

Nate teve que se esforçar para ouvi-la por causa do rugido do aparelho de ar-condicionado no alto de um dos edifícios vizinhos.

– É a mesma coisa, não é?

– Pilates foi inventado por um americano – disse Eugene. – Na década de 1920.

Nate ficou boquiaberto.

– Como você sabe isso?

Eugene levantou um braço para que eles analisassem.

– Como acham que me mantenho tão esbelto?

Quando Hannah se afastou para falar com uma amiga que não via há um tempo, Eugene se voltou para Nate com os braços cruzados diante do peito.

– Eu não sabia que você estava saindo com ela.

Pelo tom de voz, Nate suspeitou que Eugene tivesse convidado Hannah para sair antes e tivesse sido rejeitado. Eugene há muito ansiava por sair com uma garota erudita, um membro do mundo literário; para ele, Hannah, bonita (embora não fosse de parar o trânsito pelos padrões de Jason), agradável e inteligente seria um objeto natural de desejo.

– É recente – disse Nate.

– Hummm – respondeu Eugene. – Bem, ela tem belos seios.

Nate não sabia se Eugene insinuava que não estava com inveja ou se estava simplesmente chateado. Eugene vivia em um estado de permanente revolta. Sentia que era seu dever alfinetar a felicidade dos mais afortunados. Ressentia-se de que Nate tivesse estudado em Harvard e tivesse um contrato de um livro; agia como se dinheiro, garotas e trabalhos literários tivessem sido entregues para Nate com seu diploma. De fato, suas vidas profissionais foram igualmente ruins até vários anos atrás, quando Nate conseguiu o trabalho regular de resenhas e vendeu seu livro. Mesmo assim, Eugene era inteligente – e mais sério, menos exclusivamente carreirista do que muitas pessoas que ele conhecia.

– E quanto a você, Eugene? – perguntou Nate. – Está saindo com alguém?

– Estou pensando em tentar na internet – admitiu Eugene.

Surpreso, Nate tentou remover de sua expressão qualquer coisa que Eugene, com seu jeito revoltado, pudesse perceber com zombaria.

– Vá em frente – disse ele. – Mal não vai fazer, certo?

Logo depois, Hannah retornou. Então Nate viu a grande silhueta de Jason emergir das escadas de incêndio. Jason olhou ao redor por um momento e depois se arrastou para o canto onde estavam.

Quando Nate lhe disse que estava saindo com Hannah, a resposta de Jason – "ela parece uma garota legal" – foi tão branda que silenciosamente o agitou, fazendo-o se odiar porque o número sete cruzou sua mente. Ele se odiava ainda mais enquanto se ouvia apregoar as virtudes de Hannah: *ela é realmente ótima! Engraçada! Inteligente!* Um certo tom de desespero encontrara caminho em sua voz. Jason assentiu, sem fazer nada que Nate pudesse criticar. Mesmo assim, alguma coisa em seu sorriso lembrava-lhe uma anfitriã da alta sociedade "fazendo vista grossa" para uma quebra de etiqueta.

– Hannah – disse Jason enquanto se aproximava. Com formalidade brincalhona, estendeu a mão para ela.

Hannah franziu as sobrancelhas interrogativamente, mas sorriu e imitou seu tom de voz.

– Jason – respondeu, dando-lhe a mão. – É um prazer encontrá-lo.

– Você está linda. Como sempre.

– Obrigada.

Nate começou a coçar a barba por fazer no queixo. Não havia nada que pudesse fazer. Ou Jason seria um imbecil – ele chamava isso de "agitar as coisas" – ou não seria. Para se distrair, Nate deixou-se levar por uma discussão minuciosa e incrivelmente nerd com Eugene sobre libertarismo. Depois de alguns minutos, voltou-se para Jason.

– Posso usar seu celular para procurar uma coisa?

– Cara – respondeu Jason. – Compre um para você. Você é tipo a última pessoa em Nova York que não tem um smartphone.

– Nossa.

Hannah mexeu em sua bolsa.

– Você pode usar o meu.

Nate pegou o celular dela e se voltou para Jason.

– Vê como é possível fazer um favor para alguém sem comentar nada?

Jason sorriu exultante.

– Comentar é o meu trabalho – disse ele. – Sou um *comentarista social*, lembra?

Jason recentemente fora entrevistado na CNN a respeito de seu ensaio sobre obesidade.

Hannah soltou uma risada curta e cética.

– Agora deixar Nate constrangido por causa do celular é comentário social?

Nate olhou para ela surpreso. O constrangimento que temia se materializou – e veio de onde ele menos esperava. Sua "namorada" tentava defendê-lo. Ele gostaria que ela não fizesse isso.

– Hannah, Hannah, Hannah – disse Jason. Ele estava com as costas apoiadas no parapeito do telhado, com os braços estendidos dos dois lados do corpo e os tornozelos graciosamente cruzados. Quando sorriu, seu queixo largo formava uma moldura desnecessariamente grande para seus lábios carnudos. Na metade superior de sua cabeça, mais estreita e mais delicada, seus cílios se agitavam em um espetáculo de afabilidade tão hipócrita quanto a inclinação de sua boca.

– Chega um momento – Jason soltou as mãos da grade de metal e deu uma guinada na direção deles como um cuco saindo de um relógio – em que a tecnologia se torna tão parte da vida cotidiana que não é mais, estritamente falando, opcional. É um fenômeno social; diagnosticar isso é como diagnosticar o narcisismo na década de 1970. O momento da saturação do smartphone, ou você poderia dizer, da *transubstanciação cultural*, ocorreu por volta de agosto de 2008, pelo menos para as pessoas do nosso meio...

– Isso é ridí... – Nate tentou interromper.

– *Depois disso* – prosseguiu Jason – não ter um smartphone é uma afirmação. Especialmente quando, como nosso amigo Nate aqui – Jason fez um amplo gesto na direção de Nate –, você não é exatamente pobre. Pelo menos não é mais. – Ele deu um sorriso rápido e malicioso para Nate antes de se voltar para os demais. – Para Nate, não ter um smartphone hoje é um grito agudo de que ele é uma peça quadrada que se recusa a ser encaixada em um buraco redondo. E isso – disse Jason, olhando diretamente para Hannah – é um convite para o resto do grupo envergonhá-lo. É assim que a ordem social é mantida.

– Então ao fazer Nate passar por maus momentos, o que você está fazendo, na verdade, é incorporar uma ordem social repressiva? – As sobrancelhas de Hannah estavam erguidas, e sua voz era zombeteira, mas sua expressão era divertida, até um pouco sedutora. – Você é tipo o cara que costurou o *A* no vestido de Hester Prynne? – Ela se voltou para Nate e Eugene. – E essa é a defesa dele? – ela concluiu balançando a cabeça.

Nate sentiu seu corpo relaxar. Ela fora perfeita.

Jason deu de ombros, derrotado.

– Ninguém gosta do carrasco – disse ele. – Acho que é assim que tem que ser.

Nate puxou Hannah para perto dele, sentindo-se feliz com ela e, de uma forma não tão clara, consigo mesmo.

– A propósito, Hester costurou o *A* nela mesma – disse Eugene.

– Obrigado, Gênio – disse Nate. Voltou-se para Hannah. – Jason tem sido muito importante na ordem social ultimamente – disse, apoiando a mão na parte do quadril dela em que o jeans terminava e sentindo-se realmente excitado. – Ele acha que conseguiu uma má rep...

– ... por sua causa, sabe disso – interrompeu Eugene. – Hitler. Mussolini.

– Ordem social, hein? – disse Hannah para Jason.

As costas de Hannah tocaram levemente o ombro de Nate. Sua linguagem corporal, afastando-se do grupo, sugeria que ela estava pronta para sair dos holofotes, contente que a atenção se voltasse para Jason, que suspirou alto, ainda que de fato não existisse nada que gostasse mais do que expressar sua opinião, mesmo que tivesse que bancar o bufão para fazer isso.

– Como Aristóteles disse, o homem é um animal político...

– Vou pegar uma bebida – disse Eugene.

– O homem sozinho é inútil – prosseguiu Jason. – Calvo, trêmulo e fisicamente franzino, ele não é páreo para animais ou para os elementos. Só pela nossa inteligência coletiva, pela *sociedade*, o homem se eleva. O erro que as pessoas cometem é considerar a evolução humana da perspectiva do indivíduo. A felicidade do indivíduo é irrelevante, falando do ponto de vista da evolução; o que importa é a saúde da sociedade.

Nate circundou a cintura de Hannah com o braço e inclinou a cabeça, tocando sua testa na dela. O quadril dela roçava a coxa dele, e seu cabelo encostava no queixo e no pescoço de Nate. Ele queria trazê-la ainda mais para perto, mas daquele jeito ele já estava um pouco excitado demais. Deu alguns suspiros profundos.

Acima deles, os fios de luzes de Natal cortavam faixas diagonais na escuridão do céu; vários andares abaixo, o tráfego da cidade fluía ao redor deles. Jason continuou falando.

Quando voltaram para o apartamento de Hannah, Nate se desculpou por Jason.

– Ele não quer fazer mal. É só um pouco fanfarrão. Algumas pessoas têm o golfe, outras têm namoradas, Jason tem sua boca.

– Gosto dele, na verdade – comentou Hannah. – Ele é... *efervescente*.

– Efervescente? – Nate sorriu. – Vou contar para ele que você falou isso. Ele vai gostar.

Estavam deitados na cama de Hannah, encarando o teto como se olhassem as estrelas. Nate contou para ela que, na faculdade, ele pensava que tinha menos em comum com Jason do que com seu amigo Peter, mas com os anos, o equilíbrio mudara.

– Jason é estranho, especialmente em relação às mulheres, mas não é má pessoa – disse Nate. – Ele é mais... não sei a palavra certa para dizer isso... substancial, talvez?, do que a maioria das pessoas. Ele não olha por sobre o ombro para ver o que as outras pessoas pensam, do jeito que Mark faz. – Hannah conhecia Mark; ele editava os textos dela na revista on-line onde havia trabalhado. – Mark é ótimo, é claro – prosseguiu Nate. – Bom no que faz e realmente engraçado. Mas sua primeira preocupação é sempre com sua reputação.

Hannah perguntou como era Peter.

– Inteligente. Solitário. Ele realmente quer uma namorada. Vive em Watertown, no Maine: conseguiu um emprego para lecionar lá. Não há muitas mulheres solteiras em Watertown. E, bem, ele é meio esquisito com as mulheres.

Nate percebeu que nas últimas semanas, ele e Hannah conversaram sobre muitos aspectos de suas vidas, mas não tinham passado muito tempo falando de seus amigos.

– E quanto a você? – perguntou ele. – Como são seus amigos?

Hannah contou para ele que seus amigos mais próximos eram da época da faculdade de jornalismo e de seus dias de repórter de jornal. Eram repórteres que cobriam política e economia. Embora Nate e ela tivessem vários amigos e conhecidos em comum, ela sentia que sua base no círculo literário de Nate era tênue. Nos últimos anos, desde que ela e Steve terminaram, ela se sentia um pouco solitária intelectualmente. Sua opção de tentar escrever um livro enquanto aceitava trabalhos variados como freelancer era um mistério para vários de seus amigos jornalistas, mas não era, não poderia ser, para Nate.

Nate fez um carinho no rosto dela com o polegar.

– Acho isso estranhamente tocante – disse ele. – Quero dizer, fico feliz de poder fazer isso por você. Entender esse lado seu. Prometo que você está fazendo a coisa certa. Seu livro será excelente.

Ela beijou o queixo dele.

– Obrigada. Isso é realmente gentil.

O desejo que Nate estava segurando desde a festa começou a ganhar volume, e ele começou a tocar os seios dela através da regata. Mas podia ver que ela estava distraída.

– No que está pensando?

Ela se virou de lado, então os dois se encararam. Ela não respondeu logo de cara.

– Nada, na verdade – ela disse, por fim. – Só que você tem sido muito legal. Quero dizer, essas últimas semanas têm sido ótimas. – Ela tocou o peito dele levemente por sobre a camiseta. – Estou realmente... feliz.

Ele enrolou o dedo no cabelo dela.

– Eu também – disse Nate. – Eu também.

Capítulo 9

Como Freud, Aurit tinha uma teoria coerente do universo. De um único mito fundacional, ela derivava um imenso e crescente labirinto de sub-histórias, todas internamente lógicas e surpreendentemente convincentes, desde que as premissas iniciais fossem aceitas. A mais importante delas era a crença de que ser parte de um casal era *o* marcador primário da saúde psicológica. Partindo desta base, ela desenvolvia análises de largo alcance para todos que encontrava. Este aqui, ela anunciava, era sexualmente disfuncional devido a um relacionamento de formação doloroso. Aquele foi prejudicado por uma série de sucessos profissionais ainda muito cedo, que o mantiveram comprometido com a mesma estrutura de crenças imatura que possuía no auge do período de glória. (Homens solteiros eram considerados especialmente carentes de bem-estar emocional.) Aurit levava suas análises muito a sério, a ponto de muitas vezes gostar, desgostar ou sentir pena das pessoas baseada quase inteiramente nas narrativas que construía. Os homens que mais a machucaram, em especial, tornaram-se objetos de um tipo de pena tão virulento que seria possível suspeitar que a motivação dela para sair com eles fora filantrópica.

Nate foi lembrado disso na tarde do sábado seguinte. Ele e Aurit estavam caminhando pelo Prospect Park, onde alguns amigos marcaram um piquenique para celebrar o casamento civil recente. Aurit queria ouvir tudo sobre Hannah.

– Já faz o quê? Um mês? Um pouco mais?

– Algo assim. – Já fazia seis semanas desde que ele e Hannah saíram pela primeira vez, cerca de quatro desde que começaram a se ver com mais frequência.

– Estou realmente feliz por você, Nate.

Aurit assentia e sorria para ele como se ele tivesse conseguido tirar uma soneca sem fazer xixi nas calças.

De repente, era essencial para Nate que ele trouxesse mais complexidade ao ponto de vista estreito de Aurit.

– Não é algo *tão* importante. Quem sabe o que acontecerá?

Aurit havia acabado de comprar um café gelado. Pela tampa de plástico, ela cutucava o líquido cor de caramelo com o canudo.

– Ah? – Ela olhou para ele. – Tem algo errado?

– Não. Só não quero exagerar a proporção das coisas, só isso.

Aurit franziu o cenho.

– A-hã.

O que ele queria era criar uma dúvida geral na fixação romântica de Aurit. Ele não achava que estar com Hannah fosse o tipo de acontecimento épico, definidor de vida que os relacionamentos de Aurit eram para ela. Seu novo relacionamento, embora envolvente quando estava com Hannah, não era a única coisa em sua mente, especialmente conforme o tempo passava e ele ficava mais acostumado com a presença dela em sua vida. Particularmente nos últimos dias, ele andava com novas preocupações. Conseguira um trabalho jornalístico com o qual estava bem satisfeito, um texto grande e bem remunerado para uma revista. Jason o recomendara. Também tinha o embrião de uma ideia para outro livro. E não era só a escrita. O relacionamento, por melhor que fosse, dividia espaço em sua mente com outras coisas – com seu interesse em pensar abstratamente sobre coisas além da vida pessoal, por exemplo, e até com seu interesse por esportes. Mas ele não podia pensar em um jeito de explicar isso para Aurit que não parecesse para ela um descontentamento implícito com Hannah.

Caminharam em silêncio. A sacola plástica com a garrafa de vinho que Nate trouxera para o piquenique batia ritmicamente contra seu joelho.

– Ela vem hoje? – perguntou Aurit por fim.

– Não. Ela queria trabalhar um pouco. Está trabalhando em uma proposta de livro.

Aurit assentiu. Então tomou um gole de sua bebida e encarou o copo de plástico.

– Argh. Um mocha gelado não deveria ter gosto de leite achocolatado.

Nate não tinha nada a dizer sobre aquilo.

Para o último dia de julho, a tarde estava deliciosa – não muito úmida, o céu num tom forte de azul – e a cena, quando entraram no parque, era idílica, quase idílica demais. De fato, os encantos naturais de Prospect Park (colinas arborizadas, prados ondulantes, lagos em forma de meia-lua com patos e cisnes) provavelmente não ofuscavam os de outros parques em outras cidades. Mas, ao contrário dos parques que Nate conhecera quando morava no subúrbio, frequentados quase que exclusivamente por adolescentes delinquentes, pederastas e compradores diversos de crack, este não parecia perigoso e abandonado. ("Quando as pessoas têm quintal, elas fazem churrasco sozinhas", Jason dissera certa vez.)

Prospect Park estava cheio de pessoas alegres fazendo coisas alegres: caminhando, correndo, andando de bicicleta, jogando beisebol, assistindo ao jogo de beisebol, tomando casquinha enquanto assistiam ao jogo de beisebol. Grupos de jovens profissionais carregando bolsas de pano de livrarias locais dividiam espaço na grama perto de famílias caribenhas com coolers de plástico cheios de comidas elaboradas que de algum modo cheiravam todas a banana. O parque era um sonho erótico de um liberal integracionista: multirracial, multiétnico, multiclasse.

Quando ele e Aurit chegaram ao piquenique, houve uma troca rápida de efusões.

– Parabéns!

– É oficial!

– Obrigado por ter vindo!

– Venha comer alguma coisa!

Na toalha de piquenique ao lado, Jason estava cercado de admiradores.

– Sinto ter que dizer para vocês, mas nenhuma quantidade de creches de qualidade ou de educação liberal vai produzir uma nação de partidários autocríticos da Regra de Ouro – ele estava dizendo. Falava com duas mulheres que pareciam estupefatas e parou só o tempo suficiente para acenar com a cabeça para Nate e Aurit. – É só que não está no DNA de todo mundo. A virtude é uma recompensa em si para alguns, mas não para todos. E essa é a coisa boa. Há muitas coisas que os moralistas são incapazes de fazer.

– Como o quê? Construir pirâmides? – murmurou Aurit. – É incrível o que você consegue fazer se estiver disposto a usar trabalho escravo.

– Exatamente! – concordou Jason. – Pirâmides, a conquista do Novo Mundo, a industrialização. Pense na brutalidade! – Ele sorriu. – Pessoas morais não teriam feito nada disso. E então onde estaríamos? Não sentados aqui, neste adorável Prospect Park com nossos trabalhos confortáveis e nossas consciências sociais tranquilas.

As mulheres com quem (ou para quem) ele falava trocaram um olhar.

– E quanto às vítimas dessas pessoas imorais? – perguntou uma ruiva de aparência amigável.

– É claro que há uma taxa social a ser paga por ter psicopatas soltos por aí – admitiu Jason. – Mas a sociedade precisa de astúcia para fazer as coisas acontecerem, assim como precisa de consciência para fazer cumprir as regras, para impedir que a coisa se transforme em um pesadelo dos estrategistas. Assim como precisa de *artistas* – ele disse a palavra com uma ênfase zombeteira –, entre os quais incluo escritores, músicos e afins para atrair os candidatos a solitários para a fogueira comunal e inseri-los no clã.

– É uma teoria comovente – disse a ruiva.

A discussão logo se esgotou. A ruiva, perto de quem Nate se sentara, lhe disse que era estudante de pós-graduação de história da arte. Antes de voltar a estudar, trabalhara na editora que ia lançá-lo. Nate e ela começaram a falar sobre vários conhecidos em comum.

Jason se voltou para ele.

– Onde está *Hannah*?

Nate cerrou o queixo. Sabia que Jason achava que ele tinha o temperamento de um babaca triste e batido, uma convicção que certas mulheres teriam achado difícil de acreditar, no entanto inabalável no que dizia respeito a Jason. (Jason tinha, no passado, atribuído isso à necessidade "nervosa e bajuladora" de Nate de que todos gostassem dele.)

– Não estamos presos pelo quadril – respondeu Nate.

Ele se voltou para a ruiva. Depois de alguns minutos, a conversa deles começou a murchar. Ele desejou ter uma maneira educada de sair, mas ela era tão sorridente e amigável que Nate não queria ferir seus sentimentos. Por fim, ela acenou com a cabeça para o vinho tinto que estava tomando.

– Acho que vou procurar um pouco de vinho branco – disse ela.

– É claro! – falou Nate.

Ele se lembrou de algo que queria perguntar para Mark. Cutucou o antebraço de Jason.

– Sabe se Mark vem hoje?

Jason negou com a cabeça.

– Não sei... não o vejo há um tempo. Sabe que ele começou a sair com alguém, certo? A gostosinha do dia da leitura. Carrie? Cara? – Ele assobiou. – *Bela garota.* Ei, espere! Você não conversou com ela primeiro?

– Talvez – disse Nate, arrancando uma folha de grama do chão. – Sim. Acho. Conversei.

– E você não...? Ah, está certo. – Jason deu um sorrisinho. – *Hannah.*

Antes que Nate pudesse responder, uma mulher com quem saíra por um breve período há alguns anos apareceu e disse oi. Ela estava agora casada e com um filho pequeno, que trouxera consigo. Quando eles saíam, Nate achava que ela era um pouco maternal demais para seu gosto. O bem-estar que ela mostrava agora, enquanto segurava a coisinha loira para que ele admirasse, parecia confirmar sua intuição. Quando foi colocada no chão, a criança saiu tropeçando na direção de um esquilo. A mãe riu e saiu correndo atrás do filhinho.

– Foi bom ver você! – ela gritou voltando-se para trás.

Nate aceitou algumas cenouras e homus de um prato que estava sendo passado.

– Contei para você que Maggie está saindo com um cara? – perguntou Jason.

Maggie era uma garota com quem Jason trabalhava. Ele ficara com ela uma vez fazia um ano e falava sobre isso com frequência.

– O cara parece um verdadeiro bobão – prosseguiu Jason. – Algum tipo de webdesigner freelancer ou algo que basicamente qualquer um poderia fazer como hobby.

O sol saiu de traz de uma nuvem. Nate ergueu a mão para proteger os olhos.

– Não que você se importe, certo?

– Me importo muito com Maggie – disse Jason, dando um tapa no braço. – *Maldito pernilongo.* A felicidade de Maggie é extremamente importante para mim.

– Certo...

O celular de Nate tocou dentro do bolso da calça jeans.

– A namorada? – Jason perguntou enquanto Nate pegava o telefone.

Nate clicou no botão RECUSAR para fazer o nome de Hannah desaparecer da tela.

– Você sabe, Jase – disse ele. – Eu estava tentando lembrar... Quando foi realmente a última vez que você transou? Quem era o presidente? Você tinha linha discada ou banda larga?

Jason o encarou por um momento. Então deu um sorriso amplo. Seus lábios esticados faziam Nate se lembrar das barrigas de crianças famintas.

– Não posso fazer nada se tenho padrões elevados – disse ele.

O grupo foi convocado para fazer um brinde ao casal.

Depois, Jason se voltou para ele.

– Tenho a sensação de que você acha que não gosto da sua nova namorada.

– Eu não... – instintivamente, Nate começou a negar que tivesse parado para pensar no assunto, nem por um segundo, mas Jason continuou a falar.

– Isso não é verdade. Posso ter pensado que ela era um pouco tímida no início, mas estava enganado. Acho que é uma garota legal.

Nate estava surpreso em ouvir isso – surpreso e um pouco confuso por ver o quanto estava feliz em escutar isso. Ele assentiu com informalidade estudada.

– Ela é legal.

– Fiquei surpreso, no início, só porque não achava que ela fosse seu tipo.

Isso era claramente uma provocação. Nate sabia que devia ignorar.

– O que quer dizer com não é meu tipo? – perguntou.

– Você sabe... – falou Jason. – Em geral você vai atrás, não sei como colocar isso, de um tipo de mulher feminina, carente. Sabe, tipo Elisa.

– Isso é ridíc... – Do outro lado da toalha de piquenique, Aurit, que conversava com alguém que Nate não conhecia, olhou para ele. Nate abaixou a voz. – ... culo. Você não chegou a pensar que eu gostava de Elisa *apesar de* ela ser, como você diz (tão generosamente, devo acrescentar), "feminina e carente", e não *por causa* disso?

– Bem, tenho certeza que você acha isso...

– Há muitas razões pelas quais eu gostava dela. Nenhuma delas tem a ver com o fato de ela ser carente. Na verdade isso teve a ver com por que terminei com ela.

– Calma – disse Jason. – Tudo o que estou dizendo é que somos programados para responder a certas coisas (eu sei que sou), e nem todas elas são o que eu chamaria de boas.

– Kristen não era feminina ou carente.

– Não, ela não era – concordou Jason. – De qualquer forma, não importa. Se você está feliz, isso é ótimo. Como eu disse, acho que Hannah é uma garota legal. – Sem dar a Nate uma chance de responder, Jason se virou. – Ei, Aurit, pode me passar esses legumes?

– Falando em Elisa – disse Jason alguns instantes depois –, o que ela disse quando você contou que está transando com a amiga dela?

Nate começou a reagir a esta última parte, mas se conteve.

– Não contei ainda – ele falou. – Farei isso.

Jason estava mordiscando um brócolis com uma delicadeza que era quase afetada, principalmente por não combinar com o ar lascivo que era marcante em seus lábios.

– Diga para ela que se precisar de um ombro para chorar, que pode me ligar – comentou ele. – Sempre arranjarei tempo para aquela bundinha firme e aqueles grandes olhos azuis.

– Pelo amor de Deus.

Nate encontrou Elisa vários dias depois. Ele estivera adiando, e a verdade era que devia ter falado com ela antes. Ela já ouvira falar dele e de Hannah por alguém. Para surpresa de Nate, ela não estava zangada com ele, mas com Hannah.

– Achei que ela fosse minha amiga – comentou Elisa.

– Ela se sente mal – disse Nate. – Ela realmente gosta de você. Ela imaginou que estivesse tudo bem, já que você e eu somos amigos.

– Tenho certeza de que ela se sente *péssima*. Uma pessoa que sai com o ex da amiga, que conheceu na casa da amiga, no *jantar* oferecido pela amiga... Tenho certeza de que ela se sente muito mal.

Nate analisou os veios da madeira no balcão. Estavam em um restaurante no centro, perto do escritório de Elisa. Ele começava a se perguntar se este encontro fora uma boa ideia. Fazer tanta cerimônia sobre Hannah e ele parecia conferir uma legitimidade indevida à raiva de Elisa.

Elisa mexia agressivamente seu martíni.

– Que vaca.

– Isso não é jus...

Mas quando Elisa moveu os olhos do espelho embaçado atrás do balcão para encontrar os dele, Nate deixou as palavras morrerem. Algumas vezes a crueza da infelicidade de Elisa o atingia com força. Apesar de toda sua beleza, ela parecia – aos seus olhos – abatida, ferida.

– Sinto muito, E – disse ele baixinho. – Sinto de verdade. Não achava que vocês fossem próximas. Não quis machucar você.

O lábio inferior de Elisa se projetava com mau humor. Ela não fez muito mais do que encolher os ombros pequenos, fazendo com que a clavícula se destacasse no decote da blusa. Sem contar seus olhos, ela parecia tão bonita e elegante quanto sempre, com o cabelo loiro preso em um coque solto. Usava uma camisa branca comprida e solta e calça preta.

– Você vai conhecer alguém – falou Nate.

Ela olhou para ele, suas feições perfeitas completamente imóveis. Conforme um segundo passava e depois outro, sua expressão parecia se aprofundar, até que seu rosto projetou um cansaço absoluto.

– Talvez – respondeu ela por fim.

Nate se preparou para que ela começasse com as velhas acusações. Ele envenenara os relacionamentos futuros dela. Ela não podia mais ter certeza de que um cara que dizia amá-la não mudaria de ideia a qualquer momento. Ele a fizera sentir que não era inteligente o bastante ou boa o bastante. Como ela se recuperaria disso?

Mas ela deve ter sentido que, por enquanto, já tinha a compaixão de Nate. Não havia nada a ganhar com um ataque.

– A propósito – disse ela –, sinto muito sobre a última vez. No jantar, quero dizer. Sobre o que aconteceu depois. Eu tinha bebido demais. Eu não devia ter colocado você naquela situação. É só que... não sei, as coisas andam meio ruins ultimamente. Tenho me sentido realmente deprimida.

Nate se remexeu na banqueta estofada. Em seu peito, várias emoções – culpa, pena e simplesmente tristeza – intensificavam-se com uma grande tristeza. Ele quase preferia que ela o censurasse.

– Não se preocupe com isso – disse ele. – Sinto muito que não esteja feliz.

Elisa deu de ombros novamente enquanto analisava uma de suas mãos e começava a reposicionar um anel que saíra do lugar.

Nate tentou desviar o tema.

– Como anda o chefe?

Elisa balançou a cabeça muito sutilmente, indicando uma diversão irônica, como se soubesse que ele estava mudando de assunto porque era um covarde, mas estivesse resignada com a imaturidade dele. Com flexibilidade tocante, ela partiu para a anedota.

Elisa trabalhava na *Revista Muito Importante*. Nate, como ela sabia bem, gostava de ouvir os acontecimentos do lugar. Ela lhe contou sobre um escritor famoso que irritara seu chefe, o editor-chefe, ao retirar um artigo em vez de aceitar as sugestões dele. O escritor, então, publicara o texto em uma revista concorrente, incorporando várias dessas sugestões.

– Ele nunca mais escreverá para nós – disse ela.

– Não, imagino que não.

Elisa olhou bem para ele.

– E quanto a você? Só faltam, quanto, seis meses para seu livro sair? Você deve – seus olhos se contraíram –, você deve estar realmente animado.

Nate encarou a fileira de garrafas de malte puro na prateleira atrás do balcão. Ele escrevera grande parte do livro enquanto estava com Elisa. De certo modo, ela fora essencial para sua obra. Embora algumas vezes ela reclamasse sobre o tempo que ele passava longe dela trabalhando, ela sempre acreditara no livro e na capacidade dele de escrevê-lo. Nos períodos em que a escrita não ia bem, quando ele tinha sérias dúvidas se seria capaz de avançar, a fé de Elisa importara muito, fora talvez crucial. Então, antes que o livro estivesse terminado e lançado, ele terminou com ela.

– Tento não pensar muito nisso – respondeu ele.

Elisa empurrou sua taça vazia até o fundo do balcão. Foi imediatamente levado por um garçom de gravata-borboleta. Nate chamou-o para pedir a conta.

– Por que está com tanta pressa? – perguntou Elisa.

Algo familiar voltou ao lugar quando o tom resignado dela deu lugar a um de reclamação.

Nate ergueu as mãos.

– Não estou.

– *Hannah* está esperando você?

– Não! Eu só... ah, não importa. Vamos pedir outro.

– Não se você não quiser.

– Eu quero! – insistiu ele. – De verdade.

Já passavam das dez quando ele acompanhou Elisa até a estação de metrô. Enquanto ela desaparecia escadaria abaixo, Nate sentia aquele tipo de alívio que tinha um componente físico, como o descanso depois de uma longa corrida. No caminho para a própria estação de metrô, vários quarteirões à esquerda, ele enviou um SMS para Hannah. *É estranho que eu sinta sua falta?* Eles tinham se visto ainda naquela manhã.

A resposta dela veio no instante seguinte. *Sim, é estranho.* Segundos depois, outra chegou: (*mas eu meio que sinto sua falta também*).

Depois da noite com Elisa, Nate não queria nada além de refazer seu estado de espírito em um clima diferente. A brincadeira fácil e leve para a qual ele e Hannah tendiam – a garantia implícita na presença dela de que ele não era um ingrato sem coração – era especialmente interessante para Nate.

Antes de entrar no metrô, ele respondeu. *Chego aí em 45 minutos.*

Capítulo 10

Naquela noite, Hannah perguntou qual era o lance entre ele e Elisa. Estavam sentados nas cadeiras perto da janela. Nate fez uma pausa antes de responder.

Ele conhecera Elisa havia três anos, em um evento editorial. Ela chegara com o editor-chefe da *Revista Muito Importante*. Nate perguntou ao seu amigo Andrew sobre ela. Andrew disse que ela era a nova assistente do editor-chefe.

Quando seu chefe foi embora, Elisa ficou. Nate tomara duas ou três taças de vinho do tamanho de um dedal. Ela estava parada perto da mesa das comidas, diante de uma pequena montanha de frutas.

– Oi, meu nome é Nate.

Ela enfiou uma uva vermelha na boca.

– Elisa – respondeu ela, quase engasgando.

Nos poucos minutos seguintes, ela respondeu às perguntas dele, mas parecia levemente incomodada pela obrigação que ele lhe impusera. Depois de um tempo, ela perguntou o que ele fazia.

Ele disse que era crítico literário em uma revista on-line. Ela perguntou qual. Ele respondeu.

Ela olhou para ele. Nate puxou a gola da camisa Oxford azul. Ele notou que um de seus sapatos não estava apenas desamarrado, mas radicalmente desamarrado, como se ele tivesse acabado de arrancar o pé de uma armadilha. A lingueta marrom escancarada pendia torta, atravessada com recortes fracos, onde os cadarços deveriam estar. Ele pisou naquele pé com o outro, balançando levemente como um kebab caprichado.

Ela disse para ele que terminara um mestrado em literatura comparada na Sorbonne havia pouco tempo. Antes estudara na Brown. Este era o primeiro trabalho dela no ramo editorial. Ela queria escrever. Adoraria tomar um café com Nate um dia desses. *Verdade?* Sim, ela adoraria falar sobre o mercado editorial.

O café se transformou em um jantar e, alguns dias mais tarde, em uma corrida ao pôr do sol sobre a ponte do Brooklyn e, então, em uma festa no triplex de um amigo/investidor de Harvard em Upper West Side e em uma noite de sábado no Brooklyn Museum. Nate estava incrivelmente impressionado com ela. Elisa fazia referências casuais ao trabalho de intelectuais antigos que contribuíram para o *New York Review of Books*. Os nomes polissilábicos dos diretores de filmes vanguardistas do Leste Europeu saíam sem esforço de seus lábios. Seu pai era um professor renomado, cujos livros Nate conhecia pela reputação. Neste ponto da sua vida, Nate namorara com grande quantidade de tipos do mundo editorial. Elisa parecia diferente, excepcionalmente séria e bem informada, em especial para alguém tão jovem. E tão atraente.

Até mesmo Nate, que fora advertido por Jason a não usar calças com pregas, podia dizer que, de algum modo, entre todas as jovens bem-vestidas do Brooklyn, Elisa parecia especialmente bonita. Ela sabia onde comprar qualquer coisa, que lojas não eram muito caras embora de bom gosto, e também o que podia ser comprado em lojas de departamento (pelo que Nate percebia, coisas prosaicas: potes de plástico, meia-calça, pasta de dente). Na teoria, Nate desdenhava dos "sinais de *status* burgueses", mas na prática tinha orgulho do ar de inteligência sofisticada de Elisa. Ela irradiava a desenvoltura sensual, sem esforço, da garota popular. Sem dúvida ela era de primeira linha, alto padrão, o equivalente no mundo editorial de Amy Perelman no ensino médio e das amigas mais bonitas de Will McDormand em Harvard: era o objeto de desejo, sem discussão.

O comportamento dela era polido e preocupado, até levemente mal-humorado, e falava às vezes com uma falta de afeto enervante, quase desagradável. Com frequência parecia entediada. Esse estado de insatisfação perpétua tornava tudo mais gratificante para Nate, quando ele conseguia levá-la à risada e ao bom humor: para impressioná-la, a pessoa se sentia – ele sentia – que era realmente importante.

Naquela época ele não tinha um livro vendido. Seu trabalho de resenhas de livros garantia um pagamento regular, mas chamá-lo de modesto, em relação ao custo de vida em Nova York, era um exagero que beirava a mentira. Para sobreviver, ele precisava ir atrás de todas as atribuições adicionais que conseguisse, tanto de revisão quanto de redação. Ele trabalhava sozinho em seu apartamento sujo. Alguns dias, nem se dava ao trabalho de tomar banho. Assoava o nariz em papel higiênico. Papel higiênico barato. (Uma vez, quando veio de New Haven visitá-lo, seu amigo Peter dobrou discretamente alguns pedaços do rolo e guardou no bolso da camisa. Esperou até que os amigos deles estivessem reunidos em um bar para mostrá-los para todos. "Sintam isso. Vocês acreditam que *isso* – a mais diáfana lixa do mundo – é o que nosso Nate usa para limpar a bunda? Vamos falar sobre autopenitência.")

Nate não tinha seguro-saúde havia anos. Depois de um tempo, tomara como certo que era o tipo de pessoa desalinhada, marginal, cujo bem-estar não era considerado importante pela sociedade. O bem-estar de Elisa, por outro lado, era importante para seus pais, para a revista que lhe dava amplos benefícios dentais, óticos e de saúde mental. O universo em si parecia se dobrar para acomodá-la, com bebidas grátis dos garçons, tratamento delicado de motoristas de táxi em geral rabugentos, e ofertas gentis de conselhos de próceres do mundo editorial que jamais respondiam aos e-mails de Nate.

Nate costumava ainda estar dormindo quando Elisa, adorável e cuidadosamente arrumada, passava todos os dias pelos seguranças no lobby daquele arranha-céu em Manhattan, subia até o milionésimo andar no elevador expresso e tomava seu lugar na mesa com uma plaquinha com seu nome sobre ela. Ali, ela atendia ao telefone, assegurando calmamente para escritores nervosos que seu chefe retornaria a ligação. Acompanhava várias Pessoas Importantes até o grande escritório. Participava de algumas reuniões editoriais e, quando questionada, até oferecia ideias sobre o conteúdo da revista. Em grande parte, no entanto, seu trabalho era administrativo. Era, mesmo assim, o início de uma carreira. Ela estava tomando muito cuidado para não se tornar alguém à margem, como Nate, em casa de cuecas, suando nos lençóis, ponderando sobre questões como se poderia se qualificar a aceitar ajuda de programas sociais ou se isso seria errado, já que aquilo claramente era voltado para os pobres, não para graduados em Harvard que evitavam empregos regulares para persistir em suas ambições intelectuais idiossincráticas.

Quando ele se encontrava com Elisa no final do expediente, ele sentia como se tomasse caminho para fora do submundo dos Worlocks. Com ela, ele era tratado de modo diferente nos restaurantes. Outros homens o mediam com os olhos. Garçons e *maîtres* eram mais atenciosos. Até no seu círculo de amigos e conhecidos, suas ações subiam de modo sutil.

Então não parecia importar que ela não fosse uma namorada especialmente gentil. A menos que coincidissem com os dela, Elisa tratava os desejos dele como caprichos perversos, totalmente insignificantes. Um restaurante caro que ela gostava era um agrado saudável; o gosto dele por churrasco era "nojento". Uma cadeia de churrascarias populares que ele gostava? "Fora de questão." Depois de compromissos sociais, ela gostava de presenteá-lo com uma relação de críticas sobre seu comportamento. Ela parecia pensar que tudo o que ele fazia, antes de mais nada, refletia nela. Quando, em um jantar, ele fez uma piada ruim, Elisa ficou zangada por ele envergonhá-la.

– O que o faz pensar que aquilo seria engraçado? – ela exigiu saber assim que viraram a esquina no tríplex em Park Slope onde haviam passado a noite. Nate foi obrigado a admitir que não tinha a mínima ideia do que havia passado por sua cabeça ao achar que seria engraçado dizer, quando alguém comentou que vivíamos em uma época de ansiedade, que ele pensava que era a Era de Aquário. Assim que as palavras escaparam de sua boca, ele se sentiu humilhado pela bobagem. Isso não despertou nenhum traço de compaixão em Elisa. Ela achava que ele devia ser alguém que ela pudesse respeitar. Isso significava não fazer piadas cretinas. Também significava ser afetuoso, mas não muito afetuoso, cortês, mas não muito cortês, inteligente, mas não pedante, e uma série de outras coisas.

Quando Elisa sentia que alguém a prejudicava, ficava completamente ofendida. Aparentemente, era a única pessoa em toda Nova York com boas maneiras; todos os demais comportavam-se como animais, em especial com ela, o que era muito difícil para ela entender, já que – e isso era novo para Nate – ela "não tratava ninguém mal". Ficava furiosa se Nate não a apoiasse de todo o coração em sua indignação em relação a tal e tal colega de trabalho que fizera um comentário no almoço que, embora parecesse bem inócuo quando ela o repetiu para Nate, atingiu-a como uma farpa imperdoável. Sugerir a possibilidade de um mal-entendido, muito mais de um exagero, era, no que dizia respeito a Elisa, destruí-la.

Ela parecia não ter noção de justiça. Quando Nate se irritava porque ela se atrasava para encontrá-lo ou porque parecia que ela estava se fazendo de entediada enquanto ele contava algo que lhe parecia importante, ele instintivamente avaliava sua irritação, tentava definir se era razoável ou justa, diante daquelas circunstâncias. (Talvez ela não tivesse percebido que o que ele estava dizendo era importante para ele? Talvez ele não fora claro?) Ela, por outro lado, tratava suas respostas emocionais como infalíveis. Ela parecia perceber a autocrítica dele como uma mera fraqueza a ser explorada.

– Não – ela dizia. – Você realmente não foi claro.

A única outra namorada séria de Nate fora Kristen, que, digam o que for, era uma pessoa extremamente justa. Elisa era um pouco incompreensível para ele. Mas, por muito tempo, nenhuma das limitações dela importou. Nate crescera com o Antigo Testamento. Ele não esperava que seu deus fosse razoável ou misericordioso. Ele pode ter reclamado sobre as exigências dela em especial, pode ter tentado argumentar com ela ou persuadi-la, mas a presença de Elisa em sua vida, em sua cama, sua beleza (algumas vezes, quando estava com ela, ele simplesmente era tomado pelo desejo de tocar seu cabelo loiro sedoso ou seu rosto de boneca perfeito), as dores e prazeres particulares de estar com ela: isso se tornara, para ele, existencialmente necessário.

Embora Elisa fosse inteligente – e fluente nas coisas que as pessoas sofisticadas deviam ser –, Nate percebeu bem cedo que os textos dela costumavam ser empolados e desajeitados. Suas ideias tendiam a parecer tentativas tensas de um tipo de profundidade acadêmica. Também havia certa fragilidade no amor dela pelo intelecto, pelo intelectualismo e, mais importante, pelos *intelectuais* como Nate. Esta paixão dela o impressionara no início. Mas, ele aprendeu com o tempo, era uma forma de sucesso monetarizado, uma forma especializada, mas sucesso monetarizado do mesmo jeito. Muito antes que estivesse pronto para desistir dela – muito antes mesmo que a semente deste pensamento surgisse em sua mente –, ele começou a formar uma imagem dela muito menos positiva do que sua impressão inicial. Ela realmente tinha bom gosto, por exemplo – na medida em que era recebido, na medida em que ela absorvia o que era intelectualmente na moda. Ela realmente gostava, por exemplo, de Svevo – era capaz de ver uma miríade de virtudes em Svevo –, uma vez que era preparada para gostar de Svevo, uma vez que sabia que Svevo era alguém de quem supostamente devia gostar. Uma vez que seu pai, o professor, ou seu chefe, o Editor Muito Importante, lançara elogios a Svevo. Mas outras vezes, protestando contra o "predomínio literário masculino", ela garantia (para Nate, nunca para seus colegas de trabalho) o valor de alguma obra esquematizada e bem-intencionada de ficção de gosto duvidoso sobre uma garota e sua mãe, ou uma garota e sua melhor amiga, ou uma garota e a mulher negra que a criara, que, juntas, combatiam homens predatórios e injustiças sociais e, por fim, descobriam o poder redentor do amor. Esses eram os livros dos quais ela realmente gostava, Nate percebeu depois de um tempo. Svevo, os intelectuais antigos do *New York Review of Books* – tudo aquilo, na verdade, era um espetáculo, mesmo que ela estivesse expondo a si mesma tanto quanto a qualquer outro.

Nate gostaria, para o bem dela, que Elisa relaxasse a esse respeito, que percebesse que não havia problema em não ser uma intelectual erudita. Ela certamente seria mais feliz trabalhando em um tipo diferente de revista, uma com conteúdo mais leve, talvez em um daqueles sites para mulheres independentes e inteligentes, onde ela não tivesse que disfarçar seus gostos e onde, livre da necessidade de manter uma imagem, sua esperteza verbal, seu dom para tiradas mal-humoradas viriam à tona. (Ela sempre criticava Nate com os termos mais *sagazes* e *criativos*.) Mas, não, a opinião de pessoas como seu pai e seu chefe significava muito para ela. Ela tinha que fazer algo que eles valorizassem, não algo que ela valorizasse. Nate sentia ternura por ela quando via sua situação nesses termos. Elisa era uma mulher bonita e inteligente tentando desesperadamente tornar-se um tipo levemente diferente de mulher inteligente.

Aliás, essa era a resposta para a questão que o deixara tão perplexo no início: o por quê de ela estar com ele. Naquele momento de sua vida, Elisa era, ele percebeu, quase patologicamente atraída não por *status*, dinheiro ou boa aparência, mas pelo potencial intelectual e literário. Nate possuía muitas das mesmas qualidades mentais de seu pai e seu chefe. E ele tinha que admitir que, não importava o quanto Elisa criticasse suas roupas, modos, personalidade e hábitos, sua fé em seu intelecto era forte e constante.

Ela era uma boa influência para ele de certa forma, obrigando-o a ir a peças de teatro, concertos, inaugurações em galerias e restaurantes bem avaliados em cantos obscuros da cidade. Ele sempre costumava ir ao bar perto de casa. Olhando para trás, no entanto, Nate supunha que mesmo quando estavam na melhor época, mesmo quando ela segurava o braço dele docemente enquanto caminhavam do metrô até a pizzaria no antigo bairro italiano nas profundezas do Brooklyn, mesmo quando se sentavam lado a lado tomando chocolate quente em um banco de pedra do lado de fora do Cloisters, encarando o Hudson nas paliçadas marrom-avermelhadas de Nova Jersey, mesmo naqueles momentos as inadequações dele eram classificadas em algum nível para referência futura. Quando fizeram seis ou sete meses juntos, ela se tornou um assunto cada vez mais frequente nas conversas entre Nate e seus amigos.

– É normal que sua namorada tenha basicamente um acesso de raiva se você fizer planos para uma sexta à noite sem consultá-la? – perguntava ele. – O que quer dizer que, quando ela faz um julgamento sobre alguém, meu primeiro instinto é presumir que o oposto é a verdade?

Depois de quase um ano de namoro, a insatisfação dele superou o que quer que fosse – que o prendia a ela – amor? necessidade? afeto? "Quando a amizade para de crescer, ela imediatamente começa a declinar", disse a amoral Madame Merle, e assim parecia para Nate. Um dia ele percebeu que Elisa já não tinha tanto domínio sobre ele. Ele podia observá-la ficar zangada com ele sem que sua mente acionasse ondas sucessivas de ansiedade que, inexoravelmente, quase contra sua vontade, voltava suas energias para a reconciliação.

No início, as alterações foram leves – disse não para mais propostas de passeios, ficou em casa quando estava a fim, fez planos para sair com Jason e Mark um fim de semana sem consultá-la primeiro. Ignorou a irritação dela e esperou para ver se a antiga ansiedade se reafirmaria. E isso não aconteceu. Elisa rapidamente percebeu as mudanças com, parecia, o mesmo instinto visceral com o qual alguns animais sentem uma tempestade se aproximando. Ela se tornou mais agradável, mais compreensiva. Sugeriu que fossem a uma churrascaria, embora fosse uma da moda, com crítica no *Times*. Disfarçou a irritação quando Nate lhe disse que não passaria uma semana na casa de verão dos pais dela porque queria trabalhar em seu livro. Passou a dormir com ele mais vezes e até comprou lingeries de renda, cintas-ligas e corpetes com pompons nos seios, e a visão do corpo magro, bem magro dela nessas roupas o tocou e o excitou.

– Você fez isso para mim? – ele se surpreendeu, enquanto ela se aproximava em um corselet listrado de vermelho e negro que o fazia imaginar as roupas de uma das prostitutas de Zola. Ele sempre gostou do sexo com Elisa. Desde o início, a distância dela, aquele jeito preocupado e entediado que ela tinha, combinados com a intensidade da atração dele, imbuíam o sexo com um sentido de desafio, de competição; a satisfação dele quando tinha êxito, e ela gritava embaixo dele, era praticamente inédita em sua vida erótica. Esses momentos se tornaram mais frequentes.

Mas exceto pelo sexo, o ardor de Nate não parecia ter voltado. As coisas que o incomodavam mais em Elisa – seu egoísmo, seu criticismo, suas exigências – desapareciam uma a uma, e nem assim ele sentia abrandar o ritmo com o qual a indiferença, e até mesmo o desgosto, superavam tudo o mais o que ele sentisse por ela.

Então Nate rompeu o tendão de Aquiles e ficou de muletas. Ele ficou com ela por algumas semanas porque havia menos degraus para chegar até o apartamento dela. Ela se comportou maravilhosamente, buscando coisas na casa dele, cozinhando para ele, antecipando quase todas as suas necessidades. Nate voltou para seu apartamento o mais rápido que pôde. Ficar na casa de Elisa o fizera se sentir como um criminoso acolhido pela sua vítima. Nessa época, ele já perdera quase totalmente o interesse romântico. Em seu lugar: a avaliação desapaixonada dos méritos e dos deméritos dela que não estavam inteiramente ao seu favor. Mesmo o sexo, aquela feliz segunda lua de mel, tinha perdido a graça. Cada vez mais consciente da mudança em seus sentimentos, Nate não podia evitar a sensação de que estava se aproveitando dela, tomando algo sob falsos pretextos. Ele começou a evitar dormir com ela.

Quando Nate finalmente terminou com Elisa, ela ficou mais chateada do que ele esperava. Embora fingisse compaixão, sentia apenas no sentido mais raso: ele a viu chorar e, no momento, sentiu-se mal. Em outro nível, as lágrimas dela o gratificavam: *Então agora você acha que eu sou o bonzão? E seis semanas atrás, quando você não me deu a mínima o fim de semana inteiro que passamos na casa dos meus pais porque eles eram muito "barulhentos", e você ficou com dor de cabeça, e tinha muito pouco para falar com eles?* Mas ele não falou nada. Sabia que se ela pedisse desculpas, se prometesse mudar ainda mais do que já fizera, isso não importava.

Ela ligou para ele no dia seguinte, parecendo alarmantemente angustiada. Ele concordou em se encontrar com ela para um café alguns dias mais tarde; essa perspectiva a acalmou. No café, ele disse para ela novamente que sentia muito mas que era tarde demais, não, ele não sabia por quê, não era nada que ela fizera, ele simplesmente precisava se concentrar em terminar seu livro e provavelmente não conseguia estar em um relacionamento, talvez houvesse algo errado com ele – qualquer coisa para evitar a verdade: que com o tempo ele começara a vê-la como muito privilegiada e menos interessante.

– É só que... – Elisa colocou a xícara de café no pires e olhou para ele com os olhos marejados. – Eu nunca me senti amada antes. Pensei que dessa vez havia sido.

Algo o incomodou. Quando estivera enamorado dela, e sem acreditar que ela o escolhera, ele não fizera um milhão de coisinhas para fazê-la se sentir tão completa e inteiramente amada quanto possível? Ele pensara que isso lhe daria mais influência sobre ela.

Mas, então, ele disse para si mesmo, não era o que acontecia em um relacionamento? Não era como se ele a tivesse enganado.

Eles concordaram, naquele dia, em permanecer amigos. Mas Nate logo começou a ficar cada vez mais frustrado. Cada vez que se encontravam, ela trazia à tona o relacionamento fracassado deles, insistindo que queria esclarecer as coisas. Quando a conversa não seguia no rumo que ela queria – e o que ela queria algumas vezes parecia ser não menos que ele declarasse que cometera um erro ao romper com ela –, Elisa ficava irritada. Com as lágrimas vinham o sentimentalismo e a recriminação, perguntas irrespondíveis com a pretensão, parecia para ele, única de fazê-lo sentir-se culpado. "Você não acha que sou inteligente o bastante, acha?" "Como vou acreditar em alguém depois que me deixei confiar em você, depois que você me *fez* confiar em você?" Enquanto isso, ele se lembrava com total clareza o quanto ela fora insensível com ele quando era a pessoa com mais poder.

Com o tempo, no entanto, outra corrente de sentimentos começou a ganhar força dentro dele. Não importava o quanto dissesse para si mesmo que não fizera nada de errado em relação a ela – não segundo os padrões pelos quais ele e todo mundo que ele conhecia viviam (pelo contrário, *ela* estava errada em sua carência e histeria indigna) –, em algum nível intuitivo, Nate começou a se sentir culpado. Uma voz grave, tipo a voz de Faulkner, dentro dele insistia em ver o relacionamento em termos moralistas rígidos. Ele se sentira atraído – a voz entoava – por Elisa por causa de sua beleza, porque ela parecia nota máxima, por causa do pai famoso e do pedigree impecável, e porque ele, nerd, perdedor, por muito tempo suspeitara que pessoas como ela, como Amy Perelman, bonitas e populares, tinham algo que ele não tinha, algo impenetrável unicamente pela inteligência, um tipo de mágica e graça, uma sabedoria sem palavras sobre como viver, e um acesso correspondente a prazeres desconhecidos. Ao contrário de Kristen, com quem sentia que tinha uma afinidade real, Nate se encantara com Elisa por causa de uma ambição reptiliana. E então, como um cão que fareja um objeto estranho antes de decidir que não lhe interessa, ele foi embora em busca de outras atrações. Exceto que seu experimento não fora tão indolor para

Elisa. Talvez a força da ligação dela não fosse tão estranha quanto antigamente lhe parecera. Antes dele, Elisa saíra com um monte de caras que ela parecia escolher baseada na aparência e na propensão a tratá-la mal. Embora fosse menos bonito, Nate aparentemente atingira algum tipo de ponto de doçura, sendo ao mesmo tempo um namorado mais gentil *e* mais desejável em termos de perspectivas profissionais do que as filas de sociopatas de ombros largos que o precederam. E enquanto Elisa, não sem base, classificasse suas reivindicações de admiração mundana mais alto do que classificava as de Nate, era fácil entender por que ela se sentia segura com o afeto dele.

Se ela estava agora tão patética – sem vergonha da falta de orgulho e com uma raiva irracional – não era tudo aquilo uma parte do que ele há muito sabia dela? Ela fora mimada por sua beleza e sorte; ela não tinha recursos interiores; era petulante e infantil quando as coisas não saíam do seu jeito. Ele sabia de tudo isso desde praticamente a primeira vez que saíram juntos. Se ele quis ficar com ela quando soube que ela era imatura, ele realmente poderia usar isso como motivo para acabar com ela agora, só porque ele não queria mais nada do que ela tinha a oferecer? Bem, sim, ele podia, a resposta era obviamente sim – mas ainda o fazia se sentir mal.

Durante a maior parte do tempo, Nate silenciava a voz do pastor fundamentalista em sua cabeça. Não era algo para ser levado em consideração – era simplista, exagerava sua importância, garantindo a ele um poder divino sobre os demais; presumia, problematicamente, que ele era mais inteligente e mais forte do que Elisa e, portanto, único responsável por tudo o que ocorrera entre eles. Mesmo assim, sua atitude se tornou mais compreensiva em relação a ela. Ele sempre podia, em um esforço para se justificar, listar as falhas dela como pessoa (ela era superficial e suas preocupações, até em seus desapontamentos, eram estreitos; seu orgulho mal disfarçado de sua família de classe alta era vulgar; era gananciosa, não tanto por dinheiro, mas por *status* e por ter o parceiro "adequado", ou seja, o macho alfa etc.), mas o que, realmente, aquilo significava? Ela podia não ser uma pessoa particularmente admirável ou de ideias nobres, mas era sem dúvida uma pessoa. Sangrava se fosse ferida. Embora não aceitasse as reivindicações mais histriônicas de Elisa a respeito dos danos irreparáveis que ele supostamente causara nela – considerando que só ficaram juntos por um ano e meio, e nem chegaram a morar juntos –, Nate chegou a aceitar que a ferira muito. Ele prometeu tentar, realmente tentar, ser mais gentil com ela, ajudá-la no que pudesse. Mesmo que, de sua perspectiva, a melhor coisa que podia ser feita era seguirem suas vidas separados, ele prometeu para ela que jamais a "abandonaria".

Mas ele estragava tudo. Não raro, ele a achava enlouquecedora, especialmente quando ela começava o tópico favorito de conversa dela (e o que ele menos gostava): o relacionamento deles e todos os danos psicológicos relativos a isso. Ele demorava muito para retornar as ligações dela. O pior de tudo, no entanto, foi que ele dormiu com ela muitas vezes depois que terminaram, convencendo-se de que estava tudo bem, que ela "entendia" a situação. Bêbado, solitário, com tesão, sentindo por ela um tépido afeto nostálgico, ele se enganava por um momento para não ver o que era óbvio: que, aparentemente, ele queria foder com a cabeça dela, encorajá-la um pouco, porque ele não queria apenas sexo, mas se deleitar por um curto período no bálsamo da afeição contínua (e talvez até maior) dela. (Ela parecia esquecer que durante grande parte do tempo em que estiveram juntos, ela o achava deficiente.) E pelo que ele sabia, ela entendia a situação perfeitamente, melhor do que ele. Talvez ela nunca pensasse, nem por um minuto, que esse retorno fosse algo mais do que sexo. Mesmo assim, se ela não tinha superado inteiramente a situação, Nate sabia que não estava ajudando muito. Pelo menos, ele parou – quer dizer, eles pararam de dormir juntos. Concordaram em não fazer mais isso.

Isso, no entanto, não a impediu de ir para cima dele na noite do jantar. Mas, como ela dissera, ela estava infeliz. Muito daquilo não tinha nada a ver com ele. A vida mudara para Elisa desde que se conheceram. Três anos e meio era tempo demais para ser assistente, mesmo para o editor-chefe da *Revista Muito Importante*. Mas suas incursões na escrita foram sofríveis. Seus textos foram recebidos pelos editores com tão pouco caso e foram tão reescritos que ela ficara incomodada.

Nate tentara convencê-la de que isso não era incomum. A maior parte das pessoas da idade dela não começava a escrever para revistas daquele calibre. Chegava lá com o tempo. Foi o que ele fizera lá pelos vinte anos. Mas Elisa sempre tivera êxito em tudo o que fizera; não estava preparada emocionalmente para nenhum tipo de fracasso. Sem muito humor ou humildade para colocar o fato em perspectiva, a queda de suas expectativas foi incapacitante. Ela se agarrou com mais tenacidade ainda ao trabalho: embora achasse às vezes humilhante, ela confiava completamente no prestígio da revista e do seu chefe, para sentir-se importante – isso é, segura.

Embora ainda fosse bonita, ela perdera algo do frescor que tinha na época em que se conheceram, quando era novata na cidade, na vida adulta e na cena literária, quando havia entrado no universo social deles como uma jovem mercadoria núbil e desconhecida, cuja boa aparência garantia uma acolhida calorosa e entusiasmada. Com o tempo, a mesma qualidade que o atraíra, aquela superioridade indiscutível, começara a diminuir. Ela se tornara outra mulher solteira atraente e infeliz que podia ser vista em certos tipos de festas, reclamando do trabalho e do homem com quem estava. Ela também era conhecida como ex dele, o que, sendo preciso, não era muito justo. Ele não era classificado como ex com a mesma inferiorização destinada a ela.

Nate esfregou a nuca.

Qual era o lance entre ele e Elisa?, Hannah perguntara. Sentada na cadeira diante dele, ela sorria de modo encorajador enquanto esperava a resposta.

Ela contara para ele sobre seu ex. Mas o relacionamento dele com Elisa era difícil de explicar. Havia coisas das quais não se orgulhava. Sem contar que Hannah conhecia Elisa. Ele sentia que era uma descortesia divulgar fatos meio ofensivos sobre ela à mulher com quem ele estava dormindo. Além disso, de repente sentia-se muito cansado.

– Saímos por um tempo – disse ele, levantando-se para indicar que estava pronto para ir para o quarto. – Não deu certo. Agora somos amigos. Acho que é por aí.

Capítulo 11

O que começara como um verão estranhamente fresco, em agosto se tornou nebuloso e muito úmido. Nate resgatou seu ar-condicionado velho e desajeitado, instalou-o na janela do quarto e começou a trabalhar com seriedade no freela da revista que Jason o ajudara a conseguir. Na maior parte dos dias, ele saía para correr no parque, de preferência antes das oito, e então trabalhava direto até a noite, raramente se permitindo uma distração agradável no Recess. Com frequência, ele se encontrava com Hannah para um jantar tardio. Algumas vezes, sentia que não teria tempo para isso, então ela chegava lá pelas onze para passar a noite. Embora às vezes ele lamentasse não ter tempo para ver seus amigos, estava feliz nessas semanas. Sempre se sentia mais vivo, mais ele mesmo, quando estava imerso em um projeto.

Quando terminou o texto no final do mês, Hannah disse que queria preparar um jantar de verdade para ele.

– Para comemorar o artigo – disse ela. Nate achou gentil da parte dela.

Nesse meio-tempo, ele se voltou para uma lista de tarefas que deixara de lado enquanto trabalhava no texto: comprar presente para sua mãe. Renovar a carteira de motorista. Mudar de banco para evitar novas taxas recentemente impostas pelo banco atual. Contas. Corte de cabelo. Lavanderia. Coisas entediantes.

Talvez por isso não estivesse com o melhor dos humores quando chegou à casa de Hannah para jantar. Ele não podia pensar em outro motivo.

Ela estava colocando ervas em uma panela de macarrão.

Ele deu uma espiada na panela.

– Uau. Mariscos de verdade. Nas conchas e tudo o mais.

Ela pareceu se divertir.

– É assim que eles vêm. Em conchas.

Nate seguiu-a até a mesa. Ela estava usando um vestido que ele não lembrava ter visto antes, justo e preto.

Quando começaram a comer, ele a elogiou pelo macarrão. Ela começou a falar sobre culinária e o "psicodrama do sabor". Sua mãe e uma de suas irmãs constantemente entravam em discussões acaloradas sobre o livro de culinária favorito, quem era o melhor e se os alimentos orgânicos eram mesmo mais saudáveis. O que estava realmente em questão, Hannah dizia, era qual das duas tinha melhor gosto, mais classe – a mãe com suas toalhas de mesa brancas e *coq au vin* ou a filha com a tábua de cortar carne e as receitas inspiradas em Alice Waters.

– Sua irmã vence – falou Nate. – Sem dúvida alguma.

– Você não é um juiz neutro. Você é mais ou menos da geração dela. E nunca experimentou o *coq au vin* da minha mãe.

Nate sorriu, mas foi um pouco forçado. Ele não sabia se era sua imaginação ou se havia, naquela noite, alguma mudança na dinâmica deles, uma diminuição da energia animada, crepitante, que em geral inspirava suas conversas. Talvez ele só não estivesse a fim de conversar. Voltou sua atenção para o macarrão. Nem todos os mariscos estavam abertos. Mas estava gostoso. Assim como a salada que ela fizera para acompanhar.

Quando terminaram de comer, Nate começou a limpar os pratos. Quando voltou da cozinha, Hannah se levantou para encher novamente sua taça de vinho. Então estendeu o braço pela mesa para encher a dele.

– Não precisa.

Ela ergueu o olhar, boquiaberta.

– Eu realmente não estou a fim – ele disse, com um tom de desculpas abrindo caminho em sua voz ao lhe ocorrer que ela havia cozinhado uma bela refeição e colocado um vestido. Isto, este jantar, era um *acontecimento*. Ao não beber, não entrar no espírito, ele não estava fazendo sua parte.

Hannah segurou a garrafa de vinho com as duas mãos. Uma pequena ruga apareceu entre suas sobrancelhas. Por um instante, Nate a viu sob uma luz desconhecida – vulnerável, carente. Sua culpa se transformou em irritação. Por que tinha que ser um acontecimento? Quem disse? Por que ele devia se sentir mal só porque não estava no clima para fazer uma cena romântica em uma terça à noite? Ele preferia ler. Ou ficar de bobeira na internet. E daí?

Mas com a mesma rapidez que apareceu, a ruga na testa de Hannah se desfez.

– Ok – disse ela.

Ela lhe deu um sorrisinho enquanto colocava a rolha de volta na garrafa. Nate, balançando nos calcanhares, os polegares enganchados nos passadores do cinto do jeans, sorriu de volta.

Ela se virou e caminhou até a cozinha. Nate observou enquanto ela ficava na ponta dos pés e colocava a garrava em cima da geladeira. Seu vestido negro subiu na altura das coxas. Sua bunda, no tecido justo, ficava bonita.

Uma parte dele queria senti-la contra seu corpo, chegar por trás dela e sussurrar um agradecimento pelo jantar. Mas ele tinha medo de que, se fizesse isso, trouxesse expectativas que no momento não estava a fim de cumprir.

– Você se importa se eu verificar meu e-mail? – perguntou ele.

– Vai lá – disse Hannah, voltando para a mesa. – Vou ficar um pouco por aqui. – Ela ergueu a taça. – Com meu vinho.

Na manhã seguinte, Nate vestiu roupas de corrida e seguiu na direção do parque. Ele tinha consciência de que estava tentando escapar, literalmente sair correndo, de uma sensação de inquietação.

A noite anterior havia sido meio problemática. Ele ficara sentado na escrivaninha de Hannah por um tempo, mexendo no notebook, mas desconfortavelmente consciente dos movimentos dela pela sala. Ficara feliz quando, depois de meia hora, ela foi para o quarto e perguntou se ele queria ver um filme. Ele quis. O filme, uma comédia independente ao qual assistiram na cama, no notebook, o animou. Por um tempo. Ele acordou com o mesmo sentimento de apatia.

Mesmo assim, tudo estava indo bem. Chegavam resenhas fortes sobre seu livro. Alguns dias mais tarde, seu pai ligou e fez um comentário aprovando as escolhas de carreira de Nate, o que era bem estranho (seus anos como freelancer mal pago, antes visto como "procrastinação", agora eram resgatados como "espírito empreendedor"). E ele estava transando.

Sempre que ficava muito tempo sem sexo, Nate se sentia deprimido. A energia sexual reprimida parecia corroer sua autoestima. Casos de uma noite em geral não conseguiam satisfazê-lo. (Uma vez que o critério principal utilizado para selecionar alguém era a disposição, talvez isso não fosse uma surpresa.) Encontros casuais, ele já aprendera, também não funcionavam. Havia ressentimentos demais. Sem sombra de dúvida, o que ele tinha com Hannah – sexo com uma mulher de quem gostava – era melhor do que qualquer uma das outras opções.

Era claro que ele tinha muito mais do que sexo com Hannah.

Ao entrar no parque, sentiu o ar pesado de tão úmido. Quando ele entrou na pista de corrida, olhou para o celular para ver a hora, e acelerou.

Períodos de tédio não eram algo que Nate experimentara muito até o ano passado. Antes que vendesse seu livro, sua vida adulta havia sido tão repleta de restrições financeiras e incerteza profissional – e, mesmo assim, tão carregada com a pulsação de sua ambição –, que ele não sentira necessidade de drama. Embora não houvesse sido sua escolha, teve de lidar com a boemia de nem sempre saber como pagar o aluguel. O medo do fracasso fora real e constante. Ele acreditava que uma parte dele sentia falta disso, sentia falta da urgência.

A pista de corrida, uma estrada secundária, fazia uma curva em uma área arborizada. A folhagem cobria todos os sinais da vida urbana. Por um momento, Nate apenas ouviu o som de seus passos no asfalto.

Alguns dias antes, havia recebido um pedido de doação da organização sem fins lucrativos que mantinha o parque. Sentira uma pontada de culpa quando jogou a carta no lixo, mas já tinha uma pilha de pedidos de vários tipos de organizações.

Antigamente ele jogava todas fora sem abrir. Parecia óbvio que eram dirigidas a outra pessoa. Alguém mais parecido com seus colegas de classe de Harvard. Alguém que não estivesse falido. Mas, embora estivesse muito longe de estar livre de preocupações financeiras, Nate sabia que não podia mais usar a desculpa de sempre, de que nunca tinha dinheiro. Mesmo assim, sentia-se deprimido sempre que pensava em fazer um cheque para algumas dessas valorosas organizações e, em seguida, mandar um aviso para seu contador para conseguir dedução nos impostos. Nate teria negado mesmo para si mesmo – considerava uma afetação risível –, mas agora lhe parecia que sempre acreditara que do modo como vivia (recusava a dizer "estilo de vida"), como um freelancer sem seguro-saúde e de poucas posses, ele estava, em uma escala mínima, registrando uma rejeição – da conformidade, da convenção da classe média, não só do materialismo mas da escravidão ao ídolo da "segurança". Mesmo assim, ele acabaria no mesmo lugar que todos os outros. Seria este liberalismo tardio um destino inevitável? Certamente era. Era pura vaidade fingir o contrário. O que ele pensava que estava fazendo? Fomentando uma revolução com seu precioso ensaio sobre a mercantilização da consciência? Mesmo assim, não importava o quão valiosa fosse a causa, não importava quantos dissidentes tivessem sido poupados da tortura ou crianças salvas de doenças evitáveis, ele nunca conseguia mandar seus cem dólares sem sentir como se tivesse passado dos limites e que algo se perdera no caminho.

Nate percebeu que diminuíra o ritmo. Cerca de trinta metros à sua frente, uma loira com um rabo de cavalo comprido corria com rapidez. Tinha pernas torneadas e cintura fina. Ela o fazia lembrar um pouco Kristen. Ele passou a usá-la como referência para marcar seu ritmo.

Era inútil lamentar o que perdera – se perdera alguma coisa, se não era pura autoindulgência pensar desta forma. Ele era extremamente sortudo. Certo, escrever o livro não fora inteiramente fácil. Para terminá-lo, teve que parar com as resenhas de livros que escrevia duas vezes por semana, o que era a única reivindicação de *status* aos olhos do mundo. Até mesmo Elisa, que acreditava no livro, se perguntara se desistir do trabalho era um erro.

– Nunca se sabe o dia de amanhã – ela lembrou.

Mas as resenhas não pagavam o suficiente para valer o tempo e a energia que exigiam. Ele voltara ao trabalho temporário, que pagava mais por hora e requeria menos mentalmente. Ele revisara. Fizera o que tinha que ser feito – pelo bem de algo que só existia em um documento de Word, um conto bagunçado sobre uma jovem família de imigrantes lidando com a vida nos subúrbios americanos nas décadas de 1970 e 1980, uma obra que ele revisava e reescrevia desde os vinte e poucos anos sem jamais ter recebido um centavo por isso. Mas escrever seu livro foi o maior prazer de sua vida – pelo menos depois de certo ponto, anos depois, quando ao mudar o foco do filho para os pais ele finalmente pareceu encontrar o pulso da coisa e o romance começou a tomar forma quase que por conta própria. Que uma editora estivesse disposta a pagar por ele, e generosamente, não era nada do que pudesse reclamar. Ele faria tudo novamente, de graça, em um minuto. Muitas daquelas noites tardias, quando andara de um lado para o outro em seu apartamento, sua mente perambulando no mundo que criara meticulosamente e no qual podia finalmente habitar – movendo-se de personagem em personagem, destilando febrilmente em palavras pensamentos que não eram seus, mas deles – foram êxtases de absorção e esquecimento de si mesmo.

Era claro que a vida não podia ser mantida sempre naquele auge. A vida cotidiana estava fadada, algumas vezes, a ser mundana, cheia de tarefas rotineiras e decisões de menor importância. *Anistia Internacional ou Médicos Sem Fronteiras? Jantar em casa ou fora?* Algumas noites estavam fadadas a não render muito mais do que um filme no Netflix.

Quando ele saiu da área arborizada do parque a sensação de calor começou passar. Ele iniciou a contagem da respiração.

A distância entre ele e a corredora que lembrava Kristen diminuiu. Nate acelerou ainda mais, lutando contra o anseio de seu corpo por conforto. Quando o caminho deu a volta no lago, a alta relva amarela que cercava a margem ondulou levemente apesar do ar parado. Ele ultrapassou a loira.

Quando começou a subir a última e mais alta colina da pista de corrida, todo o resto foi suplantado por sua necessidade de se concentrar na respiração. Tudo o que podia fazer era registrar a cena ao seu redor em pequenas doses, clarões sensoriais: árvores frondosas à direita, o prado à esquerda, uma garota asiática com uma camiseta da Universidade Duke correndo na direção oposta, um grupo de ciclistas passando.

No topo da colina, ele estava sem fôlego. Obrigou-se a correr mais rápido. Os últimos duzentos metros eram uma descida leve, margeada por árvores, parecendo mais um túnel. Cada vez que seu pé atingia o asfalto, ele silenciosamente repetia a palavra *vou*, como em *eu vou*, como em *vou conseguir*, como a coisa que o fizera tirar a bunda do lugar e escrever, noite após noite, quando ainda tinha vinte e poucos anos, trabalhando naqueles empregos temporários intermináveis, muito antes que escrever o livro fosse divertido, quando tudo o que ele queria era se embebedar ou, pelo menos, fazer algo passivo, como ler.

Ele chegou ao final da pista e dobrou o corpo, segurando a cintura. Ofegante, passou cambaleando por um grupo de garotas judias ortodoxas, com mangas compridas e saias longas. Depois de um momento, sua respiração ficou mais regular. Conferiu a hora no celular. Vinte e sete minutos, 22 segundos. Não era seu melhor tempo para 5,5km. A umidade acabara com ele.

Embora tivesse uma ideia para outro livro, no início de setembro Nate ainda não havia feito nenhum progresso a esse respeito. Decidiu que precisava de mais tempo para desenvolver a ideia antes de estar pronto para começar a escrever. Enquanto isso, estava doido para ter algo para fazer. Como a resenha que fizera sobre o livro de Israel alguns meses antes havia dado certo, ele escreveu para o editor daquele periódico e pedira para resenhar o próximo romance de um proeminente jovem autor britânico. Ficou um pouco surpreso por não ter uma resposta logo de cara.

Ela chegou vários dias depois, e não era a que ele esperava. Eugene Wu já estava com este trabalho. Nate não podia acreditar. Ele havia feito um ótimo trabalho com o livro de Israel (pelo menos era o que pensava). Basicamente achou que era só pedir que este outro livro estaria ganho. Não podia acreditar que havia sido preterido em favor de *Eugene*.

Hannah e ele iam jantar com Aurit naquela noite. No caminho do restaurante, Nate contou para Hannah que Eugene ficara com o trabalho, mas disfarçou seu desapontamento. Não queria que ela sentisse pena. E era constrangedor. Ele odiava que o fato de ter sido deixado de lado em favor de Eugene o incomodasse tanto. Sugeria uma mesquinhez e uma insegurança que ele associava a mediocridade. Não era essa a imagem que ele queria que Hannah, que não era boba, tivesse dele. Além disso, entre os dois, ele sempre desempenhara o papel do escritor mais bem-sucedido. Fora ele quem elogiara o trabalho *dela*, que *a* incentivara. Se seus papéis se invertessem, ainda que temporariamente, isso só aumentaria seu sentimento de indignidade.

O restaurante onde se encontraram com Aurit abrira havia pouco tempo. Aurit escolhera. Mas o jantar fora ideia de Nate. Ele queria que Hannah e Aurit se conhecessem melhor. Embora Aurit lhe desse nos nervos de mil maneiras diferentes, ele nunca havia deixado de considerá-la uma das mulheres mais inteligentes e interessantes que já conhecera. Ao longo dos anos, ele havia comparado Aurit com várias mulheres com quem saíra, em termos de conversa. Até Hannah, a comparação não tendera a privilegiar a mulher com quem ele estava dormindo.

Enquanto ele e Hannah esperavam que Aurit chegasse, Nate analisou o cardápio e viu que o lugar era caro demais para seu gosto. Sentiu uma pontada de irritação.

Ele ultimamente começara a se preocupar que estava gastando demais, pouco a pouco deixando que seu padrão de vida se elevasse, como se o dinheiro do adiantamento pelo livro nunca fosse se esgotar. Como ele acabara de ser lembrado, trabalhos como jornalista freelancer eram imprevisíveis. E não importava quanto romantizasse o passado algumas vezes, ele realmente não queria ter um emprego temporário de novo.

– Olá! Desculpem! – Aurit trinou alguns minutos mais tarde, enquanto mandava beijinhos semi-irônicos para eles.

Uma grande bolsa de couro, óculos escuros e fones de ouvido foram tirados e colocados em uma pilha na mesa. Uma vez livre de tudo aquilo, Aurit despencou na cadeira ao lado da de Nate.

– Estava no celular com minha mãe – disse ela sem fôlego. – Minha mãe tem uma coisa...

A história que se seguiu datava da sua infância. A mãe de Aurit, em seu relato, por muito tempo nutrira a ideia de que era uma pessoa muito sensível, disposta ao sacrifício e nada frívola. Ela se apoiava nesta imagem de si mesma invocando constantemente uma comparação entre si e essas outras mulheres, "que nunca tiveram um emprego, que nunca, *nunca* cozinharam – contratam fornecedores sempre que mais de duas pessoas aparecem –, que fazem compras o tempo todo, que se ressentem da juventude das filhas, que nunca leem. Quando criança, eu acreditava na história toda. Só com o tempo que comecei a me perguntar onde estavam todas essas mulheres insípidas, preguiçosas e superficiais. Nunca encontrei alguém tão má, muito menos um exército dessas mulheres, exceto talvez em *Dallas*. Então percebi que o único lugar em que elas existem é na cabeça da minha mãe, onde desempenham um papel muito importante. Ela pode justificar quase tudo o que faz porque ela acredita do fundo do coração que é mais digna de ter seus 'modestos' desejos garantidos, dada a excelência extrema e quase sem paralelos de seu caráter, em relação às outras mulheres".

Tanto Nate quanto Hannah estavam rindo.

Aurit balançou a cabeça.

– É como se alguém se cercasse de pessoas menos inteligentes para poder se sentir inteligente. Só que ela faz isso na própria cabeça. *Tão* doido.

– Sei exatamente o que quer dizer – comentou Hannah.

Logo ficou evidente para Nate que Hannah e Aurit gostavam uma da outra. Isso não era garantido, especialmente com Aurit. Ela era muito meticulosa e muitas vezes demonstrava o que parecia, para ele, ser uma antipatia arbitrária pelas pessoas de quem ele gostava, especialmente mulheres. Mas a aprovação de Aurit não o deixou feliz como ele esperava. Durante a refeição, ele experimentou um sentimento desorientador e até mesmo emasculado de ser incorporado a um encontro de mulheres. Os seres combinados de Aurit e Hannah criaram uma criatura mais forte do que qualquer mulher sozinha. Em vez de se estabelecer a meio caminho entre as sensibilidades de Nate e as de Hannah ou Aurit, a conversa encaminhou-se para o feminino.

Havia uma confidência frívola, um ar quase provocador naquilo tudo. Mais do que isso, Aurit e Hannah pareciam ter decidido dali para frente expressar apenas concordância inequívoca com qualquer coisa que a outra dissesse. (Quando Hannah disse que comprava apenas frangos criados sem crueldade, Aurit tinha que concordar com toda aquela disposição e simpatia? – quando, como Nate bem sabia, Aurit não sentia nada além de desprezo pelo "sentimentalismo infantil dos americanos pelos animais".) O apoio entusiasmado delas criou uma atmosfera íntima, sufocante, que fez Nate implorar por uma saída.

– Você se divertiu? – perguntou Hannah enquanto os dois caminhavam de volta para a casa dela. – Pareceu meio quieto.

– Está tudo bem.

Ele olhou pela porta aberta da cozinha de um restaurante. Um homem hispânico de branco estava mexendo em uma panela fumegante.

– Só acho que algumas vezes Aurit domina a conversa – disse ele. – Sem contar o jeito como ela pronuncia julgamentos sobre qualquer um menos sobre si mesma. Ela realmente pensa que está acima de qualquer reprovação?

Hannah riu.

– Ela, hum, é *sua* amiga.

– Sim.

Ele e Hannah não falaram muito enquanto caminhavam pelas ruas silenciosas de arenito. Nate sabia que havia um leve incômodo em seu silêncio. Sua consciência lhe dizia que ele devia dizer algo para tranquilizar Hannah – dizer que estava cansado ou algo assim. Mas não fez isso. Embora sua irritação fosse dirigida principalmente para Aurit, era abrangente o bastante para atingir Hannah pelas beiradas. Havia, no esforço dela em ser agradável, algo levemente insípido, um tipo de relaxamento do seu julgamento em geral rápido e decisivo. Ela se deixara levar por Aurit, adotando o mesmo tom feminino de fofoca de Aurit. Hannah não era assim normalmente. Mas esta crítica era tão pouco generosa que fez com que ele se sentisse culpado. Hannah estava, no final das contas, tentando corajosamente se dar bem com a amiga dele, enquanto ele ficara grande parte do tempo mal-humorado e não ajudara muito.

Quando Hannah destrancou a porta, ocorreu-lhe que eles passavam muitas noites na casa dela. Ele teria preferido se alternassem entre a casa dele e a dela. Naquela noite, até que fazia sentido, por causa da localização do restaurante, mesmo assim... ele não estava empolgado. Lá dentro, ele verificou o *status* do pacote que enviara para sua mãe pelo aniversário (estava, como várias horas mais cedo, em trânsito). Então verificou os resultados de um jogo de beisebol e passou os olhos pelas manchetes do *Times*. Quando finalmente foi para a cama, ele e Hannah começaram a dar uns amassos. Ele não estava bem no clima, mas foi em frente por tato ou inércia.

Logo Hannah veio para cima dele. Não estava funcionando. Ele começou a pensar em Eugene e na resenha. Então pensou que não tivera um retorno do editor para quem escrevera sobre seu ensaio da mercantilização da consciência. Lembrou-se do dia em que recebera o primeiro e-mail de Hannah, quando ela discutiu com ele sobre a ideia. Pensou que cedo ou tarde seu pau acabaria na boca dela. Bem, lá estava ele.

Ele fechou os olhos, tentando afastar essa consciência desagradável. Ansiava pelo vazio, pela ausência de tudo exceto a sensação da boca de Hannah em seu pau. Depois de um momento, desistiu. Guiou Hannah para longe dele, puxando seu rosto para que pudesse beijá-la.

Não muito depois, ela se afastou, colocando o corpo em uma posição que parecia a letra S.

– Eu... hum...

– Humm? – disse ele.

– Eu estava pensando... Talvez haja algo que você queira que eu faça diferente quando eu, você sabe, faço isso... Eu só me perguntei...

Ela mordeu o lábio inferior.

– Ah! – falou Nate.

Acontece que mais de uma vez Nate se sentira um pouco insatisfeito sobre este ponto. Não chegara ao nível de "problema", mas ele tinha uma leve consciência de uma pequena frustração. Gemidos e suspiros estrategicamente colocados e uma gentil condução manual que ele oferecia (com sua mão na cabeça dela), que pretendiam apontar o caminho para uma recalibração mínima, não foram eficientes. Mas a reclamação sempre evaporara no curso das coisas, quando eles se moviam de um ato para o outro. Havia, no final das contas, mais de um jeito de se divertir. Ainda.

– Humm... – ele começou.

Ele sempre tivera dificuldade em falar sobre sexo. Quer dizer, não tinha problemas em falar sobre sexo em termos gerais ou sexo como conceito histórico, psicológico ou intelectual. Quando era mais jovem, gostava de discutir sobre os vários corpos reais ou ideais das mulheres com seus amigos. Mas o outro tipo de conversa sobre sexo, sobre o que era bom e o que não era – essa coisa de *dar instruções*, dizendo "toque-me deste jeito", "por favor, faça isso, não faça aquilo", ou até mesmo "mais rápido" ou "com mais força" –, ele achava, sempre achara, excruciante. A perspectiva fazia com que se sentisse lascivo, animalesco e, acima de tudo, nada sexy, como se qualquer pitada de sexualidade que possuísse fosse derivada de uma autoapresentação cuidadosa e pedante.

Normalmente o único jeito de ele conseguir fazer isso, declarar em voz alta o que queria, era ir com tudo, como se tornar uma pessoa diferente – o tipo que podia dizer, não perguntar, para uma mulher enfiar tudo na boca ou chupar suas bolas ou deitar de costas e abrir as pernas. Sua voz, quando ele dizia essas coisas, soava distinta, dura e sem expressão, sem a habitual amabilidade. Para chegar a esse estado, ele tinha que reunir certa quantidade de desprezo pela mulher (porque ele não falaria com outro ser humano desse jeito em qualquer outro contexto). Ele se sentiria despindo-se de uma mentalidade mais civilizada de respeito pela mulher, como se este jeito de ser não fosse realmente dele, mas meramente um hábito adquirido, como separar garrafas e latas para reciclagem.

Não era realmente algo que gostaria de fazer. Não importava que muitas mulheres afirmassem gostar de serem tratadas desse jeito, que era excitante. Na verdade, isso o deprimia. Depois que fazia isso sempre se sentia um pouco enojado, consigo e com a situação, o que queria dizer, em grande parte, com a mulher com quem estava.

Tinha que ter outro jeito.

Hannah estava sentada ereta, nua, os olhos baixos e o cabelo caindo no rosto.

Nate puxou o lençol ao redor da cintura, cobrindo-se.

– Eu, ah...

Seus olhos se encontraram. A expressão de Hannah era mansa e quase beatífica, em um tipo de desejo nervoso de prazer.

Nate sabia que era impossível. Fora um longo dia. Ele estava cansado. Não tinha, neste momento, como olhar para aqueles olhos grandes e gentis, de alguém que comprava frangos criados sem crueldade, e dizer para ela que gostaria que ela chupasse suas bolas primeiro e que, por favor, aplicasse uma pressão mais gentil só que mais consistente com a boca e que fosse mais fundo e, simultaneamente, que achatasse a língua para meio que acomodar o frênulo enquanto movia o prepúcio para cima e para baixo e, por fim, que também seria ótimo se ela pudesse acariciar a pele entre o escroto e o ânus com os dedos.

– O que você faz está ótimo – diz ele.

– Porque você podia me dizer se...

– Não há nada a dizer.

De algum lugar do lado de fora do apartamento de Hannah, um aparelho de som cujo baixo insistente Nate mal percebera até agora foi abruptamente desligado.

Ele virou de costas e encarou o teto. Queria estar lá fora, no ar fresco. Gostava do apartamento de Hannah, mas nunca gostara particularmente do quarto. Ela tinha um desses grandes espelhos de madeira, coberto com lenços, cintos e outras coisas femininas, de onde vinham todos os tipos de aromas florais artificiais. A visão daquilo sempre o deprimira, fazendo-o lembrar-se da casa bolorenta da sua professora de piano da infância, uma viúva quaker com uma comprida trança cinzenta nas costas. Então havia o armário de Hannah. Repleto de roupas penduradas e pilhas de calças jeans e suéteres enfiados em todos os espaços disponíveis, com uma brigada de botas, sapatos e tênis em bolsas plásticas transparentes guardadas em prateleiras presas às portas, o armário o assombrava até quando aquilo não estava visível. Ele incorporava quase perfeitamente o que não era atraente nas mulheres: o mofo, o materialismo, a desordem.

Ele também percebeu que não gostava das almofadas de cotelê na cama, das quais uma estava enfiada sob seu ombro.

Queria levantar, caminhar pela noite fresca até seu apartamento, deitar em sua cama, sozinho, com um livro ou um pornô no computador se quisesse. *Por que ela tinha que ser tão pouco sexy sobre isso, tão tipo um cachorrinho machucado? Como é que eu devia me sentir com isso?* Mas ele sabia que se tentasse ir embora, isso só iria colocá-lo em maus lençóis. O único jeito garantido de evitar uma cena – "O que está errado? Por que está irritado?" – era ficar ali, agir normalmente. Dormir de conchinha. O que importava, na verdade? Ele logo estaria adormecido, e então seria de manhã.

Ele jogou as almofadas para fora da cama e puxou Hannah para perto de si.

– Você cheira bem – disse ele. Ele não saberia dizer quem adormeceu primeiro, o que provavelmente quer dizer que foi ele.

Capítulo 12

– Ah, couve – disse Cara. – Nunca consigo encontrar couve em Baltimore.

Nate, Hannah e Mark sorriram gentilmente. Estavam sentados no jardim dos fundos de um novo restaurante da moda com mesas estilo fazenda. A noite havia sido marcada como um "encontro duplo".

Era uma agradável noite de setembro. O jardim do restaurante era iluminado por lanternas penduradas e mobiliado com mesas e bancos de madeira rústicos. Um garçom chegou e começou a descrever uma variedade de pratos especiais com hortaliças do início do outono. A camisa colorida e a calça de cintura alta do rapaz lembravam a Nate mais um espantalho que um fazendeiro.

Quando o garçom se afastou, Nate pegou um pedaço de pão de casca dura.

– Como vai a busca por trabalho? – perguntou ele a Cara.

Ela abaixou o cardápio.

– Terrível. Acho que era de se esperar. Todo mundo que conheço na minha idade está superqualificado para as vagas por aí. Quero dizer, atender telefone? – Ela balançou a cabeça. – É um problema sério.

Nate murmurou algo que passou por concordância.

– A tese de Cara sobre Baudrillard ganhou o prêmio de primeiro lugar no Departamento de Literatura Comparada em Stanford – disse Mark, animado.

– Verdade?

Quando Nate encontrou os olhos de Hannah, ficou aliviado em ver na expressão dela que achava Cara tão irritante quanto ele. Embaixo da mesa, ele pegou a mão de Hannah, pressionando seus dedos na palma dela e passando o polegar pelos nós de seus dedos.

Depois da (não) conversa deles sobre boquetes na semana anterior, ele a evitara por vários dias, alegando estar ocupado ou cansado. Ele sabia que sua irritação não era justa, mas queria que aquela lembrança constrangedora e a estranha sensação do apartamento dela como algo sufocante desaparecessem de sua mente. E isso acontecera, basicamente. Talvez tivessem que começar a se ver um pouco menos do que antes, mas certamente isso era esperado com o passar do tempo.

O garçom trouxe as bebidas. Cara disse algo sobre video games. A popularidade deles era um mau prognóstico para a sociedade americana. Ela mencionou a Europa e suspirou de um jeito que sugeria que os jovens nunca jogavam video games lá.

– Não sei – comentou Hannah. – As pessoas que conheço que jogam muito video game poderiam fazer coisa muito pior. Você sabe, poderiam realmente prejudicar os outros. Pelo menos essas coisas os mantêm ocupados. – Ela deu de ombros. – Talvez eu conheça apenas algumas pessoas loucas.

Nate gargalhou.

Cara não achou tanta graça. Seu rosto era lento em mudar de expressão, como um relógio antigo que funcionava com engrenagens pesadas por trás. Levou um momento para que suas sobrancelhas e lábios registrassem perplexidade.

– É um jeito de ver as coisas, imagino – disse ela.

Mark intercedeu dizendo que Hannah era adepta do argumento da "distração do pior".

– Muitas evidências indicam que as pessoas são menos violentas do que costumavam ser.

Assim que percebeu que basicamente tomara o partido contrário, Mark olhou para Cara parecendo nervoso. Nate reconheceu a solicitude ansiosa de um cara que só consegue transar quando certas condições são colocadas. Pobre Mark, Nate pensou.

– Não estou dizendo que os video games tornam as pessoas violentas – disse Cara um pouco petulante.

De repente, Nate sentiu um pouco de pena *dela*. Era bonita, senhora de si e inteligente o bastante, mas era recém-saída da escola e repetia opiniões que sem dúvida estavam na moda lá. Com o tempo, ela pegaria o tom de Nova York. Seu jeito professoral era provinciano. Aqui tudo era na base da contraintuição. Ela aprenderia. Além disso, ser bonita, senhora de si e inteligente o bastante lhe abriria um longo caminho, e se ela não tinha bons contatos antes de começar a sair com Mark, agora teria.

O garçom deles passou caminhando a passos largos, sem a comida. Nate disfarçou um bocejo. O tempo parecia se mover muito lentamente. Até Mark era diferente na companhia de Cara. Seu senso de humor parecia embotado, como se não pudesse exercê-lo e ao mesmo tempo garantir a felicidade minuto a minuto de Cara.

Nate sentiu uma pontada de apreço por Hannah. Sabia que se fosse solteiro, se estivesse jantando sozinho com Mark e a namorada dele, teria ficado um pouco deprimido. Cara teria parecido, ainda que de um modo solipsista, um padrão para as mulheres em geral – seu futuro, mais ou menos. Estava feliz por ter encontrado alguém tão... sensata, tão *não ridícula*, alguém de quem gostava tanto quanto desejava.

Quando, por fim, estavam dividindo a conta, aconteceu de Nate olhar de relance para Cara. Ficou momentaneamente atônito pela beleza dela. Mas Mark sempre fora um cara muito superficial em relação às mulheres. Então, ocorreu a Nate que Mark podia muito bem sentir pena *dele*, só porque tecnicamente Cara era mais bonita do que Hannah (embora Hannah fosse, no que lhe dizia respeito, muito mais atraente). Mesmo assim, era um pensamento estranho, e ele o deixou de lado. Algumas vezes desejava poder desligar seu cérebro.

De volta ao apartamento dele, Hannah lhe disse que sua amiga Susan vinha de Chicago naquele fim de semana.

Ela estava sentada na posição de lótus na cama dele, com um exemplar de semanas atrás do *New Yorker* no colo.

– Quer tomar um brunch com a gente no domingo? – perguntou ela.

Nate estava parado no corredor. Passou a mão pelo cabelo.

O convite não lhe chamava muito a atenção. Hannah descrevera Susan como uma dessas pessoas que veem a vida como uma longa série de injustiças perpetradas contra ela por vários imbecis. Se você tem algum problema com o relato dela, é um dos imbecis. Realmente um encanto, ela parecia ser.

Além disso, ele não gostava muito de brunchs como eventos sociais. Era fácil de imaginar: onze da manhã, na fila de espera com todos os outros yuppies em um novo restaurante da moda, tendo uma conversa cansativa sobre seja lá o que Susan faz para viver e como Nova York se compara a Chicago; onze e meia, pedir um Bloody Mary, ainda esperando do lado de fora, ainda esperando para sentar; meio-dia, na mesa, pedir um inoportuno segundo Bloody Mary na tentativa de escapar do tédio/desespero existencial; meio-dia e meia, dividir a conta e lamentar secretamente desperdiçar trinta dólares (os dez a mais pelo segundo Bloody Mary), quando ele teria ficado mais feliz com o especial de domingo (dois ovos, bacon, fritas e torradas) de seis dólares em uma lanchonete mais pé-sujo na sua rua.

Hannah já tirara as lentes de contato. Olhava para ele por cima da armação dos óculos. Seu cabelo estava amarrado. O olhar de Nate pousou no engradado de leite ao lado de sua cama. Ali estava uma pilha de livros recentes nos quais ele queria dar uma olhada para tirar resenhas ou ensaios. Ler de um jeito descompromissado e exploratório era o tipo de coisa que ele gostava de fazer aos sábados ou domingos, talvez em casa, talvez em um bar com um jogo ao fundo. Tinha pensado em fazer isso na semana passada, mas não conseguira. Não ficara inteiramente satisfeito com isso. Quando se é solteiro, seus fins de semana são como vistas panorâmicas; em um relacionamento, são como o céu de Manhattan: pontiagudo, cercado, comprimido.

Nate coçou a parte de trás da cabeça:

– Não sei – disse ele. – Não tenho certeza do que vou fazer.

Ele sorriu nervosamente.

– Ok – disse Hannah.

Nate não conseguiu decifrar a expressão, mas se sentiu apreensivo na mesma hora. Hannah voltou sua atenção para a revista. Quase inconscientemente, ele permaneceu onde estava.

Depois de um momento, Hannah olhou para ele:

– *O que foi?*

Ele deu um passo para trás.

– Nada!

– Deus! Não posso com isso.

– Não pode como o *quê*?

– Você! Parado aí, esperando que eu fique brava porque não quer ir ao brunch. – Ela fez uma careta para ele. – Eu não me importo. Não me importo se você vai ou não.

– Ok... – disse Nate lentamente. – Mas se você perguntou se eu queria ir, eu naturalmente presumi que você se importava, pelo menos um pouco.

Hannah tirou os óculos e os segurou na mão.

– É como se você quisesse me transformar em uma daquelas namoradas exigentes e histéricas – disse ela. – Não é isso que eu sou.

Nate ficou confuso por um instante. Ele certamente não esperava que ela ficasse *tão* zangada. Então ele entendeu que ela o acusava. Ele ouviu sua voz se erguer enquanto falava:

– Você pode talvez me dizer exatamente como eu a transformo em "exigente e histérica"? Foi algo que eu disse? Porque não me lembro de dizer coisa alguma.

– É só que... você simplesmente... argh!

Hannah se levantou, a revista escorregou de seu colo, pousando de qualquer jeito no chão.

– É só esse clima.

– *Clima*? – repetiu Nate, a palavra carregada de semanas de tensões não ditas.

Hannah corou.

Sua perturbação teve o efeito de fazer Nate se sentir mais controlado.

– Pelo que me lembro – disse ele friamente –, você me fez uma pergunta e eu respondi, e agora você está zangada comigo por presumir, como um completo idiota, que você se importa com minha resposta.

Hannah fechou os olhos e inspirou profundamente pelo nariz.

– O que quero dizer é que isso não é um teste. Eu me importo se você vai ou não como eu me importo se vamos comer comida tailandesa ou sushi.

– Ótimo. Brunch. Não é um teste. Anotado.

– Você quer parar com o sarcasmo? *Eu já entendi.* O problema não é o brunch. É como você vem agindo. Sinto que está me rotulando. Não sou essa pessoa, e fico chateada com você por me fazer ser essa pessoa.

Os dois estavam em pé agora, um de frente para o outro, com menos de dez centímetros de espaço entre eles. Nate sentia-se energizado, totalmente desperto.

– Você percebe que não tenho ideia do que está falando? – ele disse. – Que pessoa estou fazendo você ser?

Ela não pestanejou.

– A pessoa que obriga você a abrir mão de sua liberdade.

– Espere, sou eu quem está sendo rotulado? Quem está? Você ou eu?

Nate sentia que mudava o peso do corpo de uma perna para a outra, do mesmo jeito que fazia quando jogava futebol.

– Foda-se, Nate – disse Hannah. – Apenas foda-se. Você sabe o que quero dizer. Ou saberia, se estivesse sendo sincero.

Ele ergueu as mãos em um gesto teatral, incrédulo.

– Perdoe-me por ouvir e tentar entender o que você está dizendo.

– Tudo bem. – Ela meneou a cabeça. – Como você quiser. Estou só sendo ridícula.

Nate não a contradisse. Encararam um ao outro.

– Vou escovar os dentes – disse ele por fim.

– Ótimo.

A luz fluorescente do banheiro era opressivamente brilhante. Alguns fios de cabelo compridos de Hannah estavam presos na porcelana branca encardida da pia. Nate sentiu-se um pouco abalado enquanto cuidava dos dentes. Ele fora cruel, sabia que fora cruel, mas ela começou. Não havia como negar isso. *Transformando-a em alguém exigente e histérica?* Ele não fizera *nada*.

Decidiu passar fio dental. Ocorreu-lhe que talvez ela tivesse desistido e se vestido. Talvez tivesse recolhido suas coisas e ido embora. Ele se aproximou do quarto cuidadosamente. Hannah estava na cama.

– Desculpa – disse ela. Sua voz estava arrependida, mas não demonstrava nenhuma outra emoção. – Desculpa por ter explodido daquele jeito.

Nate ficou surpreso em ver que estava desapontado. Não por ela não ter ido embora – ele realmente não esperava que ela fizesse isso –, mas que parecesse normal novamente. Quando ela agira como louca, ele pôde extravasar aquela tensão acumulada e também estar *certo* de um jeito maravilhoso e natural. Algo que aprendera com Elisa: nem sempre era desagradável lidar com uma mulher histérica. A pessoa se sentia tão plenamente justa em comparação. Agora ele sentia como se estivesse murchando. Embora não estivesse ciente de estar excitado antes – ele sentira nojo do cabelo de Hannah na pia –, agora sentia seu pau murchando, como se, sem que ele percebesse, estivesse um pouco duro.

– Não é nada demais – disse ele. – Não se preocupe com isso.

– Acho que devemos conversar.

– Todo mundo precisa desabafar de vez em quando.

– Quero dizer, sobre o motivo.

Era claro que ela queria.

Nate afundou na cadeira da escrivaninha, sentindo-se desanimado, derrotado. Cruzou as pernas e, imediatamente, descruzou-as.

– Tenho certeza de que pareceu vir do nada para você – disse Hannah em um tom de voz justo e razoável, um insuportável tom de voz justo e razoável. Uma voz que o obrigava a ser justo e razoável também. – Acho que reagi deste modo porque senti que você estava esperando que eu irrompesse em lágrimas por causa do brunch com Susan. Pareceu narcisista ou algo assim. Não sei, só que me irritou.

Mesmo a contragosto, Nate sorriu.

Ela prosseguiu:

– É só que ultimamente ando com essa sensação de que algo está diferente. Com você, com a gente, e fico esperando que você diga algo... Não quero ser o tipo de namorada que analisa cada coisinha ou que nos obriga a discutir as coisas até não poder mais, realmente não quero. Mas se algo está acontecendo, eu gostaria que você me dissesse. Não espero que as coisas sejam exatamente do jeito que eram quando começamos a sair. Mas não me *constranja*, como se você fosse o namorado explorado. – Hannah se sentou muito ereta; seu tom de voz se tornou mais insistente, quase desafiador. – Se não quer isso, tudo bem. Não sou uma dessas garotas que estão desesperadas para ter um relacionamento.

Nate se reclinou na cadeira, fazendo as duas rodas da frente saírem do chão. Basicamente toda discussão sobre relacionamento que ele tivera em parte incluía mais ou menos as mesmas ressalvas. Aparentemente, nenhuma mulher no início do século XXI (a) quer um namorado, (b) quer conversar sobre o relacionamento, não importa o quanto ela (a) queira um namorado e (b) queira falar sobre relacionamento.

Quando voltou a cadeira no lugar para encará-la, Nate tirou esta ideia desagradável de sua mente.

– Hannah – falou ele gentilmente. – Não estou "constrangendo" você. Não sei de onde tirou essa ideia.

Ela puxou o rabo de cavalo.

– É só que... bem, espero que saiba que não acho que temos que passar cada segundo juntos. Não *quero* isso. Mas se você dá desculpas para não me ver, como se achasse que vou ficar brava com você, ou se você se esconde por aí e age como culpado porque não quer ir ao brunch com minha amiga, isso me faz sentir que é algo importante, que há algo mais que está tentando me dizer.

Com o pé, Nate traçou um círculo no chão. E disse:

– Eu pensei que você estivesse desapontada, é só isso. Não quis dizer nada com isso.

Hannah assentiu.

– Está bem – disse ela. – Eu exagerei. Sinto muito.

Ela olhava do jeito que sua voz soava: sincera. Um sentimento desconfortável tomou conta de Nate. Agora que lhe fora concedido o poder total do perdão, ele não tinha certeza se merecia isso. Mesmo quando estavam brigando, ele tinha uma certa ideia de qual era o rótulo ao qual ela se referia. Pode ser que ele tivesse fingido um pouco mais de ignorância do que poderia alegar com sinceridade. Mas então a coisa toda aconteceu tão rápido – ele estava só se defendendo.

– Não se preocupe com isso – disse ele, sentindo que o mínimo que poderia fazer era ser carinhoso. – Estou feliz que não esteja brava. Sinto muito se fui cruel antes. Acho que me senti atacado.

– Posso entender isso – falou Hannah. – E vou deixar isso para lá, prometo, mas só para deixar claro... não me importo com o domingo. Susan é uma amiga próxima. Mas – ela fez uma pausa e olhou para ele intensamente, seus olhos cor de avelã grandes e luminosos sob a luz da lâmpada –, se você *está* infeliz com alguma coisa, seria melhor dizer agora, antes...

– Hannah.

Nate apoiou as mãos nos joelhos dela. Qualquer leve insatisfação que ele sentira recentemente se dissipara com a briga, pela determinação de Hannah, pela intensidade do momento.

– Gosto de você. Quero estar com você. A única coisa que estou tentando dizer é que não quero ir ao brunch com sua amiga Susan no domingo. Odeio dizer isso, mas você não passou uma imagem muito boa dela. – Ele inclinou a cabeça. – Você pode tentar fazer uma propaganda melhor da próxima vez.

– É só que ultimamente você tem andado às vezes um pouco...

– Andei um pouco estressado – ele a interrompeu. – Eu pensava que já estaria bem adiantado em outro livro, mas não estou. Tudo o que tenho é uma ideia, e mesmo isso é vago. Sinto como se devesse trabalhar noite e dia até descobrir algo. Não tenho um trabalho regular do jeito que você tem com as notícias de saúde.

Hannah abraçou os joelhos na altura do peito.

– Quer fazer as notícias de saúde? – disse ela. – São todas suas.

Nate se sentou ao lado dela na cama. Quando ela se esticou, ele pôde ver seus mamilos pelo tecido fino da camiseta.

– Sabe o que quero dizer – falou ele.

A questão parecia ter sido resolvida para ele, mas continuaram a conversar por um longo tempo. Isso realmente não o surpreendia.

Em sua experiência, as mulheres, depois que começavam, exibiam um desejo quase insaciável de confessar, pensar sobre o assunto, repassá-lo, revelar, uma vez, e mais outra, e outra. Nate se obrigou a ser paciente. Em geral, Hannah era uma namorada extremamente fácil de lidar, mais fácil do que qualquer uma com quem saíra desde Kristen. Ele não desaprovava seu jeito de menina. Foram para a cama em bons termos.

Mas ela trouxe o assunto de volta na próxima vez em que ele a viu. Eles estavam no metrô, voltando de Manhattan.

– Me sinto um pouco ridícula sobre a outra noite – disse ela. – Ficando tão brava e nos obrigando a conversar e conversar. Espero que não ache que eu realmente... não sei...

As palavras morreram, e ela sorriu indefesa enquanto esperava que ele a socorresse de sua própria sentença.

Os pensamentos de Nate há muito tinham sido removidos de questões do relacionamento, e ele não se sentia disposto a outra dessas conversas. Ele também não gostava de ser pressionado a fornecer garantias sob demanda, e ter de demonstrar afeto quando requisitado por alguém, como uma foca treinada. Além disso, parecia que ao solicitar garantias – depois de tudo o que fora dito na outra noite – Hannah estava se permitindo entrar em uma compulsão neurótica. Isso era algo que ele não queria recompensar.

– Está *tudo bem* – disse ele com o tipo de voz fria e sem emoção que só alguém com um grau de Asperger muito sério levaria ao pé da letra.

A expressão de Hannah indicava para Nate que ela não sofria da síndrome de Asperger.

Nate afastou o olhar, um pouco repelido pelo quase pânico que vira no rosto dela. Ele também tinha medo de, ao olhar para ela, se sentir mal e pedir desculpas, e ele não queria se sentir mal ou pedir desculpas. Ele não queria se sentir o grande lobo mau só porque não queria participar deste joguinho feminino em particular.

Ele olhou no outro banco para o garotinho que dormia com a cabeça no ombro da mãe. Dava para ver as pequenas panturrilhas entre a barra da calça e as meias.

Depois de um minuto, a irritação de Nate desapareceu, dissolvendo--se quase com a mesma rapidez com que viera. Ela estava um pouco insegura; não era a pior das coisas.

– Desculpe – disse ele, voltando-se para ela. – Eu não quis ser grosso com você.

O pânico tinha desaparecido do rosto dela. Sua expressão era questionadora, dura. Enquanto pensava na desculpa dele, ela pareceu relaxar.

– Não se preocupe com isso – falou ela. – Não foi nada demais.

Nada mais foi dito e, durante o resto da noite, eles foram determinados a ser pessoas leves e alegres.

Capítulo 13

Nate segurava o telefone sem fio na orelha com uma mão enquanto limpava desanimado o balcão da cozinha com a outra. Ele achava mais fácil conversar com os pais se ao mesmo tempo estivesse ocupado com outras tarefas.

Falou primeiro com o pai, com quem na verdade não era tão difícil de lidar. Tudo o que Nate tinha que fazer era ser educado e impessoalmente agradável, do jeito que seria se estivesse conversando com um estranho bem-intencionado mas abelhudo, alguém que conhecera, digamos, na fila do Departamento de Trânsito.

– Você já recebeu o próximo pagamento de seu editor? – perguntou o pai. – Sabe que cada dia que eles seguram este dinheiro, estão ganhando juros que são seus por direito.

– Eles fizeram o pagamento no prazo – Nate lhe assegurou. – Minha agente está com o dinheiro. Ela vai me dar um cheque.

– Menos quinze por cento – disse seu pai em um tom de voz que sugeria que esse era o momento "Eu não disse?" dele.

– Sim, pai. Menos quinze por cento.

– Você sabe, Nathaniel... – começou seu pai. Nenhum argumento o convenceria de que, como engenheiro aeronáutico, talvez não tenha conhecimento suficiente do ramo editorial para determinar que os serviços de uma agente literária eram desnecessários.

Nate mudou o telefone de uma orelha para a outra e o apoiou no ombro para que as duas mãos ficassem livres. Começou a tirar as grades do fogão e a esfregar as superfícies embaixo com uma palha de aço.

– Você nem chegou a pensar em autopublicar o próximo livro? – o pai perguntou. – Li que vários autores já estabelecidos estão começando a fazer isso. Como eles já têm seguidores, não precisam do nome da editora. Desta forma, os lucros vão todos para você, hein?

– Vou ver isso.

Nate caminhou até a janela e abriu as cortinas. A luz do sol invadiu a cozinha.

Sua mãe entrou na linha. Começou a lhe contar uma história sobre as pessoas do trabalho, como estavam todos abobados por causa de algumas séries de televisão "na HBO, Showtime ou alguma besteira dessas".

A quase trezentos quilômetros de distância, Nate podia sentir a energia acumulada dela, a torrente satisfatória de desprezo com a qual ela se esbaldava.

– Eles dizem que é tão bom quanto um romance do século XIX – ela disse, seu discurso ficando mais rápido. – E supostamente esses são jovens "inteligentes". Vieram de Georgetown e Columbia... praticamente escolas da Ivy League.

Do outro lado da janela, as folhas dos galhos mais altos das árvores já começavam a cair.

– Como Tolstói!

– Isso é loucura... – Nate concordou.

Mas seu tom de voz foi muito suave. Ele sentiu o silêncio da mãe, mais do que ouviu.

Ao contrário do pai, sua mãe exigia que ela e Nate estivessem em um acordo vociferante. Em uma linguagem cheia de vivacidade e exagerada, ela moldava a vida como um drama entre "nós" e o resto do mundo, também conhecido como "aqueles idiotas". Quando criança, Nate adorava ficar ao lado dela. Não só ela era linda com seus cabelos compridos cor de mel e vestidos com cintura marcada, não só seus exóticos romances franceses e russos e sua infelicidade aristocrática mexiam com sua imaginação, mas o lado dela era claramente o lado certo. Era o lado da governança sensata: panelas cheias, corrupção punida, democratas eleitos, aviões de passageiros e navios de cruzeiro israelenses não sequestrados (a última posição bastante reiterada depois que Leon Klinghoffer, com 68 anos de idade e cadeirante, foi jogado ao mar do *Achilles Lauro* quando Nate estava na quarta série). O lado dela também era o da inteligência. (Ela tinha um desdém moral pela estupidez e instintivamente encarava com suspeita os colegas de classe de Nate que estavam no grupo dos que liam devagar, como se fossem crianças de caráter duvidoso.) Ela representava o apreço pela cultura, em especial a literatura, teatro e museus. Quando Nate ficou mais velho, era a presunção dela que o incomodava. Ele recuava diante da invocação deste "eles" totalmente frustrante, e a certeza de que todos os problemas seriam sumariamente resolvidos se "nós" não fôssemos atrapalhados todas as vezes. Mas se Nate questionasse essa presunção, sua mãe considerava que isso era um ataque ou ria dizendo que ele era muito jovem e ingênuo para entender. O relacionamento deles depois que Nate ficou adulto era baseado na disposição dele em fazer a vontade dela. A menos que fosse capaz de reunir energia e paciência para parecer se juntar a ela neste "nós" enclausurado e asfixiante, ele – o filho por quem ela deixara seu lar para recomeçar em um novo país – a rejeitava. Com seu pai, tudo o que ele tinha que fazer era não discutir.

Pestanejando por causa do sol, enquanto olhava pela janela, Nate sabia que tinha fracassado. Ela sentira condescendência em sua concordância morna. *Ele foi para Harvard, e agora ele acha que é bom demais para mim.* Ela prendeu a respiração bruscamente, como se fosse a própria alma que oferecera para ele e que agora estava retirando. Tão claramente como se ela estivesse parada diante dele, Nate podia ver suas narinas se abrirem uma ou duas vezes.

Era demais, ele sabia – o que sua mãe queria dele. Não era justo ou razoável, seus amigos lhe diriam. Mas tampouco a vida dela fora justa ou razoável. Na Romênia, todos os tipos de honras acadêmicas lhe foram negadas porque ela era judia. Não lhe foi permitida nem a especialização em literatura, já que as humanidades eram quase todas proibidas para judeus. Ela havia dormido em um sofá na sala do apartamento de um quarto dos pais em um conjunto residencial de concreto até o dia em que casou com o pai de Nate, cuja família era um pouco melhor de vida. Então ela fora para os Estados Unidos e trabalhou como programadora – para que Nate pudesse estudar em um colégio particular, para que ele pudesse ir para uma faculdade.

Nate apoiou a testa contra o vidro da janela.

– Como tem passado, mãe?

– Bem. – A voz dela era contida e baixa.

Ele fechou as cortinas e se arrastou de volta para a pia, deslizando um pouco as meias no linóleo e segurando o telefone com mais força. Seus pais eram o motivo pelo qual tinha este estúpido telefone sem fio. Eles insistiam em uma linha fixa – "em caso de emergência". As únicas pessoas que usavam esta linha eram eles dois e os operadores de telemarketing.

– Você acha que sou antiquada – disse ela depois de um tempo. – Provinciana.

O suspiro que marcou esta observação era uma sinfonia cuidadosamente afinada de autopiedade.

– *Mãe* – disse Nate. – Eu nem *tenho* TV. É claro que não acho que você é provinciana.

Ela deu uma risadinha.

– Acho que somos os dois meio retrógrados.

– Acho que sim.

Houve outro silêncio, menos carregado.

– Como está Hannah? – perguntou ela por fim. *Henna* era como soava em seus lábios.

Nate espremeu a esponja para tirar a água.

– Está bem.

Várias noites mais tarde, ele estava sentado na sala de Hannah, lendo a resenha de Eugene do novo livro do romancista britânico.

– Nate?

A resenha era boa – muito boa, Nate tinha que admitir. Eugene era bom.

– Nate? – disse Hannah novamente.

Relutante, Nate deixou o artigo de lado. Hannah estava parada diante dele com as mãos nos bolsos de trás.

– Sim?

– O que você gostaria de fazer hoje à noite?

Nate fechou os olhos. O que ele e Hannah faziam juntos geralmente? Por um momento, não conseguiu lembrar. Então pensou nas longas noites de conversas animadas que costumavam ter durante o verão – noites em que nunca precisavam "fazer" nada. Ele não estava no clima para este tipo de... *comunhão* de convivência. Certamente não.

Ele pensou que talvez gostaria de assistir a um jogo de beisebol. As finais estavam se aproximando, e havia um jogo no qual estava meio interessado pela possibilidade de os Yankees se darem mal.

Hannah disse claro, eles podiam ir a um bar ver o jogo.

Foram a um lugar chamado Outpost, um nome infeliz, na opinião de Nate, para um estabelecimento relativamente novo que parecia ser apadrinhado quase que exclusivamente pelas pessoas brancas que começaram a se mudar para aquele bairro historicamente negro onde estava localizado.

O jogo ainda não começara. Quando eles se sentaram, Hannah lhe contou que decidira aceitar trabalhos de edição de texto para ganhar um dinheiro extra. Ela começou a descrever os requisitos exigentes da editora para a qual estava trabalhando.

O que era sua vida agora? Nate se perguntava enquanto ela falava. Sentar-se diante de Hannah em várias mesas, em vários restaurantes e bares? *Ad infinitum.* Fora com isso que se comprometera na noite em que discutiram sobre o brunch e quando ele havia lhe assegurado, lhe dito que estava tudo certo, que estava nessa com ela?

Ele rasgou a embalagem de papel do guardanapo e começou a brincar com o garfo e a faca.

Tentou se concentrar no que Hannah dizia – ainda sobre o trabalho de edição –, mas começou a se perguntar quanto ela precisava de dinheiro. No ritmo que ia, ela jamais terminaria a proposta do livro. Além disso, seu pai era um advogado corporativo. Não duvidava que ela conseguiria dinheiro dele se precisasse. Um belo luxo, para quem podia.

Embora fosse o último dia de setembro, a noite estava quente. Hannah tirou o casaco. Por baixo, usava uma regata de alças. Caía bem nela. Ela tinha belos ombros. Mas quando ela mexeu o braço para enfatizar alguma coisa, Nate percebeu que a pele debaixo se movia um pouco, como em uma mulher muito mais velha. Era estranho porque Hannah se mantinha em forma. Ele se sentiu mal por notar e pior por se sentir um pouco repelido. E, mesmo assim, estava paralisado. O desgosto que sentia, em sua pureza cristalina, era perversamente prazeroso. Ele ficou esperando que ela mexesse o braço novamente.

Quando ela terminou a história, ele apenas assentiu meneando a cabeça.

Nate estava com fome. Onde estava a comida deles?, ele queria saber.

– Por que acha que está demorando tanto? – disse ele.

Hannah pareceu um pouco surpresa com a veemência dele. Ela levantou as mãos, com as palmas para cima.

– Não tenho ideia.

Ela lhe fez algumas perguntas sobre o que ele tinha feito. As respostas foram curtas. Ele não podia se animar o suficiente para igualar o estado de espírito jovial e alegre dela. Se ela fosse uma estranha – uma simples amiga ou conhecida –, não seria nada de mais entrar no ritmo de uma conversa banal ou polida. Mas era diferente com Hannah. Estar com ela raramente implicava esse tipo obrigatório de performance social; começar a tratar o relacionamento deles dessa maneira parecia uma derrota. Ou uma capitulação.

Hannah tentou preencher o vácuo. Conforme ela passava de um assunto para o outro, Nate começou a sentir como se estivesse observando-a à distância, avaliando-a. Embora ela falasse com uma boa dose de sagacidade – ela contava uma história sobre uma amiga com uma "falta de tato quase agressiva; ela não espera até que você pare de falar para começar a concordar com você e apoiá-lo" –, algo em seu tom de voz, uma ansiedade em agradar, um jeito de quem quase implorava, o irritou.

– Nate? – perguntou ela por fim.

– Sim?

– Está tudo bem? Você parece meio... não sei... *distraído*?

– Estou bem – disse ele. Deu um sorrisinho para compensar o que não era convincente em sua voz.

Um momento depois, Hannah se levantou para ir ao banheiro. Enquanto observava-a se afastar, ele notou que o jeans que ela usava fazia com que a metade inferior de seu corpo parecesse maior do que a metade superior, o quadril e a bunda estranhamente largos e achatados. Ele se perguntou por que nenhuma de suas amigas lhe dissera isso sobre o jeans. Por que ela mesma não notava? Afinal de contas, havia um espelho imenso, de corpo inteiro, que tomava quase toda a parede do quarto.

Quando voltou, ela perguntou se ele estava bravo com ela.

Como se ela tivesse feito qualquer coisa que lhe desse o direito de ficar bravo com ela. Por que inferno as mulheres, não importava quão inteligentes, quão *independentes* fossem, inevitavelmente regrediam a este estado de imbecilidade voluntária? Não era como se ele tivesse o registro emocional de um sistema binário, como se os dois únicos estados do seu ser fossem "feliz" ou "zangado com ela".

– Não – disse ele. – Não estou *zangado* com você.

Ela recuou.

Antes que mais algo fosse dito, o garçom trouxe os hambúrgueres deles. *Finalmente*. O jogo começou. Enquanto comia, Nate voltou sua atenção para a tela da televisão sobre o balcão. Começou a se sentir melhor.

– Isso está realmente muito bom – ele comentou sobre hambúrguer.

Hannah estava fazendo alguma coisa em seu celular e não levantou os olhos.

Nate fingiu não perceber.

– Como está o seu?

Ela ergueu o olhar lentamente e piscou várias vezes, como se tentasse determinar desta forma se ele realmente podia ser tão idiota.

– Está me perguntando como está meu hambúrguer?

– *Desculpa* – disse ele. – Algumas vezes fico rabugento quando estou com fome. Sei que isso não é uma boa justificativa, mas desculpa.

– Que seja.

– Talvez eu devesse começar a levar umas nozes no bolso.

Ele viu o mais leve sinal de um sorriso. Ela imediatamente o suprimiu. Mas era um começo.

No processo de adular Hannah para lhe devolver o bom humor, Nate também se revigorou. Ter um projeto – cair novamente nas boas graças de Hannah – dissipou o tédio e silenciou aquela voz crítica. Ele lhe contou (porque as mulheres adoravam falar sobre a vida pessoal) sobre Aurit, que estava pirando porque Hans ainda hesitava em se mudar para Nova York.

– Ela trata a preocupação dele com a carreira como se fosse uma clara desculpa. Tentei fazê-la parar com isso antes que ela o irrite de vez.

Quando os pratos ficaram limpos, todos os traços do antigo estado de espírito de Nate tinham sumido. Ele sentia-se grato por Hannah ter atendido seu desejo de ver beisebol. Ele teve uma noite divertida.

No caminho para casa, Hannah se voltou para ele.

– Nate?

– Sim?

– Qual foi o problema antes?

Ele ficou tenso. Já dissera que sentia muito. E o que fizera, na verdade? Havia sido grosso ao falar com ela? Na verdade, tudo o que ele dissera fora "Não estou zangado com você". Dificilmente isso seria um comentário cruel. Talvez tivesse sido um *pouco* brusco antes. Mas. Fala. Sério.

– Não quero ser dramática demais – ela disse. – Mas... não quero ser tratada daquele jeito. Se está infeliz com alguma coisa...

– Não estou.

O que ele devia dizer? Que talvez ela devesse malhar um pouco os tríceps, para que seus braços não balançassem? Comprar um jeans que não fosse vetado em todos os ângulos? Ele pareceria, até para si mesmo, um fetichista doente do emagrecimento feminino. Pareceria um verdadeiro babaca.

Ele pegou a mão dela.

– Não sei o que me deu. Sinto muito.

– Você sabe, Jason – disse Aurit. – Há um certo tipo de homem que gosta de estar com mulheres com quem se sente intelectualmente superior.

– Quem diz que modelos não podem ser inteligentes? – replicou Jason, olhando para Nate em busca de apoio.

Os três estavam parados diante de uma janela aberta no novo apartamento do amigo dele, Andrew. Andrew e o namorado estavam dando uma festa de *open house*. Jason estava lhes contando sobre a modelo lituana que o diretor de arte da revista em que trabalhava prometera arrumar para ele.

– Para sua informação – falou Jason –, Brigita estudou engenharia elétrica em Vilnius.

– É como Lydgate em *Middlemarch* – comentou Aurit, aparentemente sem se impressionar com a engenharia elétrica. – Esta particularidade que pertencia ao seu ardor intelectual não penetrava em suas percepções e opiniões sobre móveis ou mulheres. – Aurit sorriu com doçura para Jason. – Lydgate termina com a loira burra, a propósito. Ela arruína a vida dele. A carreira também.

Jason colocou um dos braços compridos em volta dos ombros de Aurit.

– Aurit, querida, você fica tão linda quando se irrita. Como Mickey Mouse. Mas tenho que dizer que Lydgate é o melhor personagem do livro. Além disso – ele fez uma pausa para tomar um gole de cerveja –, é *claro* que George Eliot pensaria do mesmo jeito que você. Ela não é exatamente imparcial. Mulheres inteligentes têm um interesse pessoal em vilipendiar homens que não conseguem apreciar mulheres inteligentes. Acredite em mim, os homens conseguem fazer grandes coisas, não importa com quem se casem.

– Nossa, Jase – falou Nate.

– Pense nisso – Jason continuou. – Se a suposta parceria em pé de igualdade entre dois intelectuais fosse a medida do valor de um homem, haveria talvez dois homens de primeira linha em toda a história: o pseudomarido da própria Eliot e o maldito John Adams.

Aurit escapara do abraço de Jason. Ela olhou o amigo com frieza.

– O fato de não ter alma alguma vez já o preocupou, Jason?

Nate bufou.

O grupo se separou. Nate saiu de perto da janela. A sala estava cheia. Naquela confusão de pessoas, Nate viu Greer Cohen, que estava bem atraente em uma calça jeans justa. Antes que pudesse acenar para ela, sentiu um tapinha no ombro. Era Josh, um cara com quem jogava futebol. Josh trabalhava em uma editora e parabenizou Nate; disse que ouvira coisas boas sobre seu livro, que sentia haver um entusiasmo cada vez maior.

– Obrigado, cara – falou Nate.

– Sai em fevereiro, certo? – perguntou Josh.

Nate assentiu. Então viu Eugene Wu. Disse para Eugene que gostou da resenha dele sobre o autor britânico. Embora tentasse disfarçar, Eugene pareceu satisfeito. Depois de um tempo, ele e Nate começaram uma longa discussão sobre a proporção de mulheres com silicone nos seios em Nova York em relação a dos estados republicanos. Nate percebeu que estava tendo uma noite agradável. Ocorreu-lhe que se divertia mais em festas quando tinha uma namorada do que quando não tinha. Estar em um relacionamento poupava-o de ter que paquerar garotas, de entrar em conversas longas, entediantes (ou meio entediantes), com mulheres de quem mal gostava na esperança de transar. Estava livre para falar com pessoas com quem realmente queria conversar.

Quando saiu da festa, ligou para Hannah.

– Ei – disse no celular, quando ela atendeu. Pela voz parecia que ela estava dormindo. – O que está fazendo?

Embora não tivessem combinado de se ver, ele lhe dissera mais cedo que "talvez" ligasse. Ele pensara em perguntar se ela queria ir à festa, mas não fizera isso. Não sabia por quê. Só não tivera vontade. Além disso, fora ela quem dissera, quando brigaram por causa do brunch, que eles não tinham que passar cada minuto juntos.

Ele parou na frente da entrada do metrô e perguntou se ela queria que ele fosse até lá. Ela hesitou.

– Provavelmente estarei na cama – disse ela. – Mas você é bem-vindo. Se quiser vir.

O ar noturno tinha um cheiro agradável de folhas secas. Começava a parecer outono. Nate decidiu caminhar até a casa de Hannah, em vez de pegar o metrô. No caminho, parou em um mercado e comprou uma barra de chocolate Hershey, porque sabia que ela gostava, que preferia este aos chocolates mais chiques.

– Desculpa por não ter ligado mais cedo – disse ele quando chegou. – Fiquei enrolado.

Ela usava uma camiseta imensa da Kent State, e o cabelo estava solto, um pouco despenteado.

– Não é nada – disse ela. – Deu para eu ler um pouco.

Nate cheirou o ar. Percebeu que ela havia fumado.

Sentaram nas cadeiras perto da janela e conversaram um pouco. Ele não a via há vários dias. Ela lhe contou que estava se sentindo um pouco para baixo ultimamente. Passou os dedos pelo cabelo. Disse que pensava que precisava voltar para a proposta do livro, algo no qual pudesse realmente se jogar. Não estava escrevendo o suficiente nos últimos tempos. Talvez isso a animasse. Nate sentiu uma pontada de culpa. Suspeitava que ele – que as coisas entre os dois – pudesse ter alguma coisa a ver com o estado de espírito dela. Ele sabia que estivera um pouco distante. Mas concordou com o plano dela.

– O trabalho é sempre uma grande ajuda para mim – disse ele. – Ajuda a melhorar meu humor. Isso e esportes, fazer alguma coisa física.

Ela ergueu as sobrancelhas.

– Sabe quantas aulas de pilates eu faço?

Seu tom de voz era desafiador. Fazia com que ele se lembrasse de como ela era nos primeiros encontros. Ultimamente ela estava... mais hesitante, quase nervosa.

Ele correu os olhos pelo corpo seminu dela.

– Sei que parece gostosa – disse ele. – Venha. – Ele pegou sua mão, puxando-a para o quarto.

Na cama, ele tirou a camiseta e a calcinha dela. O gosto de cigarro em sua boca quando se beijaram não era ideal – com o tempo o cigarro começara a incomodá-lo mais –, mas não era nada demais. Ele a acariciou um pouco. Logo ele estava sobre ela, deslizando para dentro dela com facilidade. No começo, foi ótimo. Mas ele estava bêbado e um pouco dessensibilizado. Precisava de mais. Começou a buscar várias imagens mentais. Viu Hannah deitada nua na cama, uma das primeiras vezes que dormiram juntos: um ar abandonado em seu rosto que ele jamais esquecera, o jeito como ela arqueou as costas quando ele se aproximou, empinando os seios. Isso prendeu sua atenção por um momento. Então ficou consciente do tique-taque do relógio e do gemido de um ônibus lá fora. Voltou sua mente para pornografias da internet, uma loira mignon que parecia um pouco com Greer Cohen em uma roupa de executiva levantada, transando atrás de uma escrivaninha de madeira.

Embaixo dele, as pálpebras de Hannah estavam fechadas com força. Então seus olhos se abriram. Por um instante, ela e Nate olharam diretamente um para o outro. Ela congelou, como se tivesse sido pega. O que ele viu, antes que ela disfarçasse, era o total vazio, ausência, como se ela estivesse flutuando no rio em uma tora, como se mal tivesse consciência de estar fodendo com ele.

Nate, apoiando o peso do corpo nos cotovelos, afastou o olhar de seu rosto, esticando o pescoço e encarando com raiva a parede atrás dela. Se ela não estava tendo o melhor sexo de sua vida, ele não podia deixar de sentir que não era apenas culpa dele. Ela também estava... simplesmente complacente. Sua performance no quarto era mansa, maleável. Mesmo seu corpo, a pele clara, tinha um jeito trêmulo – derretida e envolvente mas faltando algo... um pouco de plasticidade, de ímpeto.

Depois de um momento, ele a colocou de quatro, sobre as mãos e os joelhos. Sentiu uma angústia ao posicioná-la desta maneira. Uma coisa era transar na posição cachorrinho quando o sexo era enérgico e obsceno, quando estava de acordo com o clima entre os dois. Não era o caso. Isso podia ser muito bem uma masturbação. Não tinha nada a ver com ela.

Conforme a bunda reluzente e clara dela ia para frente e para trás, a carne solta de suas coxas batendo no ritmo, ele não pôde deixar de pensar que havia algo de humilhante – para a mulher – em transar daquele jeito. Mas para ele era melhor em termos de sensação. Além disso, provavelmente ela estava aliviada por não ter que olhar para ele. A expressão no rosto dela agora era provavelmente pior do que ausente. Estaria, sem dúvida, resignada.

Ele meteu com força. O cabelo de Hannah, úmido de suor, estava dividido em mechas em cada lado do pescoço. Por fim, ele sentiu o orgasmo chegando, e estendeu os braços por baixo dela para segurar seus seios, enfiando mais algumas vezes enquanto ondas de clímax percorriam seu corpo.

Depois disso, ele deitou com o corpo encostado no dela. Seu orgasmo tirara qualquer vestígio de irritação. Ele se sentia um pouco mal pelo jeito como a apalpara. Não fizera muito esforço para que ela aproveitasse. *Da próxima vez...* Ele passou o braço em volta dela como reparação, acomodando o queixo na curva do pescoço de Hannah enquanto deitava atrás dela. Ele se sentia exausto e em paz, enquanto começava a cair no sono.

Ele meio despertou quando sentiu ela se mexer para sair de seu abraço e se levantar da cama. Ele ouviu a porta do quarto se fechar e abriu um olho para ver uma faixa amarela aparecer por baixo quando ela acendeu a luz da sala. Ele voltou a dormir. Acordou novamente quando Hannah voltou para a cama. Parecia para ele que um longo tempo se passara.

– Está tudo bem? – perguntou ele.

– Tudo bem – disse ela. – Volte a dormir.

Mas havia algo ressentido em sua voz, uma recriminação não declarada que, mesmo no estado de semiconsciência, despertou nele uma sensação de pavor. Amanhã, ele decidiu, enquanto começava a cair no sono novamente, ligaria para Jason ou Eugene para ver o que iam fazer. Ele queria passar um tempo com os caras.

Capítulo 14

Uma noite, Hannah lhe disse que dormira com muita gente no ensino médio. Aquilo era novidade para ele. Estavam voltando de um filme, e ele fizera um comentário sobre mulheres em fantasias sacanas de Halloween. Estava quase nesta época do ano.

Hannah disse que quando estava no segundo ano, dormiu com um cara do último, um jogador de futebol de quem sentia pena porque, embora fosse um fofo, "era muito burro".

– Eu achava que provavelmente aqueles *eram* os melhores anos da vida dele – disse ela. Depois daquilo, vários dos colegas de time dele quiseram sair com ela. Ela saiu com eles, um de cada vez. Deu de ombros enquanto contava isso. – Parecia sexista e antiquado agir como se a castidade realmente fosse uma virtude como os mais hipócritas dos cristãos pensavam.

Ela estava um pouco bêbada – os dois estavam – e com um jeito todo oferecido, mas também provocador, como se estivesse desafiando-o a ser tão puritano a ponto de recriminá-la ou ter pena dela. Até parece. Nate estava deleitado com a história, mais excitado, de fato, do que estivera havia um bom tempo.

Quando estava com Elisa, ele aprendeu que o desprezo é muito compatível com a luxúria. A raiva, até aversão mesmo e flashes de ódio, parecia ser algo suficientemente próximo de uma paixão sexual cujo resultado era praticamente o mesmo. A culpa, por outro lado, era uma emoção nada sexy. Mas agora... não era só que ele achasse sexy a atitude blasé de Hannah em relação à sua virgindade, do jeito que o ateísmo, o marxismo e outros "ismos" intelectuais contrários às instituições são sexys em uma mulher atraente. Era algo bem mais amoral. A imagem daqueles adolescentes cabeça oca, imbecis, fodendo Hannah, passando--a de um para o outro, de ela *sendo prestativa* com eles porque era *legal*, o deixou excitado do mesmo jeito que pornografia fazia. A ingenuidade besta, a credulidade estúpida, tipo Marilyn Monroe, transformavam-na na Hannah que ele conhecia em uma nova garota que se permitia ser usada e compartilhada, uma menina estúpida que devia ser comida. E naquela noite Nate a comeu, comeu a outra Hannah.

Foi o melhor sexo que tiveram em muito tempo. De certa perspectiva (digamos, da de um pornógrafo), foi o melhor sexo que já tiveram.

Na manhã seguinte, Hannah acordou radiante e alegre. Sugeriu fazer ovos. Nate tinha que admitir que não havia nada de ofensivo naquilo. Mas enquanto ela estava sentada ali, com o lençol sobre o peito, a cabeça inclinada como se esperasse o sim ou não dele, ela lhe pareceu enjoativa, desmedida, como se não houvesse mais nada no mundo que quisesse fazer além do maldito café da manhã. O que ela realmente queria, ele sentiu, era ter uma manhã aconchegante – banhar-se na intimidade pós--coito.

– Eu *não quero ovos* – disse ele.

A expressão feliz – sem contar muito de sua cor – sumiu do rosto de Hannah.

– Ok... – disse ela. – Bem, estou com fome. Quer que eu saia para comprar uns bagels?

– A casa é sua. Você pode fazer o que quiser.

Ela fez uma careta e balançou a cabeça rapidamente, então seu cabelo se espalhou.

– Ok. *Eu estou* com fome. *Eu vou* comprar um bagel.

De costas para ele, Hannah começou a vestir o jeans.

– Um integral com cream cheese e tomate...

Ela deu meia-volta. Era como se tivesse mostrado o dedo do meio para ele. Nate sorriu esperançoso.

– Por favor, por favor? Pegue dinheiro na minha carteira. Desculpe por estar rabugento. Eu não dormi bem. – Ele pegou uma das almofadas de cotelê da cama e a jogou para o outro lado do quarto. – Essa coisa ficou machucando meu rosto a noite toda.

Hannah o encarou por um momento.

– Tudo bem.

Quando ela se foi, Nate deitou-se novamente e olhou o teto.

Em alguns momentos, Hannah parecia acionar alguma coisa sádica nele. Ele podia jurar que não queria magoá-la, mas algumas vezes, quando ela olhava para ele de um certo jeito, ou aquela nota de ansiedade se esgueirava em sua voz, uma perversa intransigência surgia dentro dele; ir em frente, fazer o que ela queria, lhe parecia melodramático – intolerável.

As cortinas brancas na janela se retorciam com a brisa fria de outubro. Nate se levantou e olhou para fora. Ele se sentia deselegante e comicamente masculino enquanto a cortina de gaze roçava em seu peito nu.

Nate notou a pilha de livros na mesa de cabeceira de Hannah. *Cartas de Abelardo e Heloísa, A educação sentimental, A sonata Kreutzer.* Ele estava imaginando ou havia um tema em comum ali? Livros sobre mulheres apaixonadas, homens cujos sentimentos eram de menor duração. Talvez estivesse sendo paranoico. Talvez sua namorada tivesse um gosto impressionante em literatura.

Nate ouviu a chave na fechadura, depois os passos de Hannah, rápidos e determinados, enquanto ela se movia pelo apartamento. Ele esperou que ela fosse até o quarto, com a intenção de compensá-la pela grosseria mais cedo.

Depois de um minuto, ela abriu a porta do quarto.

– Seu bagel está na mesa.

Antes que Nate pudesse responder, ela jogou um punhado de notas e moedas para ele. Então deu meia-volta, saiu e fechou a porta.

Enquanto ele recolhia o troco espalhado no lençol, Nate se perguntou se Hannah intencionalmente simulara um cara jogando dinheiro para uma prostituta. Ele esperava que sim. Isso refletiria uma certa imaginação maliciosa que ele não podia deixar de admirar esteticamente.

Ele vestiu a camiseta e saiu hesitante do quarto. Na mesa, viu um saco de papel branco com as palavras *La Bagel-Telle.* Hannah não estava à vista; depois de um momento, ele ouviu o chuveiro ligado no banheiro. Sentou-se para comer o bagel. A ironia era que ele realmente teria preferido ovos.

Elisa queria seu conselho sobre uma entrevista de emprego que tinha marcada, para um cargo em uma revista semanal de notícias. Quando se encontraram, Nate se perguntou se a animação com o trabalho era toda a diferença. Porque alguma coisa estava diferente.

– Você parece bem – disse ele. – Feliz.

– Obrigada.

O rosto dela estava inclinado na direção da taça de vinho, e ela levantou os olhos para encará-lo. Nate se lembrou dela olhando-o daquela mesma maneira enquanto fazia boquete. Sentiu uma agitação nas partes baixas e automaticamente se ajeitou no assento.

Assim que percebeu isso, ele pestanejou e esfregou a testa. Fazia muito tempo que não reagia desta forma a Elisa.

Ela abaixou a taça de vinho e inclinou a cabeça.

– Como está Hannah?

Nate deu de ombros enquanto tomava um gole de seu uísque.

– Bem. – Ele fez uma pausa, chupando uma pedra de gelo. Elisa olhou para ele com curiosidade. – Na verdade, as coisas não andam muito bem entre nós ultimamente.

– Que pena – disse Elisa. Mas seu sorriso enviesado sugeria que era exatamente o que ela esperava ouvir. – Pobre Hannah.

Apesar da exibição de mau caráter dela, Nate se sentiu estranhamente afeiçoado por Elisa naquele momento, protetor e carinhoso, sentimentos nascidos de uma longa convivência. Apoiou os cotovelos no balcão e sorriu para ela resignadamente, como se dissesse "o que se pode fazer?". Enquanto isso, na câmera de realidade virtual de sua mente, ele começou a reprisar várias cenas dele fodendo-a. Tinha um grande estoque de matéria-prima com o qual trabalhar.

Ficaram um bom tempo por lá, até quase meia-noite – reclinados no balcão, rindo muito, fofocando sobre os colegas de trabalho de Elisa e outros conhecidos mútuos, dissecando não só o jeito de escrever deles, mas suas vidas pessoais bagunçadas, hábitos irritantes e aspectos pessoais nem um pouco atraentes. Nate se permitiu escapar da influência de Hannah, da qualidade moral que o teria deixado envergonhado de ser tão malicioso e cruel em sua presença. A justiça e a falta de mesquinhez eram coisas que ele gostava em Hannah em geral – ele certamente a respeitava mais do que respeitava Elisa –, mas a diversão que estava tendo parecia merecida à luz da tensão em que estava em seu relacionamento.

Quando Elisa e ele disseram boa-noite na entrada do metrô, Nate sentiu um toque de nostalgia. Deu um beijo rápido em sua bochecha.

– Boa sorte com a entrevista – disse ele. – Você merece.

No dia seguinte, ele se encontrou com Hannah.

– Você se divertiu noite passada? – perguntou ela enquanto seguiam para um bar. – Esteve com Elisa, certo?

Ela não parecia enciumada. Nate instintivamente atribuiu isso à experiência, não a uma ausência de ciúmes. Imediatamente sentiu-se na defensiva – e também um pouco irritado por ser colocado na defensiva quando, sem contar os pensamentos, não fizera nada de errado.

– Sim – respondeu ele, desafiando-a com seu tom de voz de reclamação. – Me diverti.

– Que bom – disse ela com a mesma frieza.

Estavam a caminho para encontrar alguns dos amigos dela da faculdade de jornalismo. No bar, o humor de Nate melhorou. Os amigos de Hannah eram na maioria repórteres despretensiosos e beberrões que passavam muito tempo na prefeitura, em batidas policiais ou saindo com tipos de Wall Street. Ele logo perdeu Hannah de vista, mas estava tudo bem – era um pessoal divertido. Depois de um tempo, no entanto, ele entendeu o que Hannah quis dizer, logo que começaram a sair, quando ela disse que se sentia um pouco isolada intelectualmente. Ele podia ver que havia aspectos de sua personalidade que ela não seria capaz de expressar com esses amigos. O pensamento fez com que sentisse ternura por ela.

Ele a viu conversando com duas mulheres ao lado da máquina de Pac-Man. Foi até lá e colocou a mão no quadril dela.

– Oi.

– Ei.

O tom de voz dela estava cortante, quase hostil. Não demorou para que ele percebesse que ela estava embriagada.

Hannah começou a ficar agressiva com ele, tratando suas observações ligeiras como críticas e respondendo desproporcionalmente, batendo nele de forma "brincalhona", mas na verdade usando um pouco mais de força do que deveria. Quando ela disse que ia pegar outra bebida, ele sugeriu que talvez ela não precisasse de outra.

– Quem é você para me dizer o que fazer?

Ele deu de ombros, e ela foi até o balcão.

Mais tarde no apartamento dele, ela ficou francamente em pé de guerra, murmurando pensamentos hostis sobre ele e sem muita coerência, bem baixinho, como se fosse para ele e também para si mesma. Seu tom de voz era falso, completamente afetado, cheio de um cinismo grosseiro, um desânimo em relação à vida, como uma espécie de bravata estranha e artificial.

– Você sabe que Irina, Jay e Melissa são *boas pessoas* – disse ela. Ela falou como se fossem insultos. O que, ele supunha, eram. – É isso o que realmente importa – prosseguiu. – Você sabe que todo o resto é vaidade, certo? Essa coisa de escrever, quero dizer.

Hannah fez um comentário sarcástico sobre as "frases artisticamente trabalhadas de Nate" que, segundo ela, imitavam o sentimento verdadeiro sem saber o que era. Ele imitava os recursos estilísticos dos escritores que admirava sem perceber que, para esses escritores, não eram meros recursos, mas meios de expressar algo verdadeiro.

Era uma coisa brutal. Nate não se ofendeu. Ela estava obviamente atacando-o pelo jeito que as coisas estavam entre eles. Tudo o que ele sentia era uma leve aversão pela falta de controle dela. E, acima de tudo, ele só queria dormir.

Quando estavam indo para a cama, ela lhe disse que ele era tratado como alguém importante porque era um cara e tinha a percepção arrogante do direito de pedir e esperar receber tudo o que queria, de pensar que nenhuma honra era grande demais para ele. A coisa engraçada era que Nate pensava que havia uma grande dose de verdade nisso. Mas ele achava que *ela* podia exigir mais. A principal crítica que fazia a ela, em termos de escrita, era que com frequência ela não era ambiciosa o bastante. Ela devia tratar cada texto como se fosse algo importante, em vez de rir das falhas de modo proativo, na defensiva, citando um "trabalho apressado" ou um "editor que bagunçaria tudo de qualquer jeito", ou referindo-se à insignificância da publicação ("Quantas pessoas ainda leem tal e tal revista?"). Principalmente, ela não andava escrevendo muito nos últimos tempos, sem contar as coisas de rotina que fazia por dinheiro. Apesar do que ela dissera naquela noite em que lhe contou que estava se sentindo para baixo, ela não parecia fazer progresso na proposta do livro. Mesmo assim, ele achava sem reservas que ela era extremamente talentosa. Ela merecia mais reconhecimento do que tinha. Não era justo. Ele disse isso para ela neste momento. Então se inclinou de lado para apagar a luz.

– É gentil de sua parte dizer isso – falou ela quando o quarto ficou escuro. – Cada vez que quero pintá-lo como um completo imbecil, você vem e diz algo gentil. Isso me mata.

No teto, sombras escuras eram indistinguíveis da poeira. Nate se perguntou por um momento se devia terminar com ela. Mas gostava dela.

Ele se virou de lado. Estava cansado demais para pensar nisso agora. Pensaria no assunto quando estivesse de cabeça fresca. Amanhã. Mais tarde.

No começo de novembro, Peter veio do Maine. Nate tinha certeza de que Peter gostaria de Hannah e estava doido para apresentá-los.

Com mulheres que não conhecia bem, Peter afetava uma cortesia exagerada que alguns achavam inadequada e pretensiosa ("idiotice", Aurit dissera uma vez sem rodeios). Mas, em um jantar que também incluía Jason, Peter ganhou Hannah quando observou que Flaubert era responsável por um número incontável de homens conseguir transar.

– Quando Leon superou o último escrúpulo de Emma, com a observação de que "todas as mulheres em Paris fazem isso", ele acertou em cheio. Esqueça a moralidade. Apele para a vaidade...

Hannah riu, deliciada pela observação dele. E isso deliciou Peter.

Em algum momento, eles começaram a falar sobre o nome Lindsay e como nenhum deles conhecia alguém chamada Lindsay em Harvard ou Yale, mas aparentemente, segundo um dos amigos acadêmicos de Peter, a Universidade de Nova York estava repleta de Lindsays, e se os nomes poderiam refletir algum tipo de distinção social. Nate olhou para Hannah, mas ela não parecia estar indignada pelo esnobismo deles. Quando ela falava, havia em seu tom de voz a ironia exata para repreendê-los mas não tanto a ponto de parecer mal-humorado.

Eles pediram duas garrafas de vinho e várias rodadas de coquetéis. À meia-noite, Hannah começou a ficar um pouco alta. Querendo muito que a noite continuasse indo bem, Nate a colocou em um táxi. Estava se sentindo feliz e carinhoso. Enquanto o táxi sacolejava pela Ninth Avenue, ele se inclinou para perto dela e tocou uma de suas sobrancelhas com o polegar.

– Você é tão divertida – disse ele.

Quando voltaram para a casa dela, Hannah desapareceu no banheiro. Nate foi para a cama. Vários minutos depois, ela retornou, de regata e calcinha.

Então Nate olhou seu rosto e viu que ela estivera chorando. Ela tentou disfarçar. Não, não foi bem isso. Parecia que ela havia feito uma tentativa desanimada de disfarçar, mas o que realmente queria era que ele soubesse que ela estava chateada e perguntasse o que havia de errado.

Ainda que lágrimas, mesmo lágrimas escondidas, fossem um fator novo, isso realmente não o surpreendia – ou pelo menos sua surpresa estava limitada à questão comparativamente menos importante "por que agora?", quando tinham passado uma noite boa, quando podiam muito bem continuar a ter uma noite muito boa. Enquanto ela procurava alguma coisa nas gavetas cheias de coisas, com o delineador borrado e os lábios franzidos, Nate não sentiu pena mas exasperação. *Você está estragando tudo para você mesma*, ele queria gritar para a chora-não-chora Hannah. *Não consegue ver isso?*

Mas a vulnerabilidade prostrada dava a ela superioridade moral.

– Você está bem? – perguntou ele.

– Estou.

– Por que não vem para a cama?

Ele falou com o tom de voz paciente e condescendente de uma pessoa acostumada a lidar com os mentalmente fracos.

Ela engoliu em seco e abaixou os olhos, pestanejando como se sentisse dor ou constrangimento. Então... algo aconteceu. Uma ideia ou um estado de espírito pareceu tomar conta dela. Seu rosto se iluminou e seu comportamento se tornou menos sombrio, mais decidido – animado.

– Venha – disse ela, os olhos brilhando. – Vamos para a sala tomar uma bebida.

Sua voz tinha uma atração inexplicável, quase lunática. Enquanto a seguia para a sala, a irritação de Nate deu lugar à curiosidade em ver o que aconteceria em seguida.

Sem acender a luz, ela foi e pegou o Bourbon de cima da geladeira e depois dois copos com as bordas azuis. Nate se sentou perto da janela. O único som no apartamento era o zumbido da geladeira. Hannah voltou da cozinha e se sentou na outra cadeira de encosto alto, enfiando as pernas nuas embaixo do corpo. Ela serviu a bebida e lhe ofereceu um copo.

Ele não estava a fim de beber, na verdade, não desde o momento no restaurante, com Jason e Peter, quando percebeu que precisava ficar de olho no quanto ela bebia.

Hannah tomou quase metade de seu copo de um só gole. Deu de ombros.

– É tão foda – disse ela. As palavras eram claras e lúcidas, mas sua voz tinha um tom amargo, negligente. – Eu vejo, mas não posso fazer nada a respeito.

– Vê o quê, Hannah?

Ela olhou pela janela. O reflexo deles no vidro era fraco e translúcido, entrecruzados pelos tijolos do edifício do outro lado da rua. Ela voltou o rosto para ele, o líquido em seu copo um tom âmbar luminoso.

– Eu nem fumo mais perto de você. Como pode isso?

– Você quer um cigarro? Se você quer um, vá em frente e fume.

– Cale a boca! Você é tão condescendente. Foi o que pensei logo que o conheci. Achei que você era tão preguiçoso, satisfeito consigo mesmo e tão pouco interessante... Lembro de pensar: "Quantas vezes ele vai mencionar a maldita Harvard?" – Ela deu uma risada. – Nunca pensei que eu... – Ela balançou a cabeça. – Ah, deixa para lá.

Sua voz se tornou cantarolada, como se estivesse falando com uma pessoa mais velha meio abobada.

Quando ela falou novamente, o jeito agradável tinha desaparecido.

– O que foi aquilo esta noite? – Ela fixou os olhos nele. – Você foi *tão* afetuoso.

Nate segurou o copo com mais força. O que quer que estivesse a caminho, ele não queria.

– Por quê? – continuou Hannah. – Porque seu amigo Peter gostou de mim.

A pulsação do sangue nas têmporas dele parecia um despertador marcando as horas com golpes agressivos.

– Sem ofensa – disse Hannah. – Mas isso meio que me deixou enjoada. Quer dizer, que tipo de pessoa é você que a opinião dos seus amigos é tão importante, porra?

– Você está bêbada, Hannah.

– E quem sou eu que continuo com isso? Represento para seus amigos para que você... – Ela estremeceu quando as palavras sumiram. – Estou com vergonha de mim mesma também, só para que você saiba.

Nate olhou pela janela, para o semicírculo amarelo de luz lançado pela iluminação da rua.

– A coisa é que o último cara com quem saí – Hannah começou a falar ansiosamente, como se estivessem resolvendo algo importante juntos – era escritor. Você provavelmente o conhece... não Steve, um outro cara com quem saí algumas vezes. Mas, veja, ele tinha um fundo fiduciário e um ótimo apartamento, e um dia estávamos lá e havia uns caras hispânicos fazendo alguma obra no deque do telhado, e eu perguntei para ele se ele nunca achava estranho, você sabe, porque ele ficava sentado ali o dia todo e trabalhava um pouco em seus textos enquanto aqueles caras estavam bem ali, do lado de fora da porta de vidro, no calor e tudo o mais. E ele disse: "Ah, o tempo todo", mas, tipo, porque supostamente era o que ele tinha que responder. Porque então ele continuou e disse que escrever poesia era uma tarefa tão dura quanto um trabalho em tempo integral, e os caras no telhado não iriam querer trocar com ele, não mais do que ele queria trocar com eles. E foi isso, foi como ele falou sobre como sentia-se desconfortável com todas as suas vantagens. Tão imaturo, entende? – Ela olhou para Nate com intensidade. – Você não é assim. Não, você tem esse tipo de decên...

– Aquilo podia ser apenas algo que ele disse no momento, não a soma total dos pensamentos sobre desigualdade que já teve na vida – Nate sugeriu.

– Talvez – concordou Hannah. – Mas ele era o tipo de cara meio imaturo.

Nate sorriu. Sabia quem era o cara. E era um imbecil. Um imbecil alto, bonito.

Hannah fixou o olhar no copo vazio e estendeu a mão para pegar a garrafa de Bourbon. Nate quase lhe disse para ir com calma, mas deteve-se no último instante. Ele queria ser aquele cara? Eles não estavam mais no restaurante, em público. Por que diabos ele não a deixaria beber? Por que não deixaria?

Ele engoliu o conteúdo de seu copo.

– Coloque um pouco mais para mim também, se não se importa.

Hannah se animou.

– Claro!

– Posso perguntar uma coisa para você? – disse ela depois de deixar a garrafa de lado.

– Claro.

– O que aconteceu? – Então, como se soubesse que Nate fingiria ignorância, acrescentou: – Com a gente, quero dizer.

Nate imaginava que sabia o tempo todo – quando concordou em acompanhá-la até a sala – que era aí que as coisas iam chegar. Era isso o que foram fazer ali. Mesmo assim, sentiu um impulso de fingir que não sabia sobre o que ela falava, de mudar de assunto ou adiar esta conversa.

– Não entendo – disse ela. – Eu *fiz* alguma coisa?

Quando Nate falou, sua voz saiu arranhando a garganta, incomodando mais do que esperava.

– Eu acho que... não.

Ele gostaria de poder culpá-la – determinar uma causa. Mas ele sabia que era ele. O que quer que tivesse acontecido, era com ele.

– Não, você não fez nada – repetiu ele.

Nate olhou para Hannah. Ela estava pálida. A expressão no rosto dela refletia tão perfeitamente como ele se sentia, o sentimento de impotência que tomara conta dele. Quase sem perceber, ele se levantou e caminhou até Hannah e sentou-se no braço da cadeira dela. A irritação dele desaparecera. Ele se sentia protetor e afetuoso em relação a ela. Ficou feliz. Aquilo o fazia se sentir humano.

Ela abriu espaço e ele escorregou para o lado dela no assento da cadeira.

– Acho que, talvez, eu não seja muito bom em relacionamentos – disse ele.

– Talvez devêssemos admitir que isso não está dando certo – falou ela. – Sabe o que quero dizer? Se há um mês alguém me dissesse como as coisas estariam entre nós, eu teria respondido, não, eu nunca ficaria assim. Mas fico cedendo, o que acho que está certo. Eu gosto de você... meu problema é que eu gosto de você. Há algo em você... – Ela parou e então endireitou o corpo. Recomeçou com outro tom de voz, mais decidido. – Mas essa coisa, essa coisa na qual nos tornamos, está minando algo dentro de mim.

Nate se virou para a estante de livros dela. Começou a tentar decifrar os títulos de cada volume na escuridão.

– Você também não deve estar feliz – falou Hannah.

Não. Quando ele tirou os olhos dos livros para encontrar o olhar dela, ele estava, de fato, quase esmagado pela tristeza. Ela pairava sobre ele. Ele se sentia quase insuportavelmente sozinho. Perguntou-se se havia cometido algum erro grave, se – apesar de todos os amigos que pareciam pensar que ele era um cara legal (e ele *era* um excelente amigo), apesar de ser um filho bastante decente – havia algo terrivelmente errado com ele. Será que o romance revelava alguma verdade, uma falta fundamental, uma frieza, que o fazia recuar justamente no momento em que era preciso reciprocidade?

Ele estremeceu. Quando prendeu a respiração, sentiu o cheiro do cabelo de Hannah. Cheirava a coco – o que agora ele sabia ser um xampu barato de coco que ela comprava na drogaria e guardava no banheiro, o tipo de xampu que teria feito Aurit ou Elisa torcer os lábios de desdém.

Ele se lembrou de como se divertia com ela no início, seus primeiros encontros, como ela o fazia rir, como ela o surpreendia ao ser tão... *interessante*. Ele pensou em como ela fora esta noite, no restaurante com Jason e Peter. (E não era porque Peter gostara dela. Era porque ela fora ela mesma, a pessoa por quem se apaixonara.) Mesmo a parte imatura. Ele sabia o que ela queria dizer. E essa era a coisa, na verdade. Ele em geral sabia o que ela queria dizer. E sentia que ela em geral sabia o que ele queria dizer. Desde o início, ele se sentira em casa com ela.

Ele apoiou a testa contra a dela.

– Sinto muito sobre como as coisas estão. Mas vamos continuar tentando, ok? Posso fazer melhor.

Ela encarou o ar vazio e escuro do apartamento.

Ele traçou o lábio superior dela com o polegar.

– Gosto muito de você – disse ele. – Você sabe disso, certo?

De fato, ele sentia naquele momento que a amava. *É claro* que ele a amava. Será que ele estava apenas punindo-a por algum crime desconhecido? *Por ser legal com ele?*

Ela não respondeu de cara, apenas continuou a olhar o nada.

– Preciso sentir que você está tentando também – disse ela por fim. – Preciso sentir que não estou nesta sozinha, a única que se importa sobre como as coisas estão.

Ele apoiou o queixo dela com o polegar e olhou em seus olhos.

– Você não é – falou ele. – Você não é a única.

Ele sentiu-a relaxar.

– Ok – ela assentiu. – Ok.

Ele a puxou para si. O peito dela tremia enquanto ela soltava o ar. Ele a apertou com força. Sentia-se próximo dela, talvez mais próximo do que jamais se sentira, como se tivessem atravessado algo juntos, visto um ao outro não só na melhor forma, mas na forma real, e ainda estavam ali. Ela... ela não desistira dele. Nate enterrou o rosto no cabelo dela, murmurando algo sobre amor.

Capítulo 15

Nate estava no balcão, pedindo a Stuart – Beth não estava trabalhando hoje – outro café quando a porta de vidro do Recess se abriu. Greer Cohen entrou, uma brisa de outono rodopiava em volta dela. Quando a porta se fechou, a corrente de ar se acalmou. Greer permaneceu no centro de um pequeno rodamoinho de atividade. Um suéter e várias sacolas, uma delas contendo um colchonete de yoga enrolado, pendiam de seus ombros. Mechas bagunçadas de cabelo ondulado saíam de um coque frouxo.

– Nate!

Seu sorriso expressou tanto prazer que Nate não pôde deixar de se sentir tocado.

– Greer – disse ele. – O que a traz aqui?

– Yoga. No final da rua.

Stuart esperava o dinheiro atrás da caixa registradora. Outros clientes também olhavam por sobre seus notebooks. A energia vibrante de Greer e sua voz melodiosa e feminina agitaram o ar da cafeteria.

Nate deu uma nota a Stuart e então colocou a mão no antebraço de Greer para tirá-la do corredor central do Recess. Quando sentiu o braço delicado dela pelo suéter, um tremor o atravessou. Até aquele momento, ele não percebera de modo consciente que Greer se tornara uma figura recorrente em sua vida de fantasia, uma espécie de nome de destaque entre a miríade de outras garotas bonitas que entravam e saíam dos vários cenários.

Enquanto se deixava ser levada para os fundos da cafeteria, Greer sorriu para ele com o que parecia – o que era absurdo – cumplicidade.

Nate lhe perguntou sobre seu livro. Começaram a conversar sobre o processo diário de escrever algo tão grande.

– Tanta coisa nos encarando na tela – comentou Greer. – Eu teria dado um tiro em mim mesma se não fosse a yoga.

O jeito de menina do sorriso de Greer não neutralizava nem um pouco sua sensualidade.

– Eu entendo você – falou Nate.

Com o tempo, ele revisara a opinião que tinha de Greer positivamente. Ela era calorosa, amigável. Isso tinha que ser dito dela. E o contrato de seu livro não era algo a ser ignorado. Era preciso não pouca habilidade, em termos de capacidade de narrativa básica e autoapresentação, para conseguir isso. Essa habilidade não era o mesmo que talento autêntico, mas era algo. Sobre o texto dela em si, ele não tinha nada a dizer. Não era sua praia.

Eles continuaram a conversar por mais alguns minutos.

– Você está saindo com Hannah Leary, certo? – ela perguntou em certo momento.

Nate desviou o olhar.

– Sim.

O sorriso de Greer apenas se alterou nas bordas, tornando-se mais conspiratório.

– Devíamos tomar uma bebida juntos uma hora dessas – ela disse enquanto se preparava para ir embora. – Conversar sobre como é escrever um livro.

Houve uma nova profusão de atividade enquanto um cartão era tirado de uma de suas sacolas. Greer pegou o marcador do quadro de avisos e começou a escrever na parte de trás do cartão.

Entregou-o para Nate. Na frente dizia: "AMB Gerenciamento Global de Marcas". "Ian Zellman, Estrategista Sênior" estava impresso embaixo. Nate olhou para Greer de maneira interrogativa.

Ela deu de ombros.

– Um cara qualquer.

Nate virou o cartão. Greer não escrevera seu nome, apenas os dez dígitos do número de seu celular. Ele colocou o cartão no bolso, não sem um sentimento de satisfação por ter triunfado sobre o Estrategista Sênior Ian Zellman.

Quando Greer se foi, Nate ficou em um agradável estado de perplexidade. Não sabia por que Greer fora tão sedutora com ele. Talvez estivesse atraída pelo suposto prestígio intelectual dele? Greer vendera seu livro por mais dinheiro do que ele vendera o dele, e provavelmente venderia mais cópias. Mas sendo memorialista da promiscuidade adolescente, faltava a ela uma certa... respeitabilidade.

Nate voltou a trabalhar na resenha que estava escrevendo. Esqueceu-se de Greer até mais tarde, naquela noite.

Ele se encontrara com Jason, que estava falando sobre Maggie, do trabalho. Maggie estava pensando em morar com "aquele idiota", o webdesigner.

Nate deslizou a mão para dentro do bolso. Encontrou o cartão com o número de Greer. Passou os dedos pelas bordas.

Ele já traíra antes. Quando estava com Kristen. Viviam na Filadélfia na época, mas ele fora para Nova York passar o fim de semana. Foi a uma festa em um apartamento no que na época parecia ser as profundezas do Brooklyn, mas era na verdade muito perto de onde ele morava agora. A única pessoa que conhecia era o cara com quem fora, e que havia sumido de vista à meia-noite. Jason, na casa de quem Nate estava hospedado, supostamente chegaria a qualquer momento, mas, até lá, o que mais Nate podia fazer além de conversar com as garotas? Por que um cara iria querer conversar com ele? Então flertou do jeito habitual e despretensioso de quem não espera que aquilo dê em coisa alguma. Foi comprar mais cerveja com uma garota com quem estivera conversando quando ela se virou e se jogou nele, empurrando-o contra a parede de calcário de um prédio residencial. Enquanto a beijava de volta sem muita vontade, Nate só sentiu um impulso assustado de não machucar os sentimentos da garota, em parte porque ela não era nem muito bonita. Ele se afastou rapidamente. Mas, de volta à festa, percebeu que estava agudamente ciente da presença dela, sintonizado em cada momento que seu braço ou sua coxa roçavam nela. Quando a garota foi falar com alguém do outro lado da sala, ele a seguiu não apenas com os olhos, mas com algum tipo de instinto animal. Era como se, a fim de expulsar todos os pensamentos sobre Kristen, ele tivesse que explodir seu desejo até transformá-lo em algo gigante, acima de tudo, algo que simplesmente não permitia reflexão. De fato, a garota era apenas bonitinha, com bochechas de esquilo, levemente neurótica, casual mas não convincentemente promíscua, aspirante à atriz... ou a seja lá o que as pessoas que trabalhavam no cinema aspiravam ser. Mesmo assim, Nate estava praticamente em uma fúria cega de desejo quando pegaram um táxi até o apartamento que ela dividia em Alphabet City. A não Kristen estava com a língua em sua boca. A não Kristen estava abrindo um sutiã vermelho barato com o fecho dianteiro, a não Kristen tinha uma constelação irregular de verrugas ao redor da clavícula e uma barriguinha saliente – tudo isso só contribuía para sua não familiaridade intoxicante. Em certo ponto, quando ela o tinha em sua boca, sugou com tanta força que a frase *aperto ameaçador* veio à mente dele. Nate teve que se conter para suportar corajosamente. Quando foderam, os miados multissilábicos dela pareciam teatrais e vadios, assim como em perfeita sincronia com as estocadas dele, como se estivessem jogando Marco Polo. Mesmo assim, foi emocionante.

A emoção foi mais difícil de encarar no dia seguinte. No ônibus de volta à Filadélfia, Nate olhava pela janela colorida para o trânsito na Garden State Parkway. O céu estava sem graça e cinzento, seu rosto abatido e abjeto no vidro. Qualquer frustração que sentia em seu relacionamento desaparecera. Sua vida com Kristen parecia cheia de ar fresco, inteligência e promessa. A beleza austera e nítida dela parecia marcá-la como a escolhida. Por que ele fizera essa coisa que podia estragar tudo?

O ônibus deu uma guinada. O cheiro do fast-food das outras pessoas o deixou enjoado.

Quando Kristen apareceu na estação de ônibus, Nate começou a ajustar freneticamente as alças de sua mochila. Embora contasse mentiras inofensivas com a mesma facilidade de qualquer um que é em geral bem-sucedido e apreciado, ele nunca fora um mentiroso hábil quando algum tipo de vantagem pessoal estava em jogo. Ele dizia as palavras como se fossem citações, como se quisesse se distanciar do que dizia.

Ele lembrou a si mesmo, enquanto jogava a mochila no banco de trás, que não tinha que mentir, na verdade. Ele só tinha que omitir certas informações. No carro, passou para um estado de terror plácido. Na cama, mais tarde, Kristen se desculpou por estar cansada – felizmente. O sexo teria sido mais uma meia mentira exaustiva, mas ele teria se sentido culpado em dizer não se ela começasse.

Alguns dias mais tarde, enquanto iam para um shopping no subúrbio, Kristen se voltou para ele.

– Você ficou com Jason todo o fim de semana, certo?

A nuca de Nate ficou rígida.

– Sim.

O cenho de Kristen estava franzido. Gotas de suor se formaram sob a camiseta de Nate enquanto ele esperava. E esperava.

– Foi o que pensei – disse Kristen, depois de virar à esquerda na Delaware Avenue. O ruído da seta parou. – Mas imaginei que você pudesse ter ficado na casa de Will McDormand. Eu adoraria saber como é o apartamento do Will. Provavelmente ele tem, tipo, uma lareira e uma pintura de Andrew Wyeth na sala de estar e um espelho no teto do quarto.

Nate bufou.

– Deve ser assim mesmo.

Mas seu coração ainda estava disparado.

A pior parte, no entanto, *não era* que aquilo era difícil. Mas, sim, que não era difícil o bastante. Era verdade que Nate se sentia culpado, mas saber que o que estava longe das vistas de Kristen não poderia magoá-la fazia aquilo ser mais fácil de suportar do que uma ofensa muito menor, como ser grosso com ela quando ela interrompia sua leitura para perguntar algo sem importância, como se deviam ir à Ikea naquele fim de semana ou se ele ligara para a companhia telefônica para tratar da conta errada que receberam. Naqueles casos, a mágoa era imediata e palpável, e no mesmo instante fazia Nate se sentir mal. Mas depois desta infração muito mais séria, ele passou a experimentar um fogo do inferno interno muito mais brando do que esperara. Ele viu que trair podia facilmente se tornar, se não rotina, pelo menos mais viável. Apesar do autodesprezo, apesar do que havia sido um pouco repulsivo naquela garota, e do que ele imaginava que haveria de repulsivo na maioria das garotas com quem se poderia cometer traição, a diversão da coisa e a variedade eram tentadoras: ter o que ele tinha com Kristen *e*, de vez em quando, um pouco daquilo – aquela passagem para o desconhecido e o não familiar. Possibilidades lhe ocorreram. Ele pensou em uma garçonete gostosona de um bar das redondezas que suspeitava havia muito tempo que o paquerava.

O que o deteve foi perceber que aquela não era uma boa estrada para seguir. Não era só que ele mentiria com mais facilidade. Ele também teria que justificar seu comportamento para si mesmo: fazer uma caricatura de Kristen em sua mente, exagerar suas limitações e seus "pudores", repetir mantras psicológicos populares sobre a natureza incontrolável da sexualidade masculina, como certos homens de meia-idade faziam, homens que tendiam a incomodar Nate por serem não só desprezíveis mas também patéticos e sem dúvida nem um pouco atraentes. Ele podia ver, também, que isso destruiria a melhor coisa que tinha com Kristen. Embora ela não fosse ficar magoada com o que não sabia, a necessidade de esconder facetas-chave de sua vida privada significaria que ele teria que estar sempre em guarda, pensar antes de falar, para não se contradizer ou revelar algo indesejado. Além disso, era o ano de 1999, e o espectro de Clinton pairava no ar: o estadista consumado transformado em piada porque não conseguiu manter a calça fechada. Nate então tomou a decisão consciente de não fazer isso de novo, de não trair.

Colocou o cartão de Greer de volta no bolso, e se voltou para Jason.

– Por que simplesmente não diz a Maggie o que você sente por ela?

Jason pareceu surpreso.

– Você não sabe?

Nate percebeu que não sabia, não exatamente. Ele colocava isso na conta da estranheza geral de Jason em relação às mulheres.

– Soletre para mim.

O pomo de Adão de Jason se moveu enquanto ele tomou um longo gole de cerveja. Colocou o copo na mesa e se inclinou para a frente.

– É manhã de sábado – começou ele, gesticulando com o braço em um floreio retórico. – Abro meus olhos e empurro uma manta de lã florida. A luz do sol atravessa a janela, refletindo em uma gigantesca foto de Ansel Adams pendurada na parede. Onde estou? Eu me pergunto. Ah! – Ele coloca a mão em concha na orelha. – O que escuto? Passinhos correndo? É Maggie! Ela entra saltitante no quarto, linda como uma joia, com uma camiseta da universidade de Sewanee e calça de pijama de flanela, cheia de bolinhas. Nas mãos, ela leva um prato cheio de muffins de banana recém-saídos do forno, e sorri para mim – Jason pausa para pestanejar os cílios, o que faz com inesperada habilidade –, seu narizinho arrebitado tem a ponta docemente rosada, e seu sorriso é tão doce, que parte meu coração. E você sabe o que acontece? Meu pau encolhe tanto, fica tão pequeno quanto um minúsculo camarão rosado, como um maldito pênis de neném. Tudo o que quero é dar o fora dali o mais rápido que posso, ir até algum maldito clube mofado cheio de modelos e cheirar um pouco de cocaína. E eu nem gosto de cocaína.

– Como você sabe, Jase? Sério. Como sabe que não seria feliz?

Jason traçou a borda de seu copo com o dedo antes de olhar para Nate.

– Bem, Miss Lonelyhearts, mesmo se houvesse apenas oitenta por cento de chance de que acontecesse, eu não poderia fazer isso. Maggie é realmente uma boa pessoa. E pode ser difícil para você acreditar... você acha que é o único por quem as mulheres se apaixonam, seu vaidoso de merda... mas ela realmente gosta de mim.

Nate começou a responder – a se defender –, mas então calou a boca. O lado sensível de Jason, nas raras ocasiões em que emergia, parecia infinitamente frágil, como um vidro tão fino que até notas discordantes no discurso poderiam fazê-lo em pedaços.

– Não – disse Jason, com a voz retornando ao registro mais familiar. – O que eu preciso é de uma modelo com uma personalidade realmente boa. Uma pena que Brigita tenha sido um fracasso.

Nate grunhiu com simpatia. Voltaram aos petiscos que estavam dividindo.

Depois de um tempo, Jason perguntou como estavam as coisas com Hannah.

Nate olhou para a porta vaivém entre o bar e a cozinha.

– Bem. Boas.

Desde a noite em que ele e Hannah tinham ficado bebendo Bourbon, as coisas estavam melhores. Ela estava firme em não se deixar ficar deprimida. Telefonava menos para ele, algumas vezes deixava de retornar suas ligações, até que ele ficou cada vez mais ansioso para vê-la. Ele a levara para sair no dia do aniversário dela, comprara uma echarpe que Aurit o ajudara a escolher. As coisas estavam bem. Mesmo assim, algumas vezes ele sentia os olhos dela sobre ele, observando-o de perto, tentando analisar seu humor, claramente preocupada se ele estava ficando entediado ou distante. Quando ele era particularmente carinhoso, deparava-se com uma alegria ansiosa e contida que ela tentava disfarçar sem conseguir, como se ele fosse um drogado ou um viciado em jogo e ela a esposa que sofria há muito tempo e que detectava sinais de recuperação. Isso parecia humilhante para ambos.

Nate suprimiu um suspiro enquanto se levantava.

– Vou até o balcão – disse ele. – Vai querer outra?

– Sim.

– O que eu me pergunto é se a moda realmente está mais irônica – disse Hannah durante o brunch, alguns dias depois. – Quero dizer, os óculos nerds, os jeans de cintura alta e as roupas inspiradas nos anos 1980.

Nate assentiu distraidamente.

– Ou simplesmente isso começa a parecer irônico quando você fica mais velho, porque já viu todas essas tendências irem e virem, e não consegue mais levar isso a sério? Você já viu a cintura dos jeans subirem, subirem, subirem, e então descerem, descerem, descerem, e agora subirem novamente. E os óculos! Ficaram menores e menores, até que parecia que alguém precisaria de óculos para ver os óculos, e então, bum!, um dia estavam grandes e redondos de novo? Mas talvez para esses jovenzinhos de vinte anos, que ainda não enjoaram desse ciclo, esses óculos grandes sejam bacanas. Não irônicos, mas simplesmente bacanas, do mesmo jeito que as pessoas da nossa idade acreditavam realmente que as calças baggy eram legais nos anos 1990.

Enquanto Hannah falava, uma mulher atraente entrou no restaurante. Tinha uma longa juba de cabelos castanhos-claro, grossos mas suaves e brilhantes, o tipo de cabelo que desperta a atração primitiva pela boa saúde e procriação. Seu rosto era bonito também. O comprimento do cabelo era a diferença entre o conjunto exato de suas feições e uma beleza clássica (seu nariz era um pouco largo, o queixo muito proeminente), o que não a tornava menos atraente. Ela usava um blazer que lhe dava um visual fofinho de aluna de graduação, mas estava preso na cintura e era curto o bastante para que suas pernas parecessem extremamente longas. Quando ela passou pela mesa deles, Nate viu que seu jeans se agarrava tenazmente à sua bunda, que parecia ter se beneficiado por anos de cavalgadas e lacrosse.

Ele se voltou para Hannah. Ela o encarava boquiaberta.

Nate afastou o olhar, refugiando-se em sua caneca de café, onde gotículas oleosas se agarravam à superfície como pequenos e prismáticos espelhos d'água. Ele olhara para outra mulher. Grande coisa. Ele não tinha energia neste momento para lidar com esta tensão insuportável e *chata* entre eles.

Ele começou a falar sobre a capa de seu livro, sobre como queria algumas mudanças mínimas, como rearranjar a ordem dos elogios e deixar a cor da fonte da sobrecapa mais destacada contra o fundo do livro.

Agora Hannah parecia assentir, com um ar distraído, brincando com um saleiro, rolando-o entre o polegar e os outros dedos. Isso pareceu uma grosseria para Nate. Ela era, supostamente, sua *namorada* e isso – seu livro – era simplesmente a coisa mais importante da vida dele. Não era como se estivessem falando sobre moda.

A garçonete apareceu.

– Rabanadas para você, ovos Benedict para você. Como estamos por aqui? Precisamos de mais café? – Ela assentia com a cabeça enquanto falava, como se os guiasse para as respostas corretas. Então pegou uma pequena jarra branca de creme da mesa, inclinando-a para poder ver o conteúdo lá dentro. – Buscarei mais um pouco. Ketchup para as batatas? Volto em um segundo!

Nate retomou a história da sobrecapa do livro. Ele estava feliz por ter rejeitado a primeira proposta. Sentira-se mal por fazer isso – não queria ser encrenqueiro – mas o design parecia datado e pesado. Oscar, o designer, fizera um brilhante trabalho no final. A nova capa transmitia seriedade, mas também frescor, modernidade.

Nate estava no meio de destacar este último ponto quando Hannah o interrompeu.

– Não posso fazer isso, Nate.

– Fazer o quê?

– Ficar sentada aqui e ser sua torcida. Não estou no clima de oh e ah sobre seu *grande* livro e todos os seus pequenos sucessos.

– Que coisa gentil para se dizer – disse Nate. (De fato, ele se sentia aliviado por ela lhe dar uma abertura para liberar sua irritação.) – Isso é realmente uma coisa bacana e atenciosa para sua namorada lhe dizer enquanto você tenta discutir algo que é apenas um pouco importante para você. Quer falar sobre moda novamente? Seria mais interessante para você?

Hannah engoliu em seco e fechou os olhos. Quando os abriu novamente, encontraram os dele com precisão raivosa.

– Por que não falamos sobre a mulher que você estava secando? Ela *era* muito bonita.

– Pelo amor de...

– Não se incomode – disse Hannah. – Sei como isso funciona. Você vai me dizer, ou, melhor ainda, não vai me dizer, vai apenas deixar *implícito*, que estou sendo irracional, que sou neurótica, ciumenta e impossível. Afinal de contas, todas as pessoas emancipadas do século XXI não sabem que não tem nada de mais um homem secar uma mulher? É apenas biologia. Só uma mulher impossível e ridícula se importaria.

Nate olhou para a mesa.

Hannah continuou a falar.

– Mas nós dois sabemos que você não estava simplesmente olhando. Você estava sendo incrivelmente, *acintosamente* óbvio sobre isso. Estava transmitindo em cadeia nacional seu desprezo por mim, ou seu tédio, ou o que seja. Não se preocupe, entendi a mensagem.

Nas outras mesas, risos e trechos de conversas animadas atravessavam o ar. Nate sentia-se suado, exposto, como se Hannah estivesse fazendo um escândalo, embora ela não falasse alto. Havia uma intensidade que destacava a conversa deles dos demais. *Qual desses casais de clientes desfrutando uma comida moderna e de alta qualidade não se encaixa aqui?*

– Então agora estou entre a cruz e a espada – disse ela. – Se eu reclamar, pareço ridícula, mas se eu ignorar, então devo ficar sentada aqui e agir como se estivesse superfeliz e animada por você, porque você está fazendo tanto sucesso e seu livro é tão excitante? Isso meio que faz com que me sinta ridícula também. De qualquer modo, estou ferrada.

– Jesus! Eu... eu... podemos, por favor, comer nossa comida?

– Tenho uma ideia – falou Hannah. – Posso jogar o mesmo jogo que você. Vê aquele cara ali? – Ela gesticulou na direção de um homem com jaqueta de couro que bebia café em uma banqueta no balcão. – Não é bonitão? É tão *alto*. Acho que vou lá conversar com ele.

Nate encontrou os olhos dela.

– Vá em frente.

Hannah estremeceu e então balançou a cabeça em desgosto. Olharam-se por um longo e lânguido momento, revelando prazer na frieza da hostilidade aberta. Então Hannah inclinou o rosto nas mãos, cobrindo os olhos com as pontas dos dedos longos e afilados de violoncelista. Seu cabelo caiu no rosto. Quando ela levantou os olhos, Nate sentiu que a raiva dela estava esgotada. Aquilo o assustou.

– Deixe para lá – disse ela. – Não posso fazer isso. Não quero.

Com o garfo, Nate empurrou um pouco de ovo no prato.

– Tentei entrar naquele jogo – prosseguiu Hannah. – Fingir que não me importo. E sabe o quê? Funcionou. Você sempre respondeu a ele.

Nate se obrigou a não mover um músculo no rosto, para não demonstrar que tinha uma boa ideia do que ela estava falando. Admitir isso parecia intoleravelmente humilhante, um reconhecimento escancarado do pequeno melodrama repetitivo que o relacionamento deles se tornara.

– Mas não quero mais fazer isso – falou ela. – Você sempre ganha este jogo porque sou a única jogadora, e você... bem, você... – Ela largou o garfo e a faca, que aparentemente segurava há algum tempo como algum tipo de apetrecho ritualístico. Eles caíram ruidosamente no prato. – Bem, não sei o que você está fazendo.

Os olhos dela brilharam.

Nate percebeu, com alguma surpresa, que nunca vira Hannah chorar realmente, não em todos esses meses. O mais próximo disso foi a vez que ele percebeu que ela tinha chorado.

– E por falar nisso – ela disse, não mais à beira das lágrimas mas com sentimento. – Eu acho que é estúpido. Acho que a coisa toda é estúpida. Não cai bem em você.

Nate perdera a vontade de brigar.

– Não, certamente não – disse ele baixinho. – Escute, por que não damos o fora daqui?

Alguns minutos mais tarde, estavam no parque no centro do bairro de Hannah. Sem se tocar enquanto caminhavam pela rua – suas mãos estavam enfiadas nos bolsos dos casacos –, levaram uma conversa à-toa, agradável.

Hannah acenou com a cabeça na direção de uma loja de coisas de cozinha do outro lado da rua.

– Essa é nova.

– É conveniente – comentou Nate. – Da próxima vez que precisar de uma frigideira ou algo assim.

Ele afastou o olhar quando passaram pelo bar onde tiveram o primeiro encontro.

O parque parecia estéril, a grama de um verde monótono e as árvores esqueléticas, as folhas há muito caídas. Ele e Hannah caminharam até um banco no topo de uma colina. Ficaram em silêncio por um tempo.

– Acho que nós dois sabemos que isto não está funcionando – disse Hannah por fim.

Suas mãos ainda estavam nos bolsos, mas seus braços estavam estendidos no colo, esticando seu casaco na frente, formando um tipo de tenda diante dela. Nate assentiu lentamente, com cuidado para não demonstrar um assentimento muito ansioso.

– Não sei por quê – falou ela. – Tentei e tentei descobrir, mas depois de um tempo, acho que a única coisa que podemos dizer com certeza é que não está funcionando.

Sua voz era equilibrada, sem emoções, mas seus olhos, quando ela virou o rosto para Nate, eram tão suplicantes que ele teve que desviar o olhar. Tinha certeza de que ela queria que ele a contradissesse, como fizera naquela noite no apartamento dela. Mas ele não podia fazer isso novamente. A intensidade do que sentira naquela noite não durara. Os fatos se tornaram óbvios demais. Relacionamentos não deviam ser tão difíceis. *Ninguém* achava isso. Ele tinha que ser louco. E o simples fato era que ele não queria mais isso.

Greer apareceu em sua mente: o jeito como ela sorriu para ele no Recess, o jeito como ele se *sentiu* quando ela sorriu para ele. Aquilo tinha que significar alguma coisa – aquele desejo espontâneo, verdadeiro. O cartão com o número dela estava guardado em sua cômoda. "Gerenciamento Global de Marcas", Hannah comentara secamente quando o vira ali, no meio de canetas mordidas e etiquetas rasgadas de lavagem a seco. "Pensando em uma mudança de carreira?"

Pensar em Greer fez com que Nate se sentisse culpado. Por que deveria, no entanto? Nem havia ligado para ela. Mesmo assim, ele se sentia. Por mais que começasse a se sentir aliviado – e de fato sentia a diminuição de uma tensão profunda, quase muscular, que ele nem sabia que estava ali –, ele começou a se sentir ao mesmo tempo, como se na exata contrarreação, triste e envergonhado.

– Sinto muito – falou ele. Emitiu uma fraca e fugaz condensação com sua respiração.

– Acho que também não fui perfeita – falou Hannah. Ela tirou as mãos dos bolsos e envolveu o próprio corpo com os braços. – Não estou zangada com você. Estive zangada com você, mas não acho que esteja ainda. Não vejo motivo.

Nate mudou de posição no banco, sentindo-se desconfortável como se ela tivesse, sim, motivo para estar zangada com ele, embora ele não pudesse dizer exatamente qual era. Ele sabia que a magoara, mas ainda se sentia ligado ao cavalheirismo do século XXI para fingir que não sabia, menos ainda para parecer presunçoso ou arrogante.

– Você sabe que acho você ótima – disse ele.

Ela simplesmente ergueu as sobrancelhas. Ele sentiu a banalidade de suas palavras.

– A coisa que me incomoda – disse ela depois de um momento – é que no começo, *meu Deus*, você não poderia estar mais presente. Mas desde então... – Ela voltou o rosto para ele. – *Por quê?* Por que começou isso se não se importava o suficiente para tentar e fazer dar certo?

Nate tentou não suspirar. *Começar isso?* Obviamente, os dois tinham começado aquilo.

– Eu tentei.

– *Sério?* Você alguma vez gastou três segundos pensando sobre qual era o problema e se havia algo que podia fazer para melhorar as coisas? Era como se você não tivesse nada em jogo, como se fosse um espectador passivo.

Nate queria não ter que ouvir isso. Ele sentia que já ouvira esse papo, ou uma variante dele, um bilhão de vezes.

– E você sempre tinha seu livro – prosseguiu ela. – O que quer que acontecesse entre nós não o afetaria muito de uma maneira ou de outra porque a coisa mais importante para você é o livro que está vindo por aí. É difícil competir.

– Está dizendo que isso é uma coisa ruim? Me preocupar com meu livro?

– Eu... não! É claro que não. Havia um desequilíbrio de forças, é tudo o que quero dizer. Não é muito legal estar do lado mais fraco.

Nate se perguntou se seria condescendente sugerir que ela faria melhor se cuidasse mais do próprio livro. Podia ser difícil se manter motivado em alguns momentos – ele sabia disso –, em especial quando se estava infeliz. Mas ele também sabia que era necessário seguir em frente. Ele fizera isso. Escrevera seu livro mesmo em dias em que isso era a última coisa que gostaria de fazer.

Decidiu que seria melhor não dizer isso.

Nate olhou através das árvores desnudas para as barracas da feira livre que acontecia no parque toda semana. Neste dia cinzento, parecia o mercado decadente de alguma aldeia estéril do Leste Europeu. Ele podia sentir o cheiro do diesel das fileiras de caminhões em marcha lenta que transportavam produtos e trabalhadores do norte do estado. Isso o fazia se lembrar das lúgubres tardes de domingo quando ele era criança, voltando com os pais de uma visita aos primos em Nova Jersey ou da casa dos amigos romenos de seus pais que viviam nos subúrbios de Washington, e ele olhava pela janela do carro para as paisagens monótonas e pobres e era invadido por uma tristeza causada por tudo e por nada – um sentido geral da vida como sombria, solitária, em vez de um caso sem esperança.

Ele pensou em seu futuro imediato, em ser solteiro. Lembrou-se da noite em que ele e Mark conheceram Cara, o sentimento de apatia que tomara conta dele quando contemplou sua vida de solteiro, os flertes incessantes e incansáveis, com uma camada inferior de solidão e cinismo.

– Algumas vezes acho que perdi alguma coisa – disse ele para Hannah. – Alguma capacidade de estar com outra pessoa, algo que eu costumava ter. – Deu uma risada melancólica. – Sinto-me bem fodido, para dizer a verdade.

Hannah pareceu incrédula.

– Não sei o que responder. O que eu deveria dizer?

Nate se incomodou com seu tom de voz.

– Não importa. Estou sentindo pena de mim mesmo. É estúpido.

Hannah fechou os olhos. Quando os abriu de novo, falou lentamente.

– Sinto que você quer pensar que o que está sentindo é realmente profundo, como alguma merda profundamente existencial. Mas, para mim, parece a coisa mais cansativa e banal do mundo, o cara que fica todo interessado em uma mulher até o momento em que ele percebe que a tem. Querer só o que você não pode ter. A aflição dos idiotas superficiais de qualquer lugar.

– Jesus! Se você vai...

– Sinto muito – falou Hannah. – Estou sendo dura, mas me dê um tempo. Se o que você diz é verdade, se você tem algum tipo de "problema", isso meio que é foda para mim também. Não posso sentar aqui e tentar fazê-lo se sentir melhor. É como o ladrão pedindo à vítima que simpatize com sua compulsão incontrolável de roubar pessoas. – Ela olhou para o céu claro. – Me dê alguns anos, até que você esteja no leito de morte ou algo assim.

Nate deu uma gargalhada. Então Hannah também riu. Seus olhos se encontraram. O sorriso dela era estranhamente cúmplice, como se fossem velhos amigos de guerra.

Ele sabia, com certeza quase absoluta, que chegaria um momento em que estaria se sentindo para baixo e solitário e desejaria a companhia de Hannah mais do que qualquer coisa, seu jeito caloroso, sua inteligência, seu humor, sua capacidade de entendê-lo. Nesta noite no futuro, na volta para seu apartamento vazio, ele lamentaria este dia. Mas também sabia que em todas as outras noites – as, digamos, 49 noites de cinquenta em que não estaria se sentindo infeliz deste jeito –, ele estaria feliz em ter se livrado disso, deste fardo pesado, desagradável. Este pensamento fez com que se sentisse mal novamente.

– Tenho certeza de que grande parte disso *é* minha culpa – falou ele. Sorriu com pesar. – E, por grande parte, quero dizer tudo.

– Ah, o roteiro masculino da autodepreciação – comentou Hannah. – "Que adorável merda eu sou." A coisa chata é que isso faz você parecer bom, mas não *me* traz nada.

O retorno da amargura à voz dela pegou Nate de surpresa. Cada vez que ele pensava que tinham passado das repreensões, ela ficava zangada novamente. Ele previa um loop potencialmente infinito. Ele também estava ficando zangado – não comera muito no café da manhã – e estava ficando muito frio ali fora.

– Acho que devemos ir – disse ele.

Hannah virou o rosto para ele. Uma muralha de cabelo castanho-avermelhado se moveu para cima e para baixo enquanto ela assentia lentamente.

– Sim.

Ele fingiu não notar enquanto ela secava o rosto com as costas da mão. A verdade é que ele sentia um lampejo de ressentimento. Aquilo parecia manipulação.

Capítulo 16

Nate tinha um relacionamento longo e íntimo com a culpa.

Sentia-se culpado quando passava pelo mendigo da vizinhança, um homem de meia-idade e óculos com o cabelo afro grisalho cujo refrão cadenciado – "Amigo, pode me dar um dólar?" – ecoava enquanto ele se afastava, como o efeito em um remix dançante. Sentia-se culpado quando, em um edifício comercial em Manhattan, via um zelador idoso reclinado sobre o esfregão, as juntas rangendo, as bochechas caídas sobre o colarinho. Sentia-se culpado quando encarava um hispânico ou um asiático enchendo seu copo de água em um restaurante. Pensava nos turnos de dez a doze horas, no retorno para apartamentos minguados partilhados com mais uma dezena. Sentia-se culpado no metrô, quando, conforme o trem avançava nas profundezas do Brooklyn, mais e mais pessoas brancas desembarcavam. Chegava uma hora em que quase todo mundo que continuava no trem era negro – e cansado. Sobrecarregados e mal pagos. Sentia-se culpado quando as circunstâncias o obrigavam a acordar cedo em uma manhã gélida de inverno e, correndo pelas ruas varridas pelo vento, ele via vendedores sul-asiáticos assoprando as mãos enquanto ajeitavam seus carrinhos de café. O que ele fizera para merecer esse destino mais fácil (ou simplesmente fácil)?

A inteligência era apenas algo com a qual nascera. Sorte do destino, como ser bonito. Era uma racionalização dizer que ele trabalhara duro. Era como receber uma bela faca e se dar ao trabalho de poli-la e amolá-la: é ótimo que tenha feito este esforço, mas alguém teve que dar a faca para você. E não era apenas inteligência. Nate sentia-se culpado quando pensava em seus avós e bisavós na Europa oriental – *shtetls*, *pogroms* e coisas piores.

Em tal contexto, as decepções românticas em pequena escala das mulheres solteiras privilegiadas de Nova York não faziam nem cócegas. Mesmo assim, no dia seguinte ao que ele e Hannah terminaram, Nate sentia-se enervado por um forte sentimento de culpa.

No parque, ele fora tão... bem, ele não fora capaz de ver além de uma grande nuvem de irritação, o que parecia não só justificar seu comportamento atual mas comportamentos muito piores também. Sentia que se comportara muito bem, que, em um esforço de se livrar de uma armadilha tão sutil e desconfortável, ele poderia ter sido muito mais cruel. Houve momentos com Hannah, nos últimos um ou dois meses, em que ele se sentira tão perseguido, que parecera um ato de heroísmo não dizer para ela exatamente o que ele pensava, nos termos mais bruscos possíveis. E ontem, no brunch e depois, ele fora tão provocado em certos momentos que sua resistência à toda a cena do rompimento era uma demonstração de magnanimidade. Ele não disse "basta" e saiu andando, como muitos caras teriam feito. Muitos caras teriam dito que ela precisava esfriar a cabeça – deixando implícito que ela era obsessiva e maluca.

Mesmo assim, agora, enquanto vagava pelo apartamento, indo apaticamente de um cômodo para o outro, Nate não se sentia tão irritado. Sentia-se culpado por várias coisas. Por secar aquela moça no restaurante, por exemplo. Pelo jeito que agira de modo geral.

Também estava confuso. Quantas vezes, quando o relacionamento deles começou a deteriorar, ele havia ficado irritado com Hannah para, assim que se acalmasse, passar a sentir remorso. Sempre pensava que, passado o momento crítico, quando se sentisse mal, estaria de cabeça fresca, vendo a situação pelo que ela era. Só agora lhe parecia que ele estivera em uma espécie de estado de fuga o tempo todo, indo de um estado de espírito a outro, sem nunca parar para pensar no que guiava este vaivém insano. Em vez disso, ele apenas a evitava para não ter atritos.

No parque, Nate achou que Hannah não estava sendo razoável ao acusá-lo de não tentar, mas agora ele se perguntava se tinha, em algum momento, feito uma barricada contra ela – decidido que não a queria e então ajeitado as coisas para que ela tivesse como justificar a falta de interesse dele. Porque ele sabia – é claro que sabia, não era estúpido – que seu comportamento contribuíra para a insegurança dela (se é que não a causa disso). E é claro que a insegurança dela (*Está bravo comigo? Posso, por favor, por favor, fazer seu café da manhã?*) apenas a deixara mais irritante. Mas era como se ele não pudesse evitar o jeito como se comportava. Quando se comportava muito mal – sendo rude com ela, secando aquela mulher, ou seja lá o que fosse –, sua atitude vinha de uma compulsão irresistível. E, mesmo assim, em algum momento havia gostado muito de Hannah. Nate parou de andar e ficou diante da janela, pestanejando para o céu branco como papel. A verdade era que não deixara de gostar dela. Mesmo agora. Era isso o que tinha sido, o que ainda era, tão confuso.

A voz estentórea dentro dele lhe dizia que agira como um verdadeiro babaca. Ele sabia que seu comportamento a confundira. Ele a observara se encolher, ficar cada vez mais nervosa e triste, tornar-se, de certo modo, alguém que ele não reconhecia. Sempre que se sentia mal com isso, dizia a si mesmo que não estava obrigando-a a ficar com ele. Hannah podia terminar com ele quando quisesse.

Mas agora ele pensava em algo que Aurit dissera – escrevera, na verdade, em um excelente texto expositivo. Ela falava sobre a dinâmica de merda dos pais dela, como a resposta de seu pai a qualquer crítica era "se não gosta, deixe para lá". Aurit argumentava que a pessoa com mais poder no relacionamento se recusar a levar a sério a infelicidade da outra, simplesmente porque ninguém está obrigando-a a isso, é o máximo da atuação canalha: "É como se os Estados Unidos da década de 1950 dissessem: 'Desculpem, negros do Sul, mas se não gostam do jeito como são tratados, podem voltar para a África'."

Por outro lado, Hannah *não* era uma minoria desprivilegiada, Nate pensou, deixando a janela e seguindo do quarto até a cozinha. Por que ele tinha que ter mais poder? Ele não pedira por isso. Quando se lembrou disso, começou a se ressentir dela, pela sua disposição mansa de aceitar o mau comportamento dele. Pela disposição de ser sua vítima. Certo, ela havia revidado, ficado puta, mas foram pequenos rompantes vazios, a indignação frouxa de um animalzinho preso em uma armadilha. Em geral, ela se colocou à disposição dele, tornando fácil para ele magoá-la. E agora ele tinha que ser seu próprio carrasco. Mas ele tinha os próprios sentimentos com os quais se preocupar. Não era justo torná-lo responsável pelos dois.

Aquilo o fez se sentir um pouco melhor, por pouco tempo. Então lhe ocorreu que ela o aguentara porque ele queria que ela fizesse isso. Até que ele não quis mais. Ele sempre parava de ser um babaca com ela assim que sentia que havia passado dos limites e que ela realmente podia ir embora. Ela havia permitido que ele a atormentasse desse jeito porque *gostava dele*. Talvez até o amasse.

Essa ideia o fez estremecer.

Porque, vamos lá, será que ele encontraria alguém sem manias irritantes ou imperfeições físicas? Que verdadeiras críticas ele tinha a respeito dela? Que algumas vezes ela bebia demais? Ele também fazia isso. Que ela não parecia levar muito a sério a escrita dela? A verdade era que antes da espiral descendente do relacionamento parecer consumi-la, ele havia ficado impressionado pela seriedade dela. Ela era insegura de vez em quando? *Todas* as mulheres eram inseguras de vez em quando. As que afirmavam não ser eram as mais loucas de todas.

Ele imaginou Hannah na festa no telhado do apartamento de Francesca sei-lá-o-quê. Lembrava-se de como ela se impôs contra Jason. Lembrava-se de como, bem, do quão *feliz* ele estava naquela noite.

Resolveu ligar para Kristen. Se uma pessoa tão íntegra quanto Kristen, uma pessoa que, além de tudo, era uma mulher muito forte e inteligente – *oncologista pediátrica* –, uma mulher que convivera intimamente com ele por mais de três anos, pensava bem dele, ele não podia ser uma pessoa tão horrível quanto se sentia agora.

Kristen atendeu no segundo toque. Ela estava com uma voz boa, calorosa – e ainda profundamente familiar. Mexeu com ele mesmo depois de todo esse tempo.

– Nate! – disse ela. – É bom ouvi-lo.

Um dos cães dela latiu no quintal.

– Corky, nosso mais novo integrante – contou ela para ele. – Tem só um ano. Mistura de pastor alemão. Uma verdadeira peste.

Kristen vivia em Boulder com o marido, um médico PhD que fazia algo muito louvável e impressionante, Nate esquecera exatamente o quê, na faculdade de medicina. (Dirigia algum tipo de clínica inovadora e altamente compassiva?)

Kristen disse que David e ela estavam bem. Ótimos, na verdade. A casa nova também era excelente, embora mal tivessem desempacotado as coisas.

– Estamos meio sem tempo.

Mas ela achava tempo para resgatar e cuidar de três cães?

– Acho que sim – admitiu ela.

– E as corridas?

– Participei da maratona de Denver em setembro – falou ela, um pouco tímida.

Nate riu afetuosamente.

– Você não muda, Kris.

Ele ouviu David chamando-a.

– Só um segundo – ela falou para Nate. Longe do bocal, ela começou a falar com David, a voz truncada e indistinta. Enquanto esperava, Nate imaginou um jantar na casa de Kristen e David: velas na mesa, os cães espalhados em almofadas xadrez, caixas empilhadas no chão de madeira.

– Me diz como você está – falou ela quando voltou ao telefone.

Nate estava parado ao lado da janela, desenhando círculos na condensação do vidro. Do lado de fora, o crepúsculo descia pela paisagem angulosa e pós-industrial do Brooklyn – um mar agitado de outdoors, guindastes e habitações quadradas e cinzentas.

– Já estive melhor.

Contou para Kristen que havia terminado com outra garota bacana.

– Realmente bacana. Mais bacana do que a maioria, na verdade.

Mas o relacionamento não estava mais indo bem. Ele se sentira... era difícil explicar. As coisas ficaram "pesadas". Ele estava consciente de não ter nenhuma expectativa. Não estar envolvido o suficiente naquilo, não estar o suficiente na dela, ele supunha. Ele se sentira, depois de um tempo, como se estivesse decepcionando-a o tempo todo, como se sempre a deixasse zangada. Não era divertido. No fim, o relacionamento estava sufocante. Isso tinha que significar algo, certo?

– Nate! – falou Kristen. – É claro que quer dizer algo. Se estava sufocante não era bom sinal.

– Certo!

– Tenho certeza de que havia um motivo para você não seguir adiante com essa, hum, Hannah, mesmo que não esteja claro para você agora qual era.

Algo no tom de voz tenso de Kristen – ele podia imaginar seu nariz levemente enrugado – disse para Nate que ela presumia que Hannah era, bem, horrível de algum jeito que seria óbvio para qualquer um menos para ele.

Mas e se – e ele não podia dizer isso, não para *Kristen* – não houvesse nada errado com Hannah? E se o problema fosse apenas que ela não o atraía mais, pelo menos não o bastante? Talvez a razão de seu relacionamento com Hannah ter durado o tempo que durou, muito mais do que seus outros casos recentes, era que em geral sua atração diminuía junto com o interesse na garota em si. Em geral, as mulheres começavam a irritá-lo praticamente ao mesmo tempo em que ele descobria estar perdendo o interesse em dormir com elas. Essa confluência o preenchia com uma noção prazerosa de sua própria falta de superficialidade. O problema com Hannah, ele sentia agora, era que a diminuição de sua atração, de seu entusiasmo em relação a ela, não correspondia com seus sentimentos por ela como pessoa. A ideia se revelou a ele, e o desbancou.

Para Kristen, ele apenas disse:

– E se a razão pela qual me sinto tão em conflito seja porque, não sei, simplesmente tenho sérios problemas?

– Você não tem sérios problemas, Nate.

Certo. Nate se esquecera que no mundo de Kristen, ter sérios problemas significava que você era uma criança de seis anos de idade com um tumor do tamanho de uma laranja. E quando percebeu isso, ele mais uma vez (isso sempre acontecia em algum momento quando falava com Kristen) não conseguiu superar o conhecimento de que, para ela, seus problemas eram os de um nova-iorquino decadente que desperdiçava seu tempo com drama pessoal individualista. Ele sentia que podia ouvir o jeito como Kristen resumiria esta conversa para David quando se sentassem para o jantar à luz de velas. O velho e bom Nate, um cara solteiro de Nova York, não consegue sossegar. É inteligente, não é? David perguntaria. Sim. Mas muito, bem, você sabe, neurótico, egocêntrico. Nate seria colocado como um contraponto divertido ao estilo de vida virtuoso, voltado à comunidade deles, seus problemas, sua infelicidade reafirmariam o quanto o tipo de vida deles era o correto.

Isso não estava ajudando. Nate se virou para apoiar as costas na janela.

– Também me sinto meio culpado – ele disse, o frio do vidro atravessava sua camiseta. – Não conseguia me decidir. – Ele pensou na noite em que Hannah e ele ficaram tomando Bourbon no apartamento dela. – Ou melhor, eu ficava mudando de ideia. Acho que fui meio canalha.

– Mas namorar não é isso? – perguntou Kristen. – Tentar decidir?

– Acho que sim.

– Nate – falou ela de maneira enfática. – Você saiu com ela por quanto tempo? Quatro meses? Cinco? Você tem um passe para se sentir inseguro em relação à pessoa pelos primeiros meses. Seja mais cuidadoso da próxima vez. Mas dê um tempo para você mesmo. Não é como se você estivesse com ela há anos e agora ela estivesse velha demais para ter filhos.

– Sim.

Kristen, Nate percebeu, não era muito compreensiva com as agruras românticas das mulheres. Embora ela fosse uma pessoa boa, muito boa, a esfera de sua solidariedade era um pouco circunscrita. Ela sempre tivera falta de um certo tipo de imaginação. Era tão sensível e autodisciplinada; a única extravagância que se permitia era reclamar daqueles que não gerenciavam suas vidas com tanta competência – ou com tanta astúcia – quanto ela. (Ele pensou na longa cadeia de namorados dela, cada um enfileirado quase antes que o antigo fosse embora, uma tendência que continuou até David.)

Já satisfeita com o assunto Hannah, Kristen começou a descrever as últimas travessuras de Corky, que envolviam uma mangueira de jardim e uma gárgula do vizinho. (Uma *gárgula*? Onde é que eles moravam mesmo?) Enquanto ouvia sem prestar muita atenção, Nate supunha que ele também não havia sido muito compreensivo com a situação de Hannah, em tese. Era só que, teorias à parte, ele realmente se *sentia* mal.

Depois que desligaram o telefone, Nate continuou a vagar pela melancolia de seu apartamento escurecido, optando por não acender as lâmpadas do teto, como se para manter sua realidade externa na mesma sintonia da interna. Ele se lembrava da primeira noite em que Hannah fora até ali. Tinham ficado conversando até tarde. Tinham transado. Mais de uma vez. Na segunda vez, devia ser lá pelas três ou quatro da manhã, ficaram conversando por horas. Ele começara a beijá-la, e então estava sobre ela. Não podia acreditar que tinha iniciado o ato sexual. Estava exausto. Seu pau falava contra o julgamento de seu cérebro, que tinha medo de não ser capaz de fazer aquilo, ou que achava que poderia parecer mecânico. Mas não foi. Foi bom – realmente bom, na verdade.

Na cozinha, ele abriu a geladeira e olhou dentro dela, ouvindo o zumbido do eletrodoméstico.

Em uma das prateleiras de metal havia um monte de aipo já amolecido que Hannah trouxera para ele. Ela achou que ele poderia gostar de comê-los como aperitivo, com manteiga de amendoim – não, de amêndoa. Ela não percebeu que quando ele estava com fome não tinha paciência para lavar e cortar o aipo. Mas ele gostou da manteiga de amêndoa. *Era* melhor do que manteiga de amendoim. Nate fechou a porta da geladeira.

Não era apenas culpa que ele estava sentindo.

– Eu sempre achei que ela era... bem, meio...

Nate se inclinou para a frente.

– Sim?

– Bem...

– O quê?

– Estranha.

– *Estranha?*

A testa de Jason estava franzida pelos pensamentos. Quando, por fim, ele falou, sua voz tinha um tom tenso, como se ele tentasse destilar ideias complicadas, altamente abstratas, em simples palavras.

– Não me entenda mal. Eu gosto de Hannah. Mas eu simplesmente não via você com ela. Vocês pareciam sempre no limite juntos. Tipo, a voz dela ficava meio esganiçada quando ela falava com você. Só me parecia estranho. Não via vocês dois felizes juntos. Vocês não *pareciam* felizes de verdade.

Nate e Jason estavam sentados em um nicho de janela em um bar perto do apartamento de Jason.

– Mas talvez seja eu – falou Nate.

– O que quer dizer?

– Talvez seja minha culpa que eu não estivesse feliz. Talvez eu... não sei... parei de tentar.

Jason se reclinou em sua cadeira e esfregou a lateral da cabeça, bagunçando uma parte do cabelo que ficou em pé como pelo eriçado.

– Digamos que você "parou de tentar" – disse ele. – Provavelmente era *porque* não estava feliz, certo? Afinal, você não é masoquista. – Ele apertou as mãos. – Acredite em mim, você não é masoquista. Você é muito bom em cuidar dos seus interesses.

Nate começou a cutucar um pedaço de fita adesiva colada no braço de sua cadeira. Ouvia as pancadas da chuva na janela. Sentia-se na defensiva a favor de Hannah, como se Jason estivesse difamando-a. (*Estranha?* Nate achava que Jason gostava dela – gostava dela de verdade.) Ele lembrava que Jason dissera há muito tempo que não achava que Hannah fosse seu tipo. O que Jason havia falado mesmo? Que ele tendia a gostar de garotas que eram "femininas e carentes". A lembrança provocou uma suspeita amarga de que Jason estivesse satisfeito pela sua previsão ter se concretizado.

Nate teria preferido conversar com Aurit, mas ela estava na Alemanha. Depois de desligar o telefone com Kristen, ele também considerara a hipótese de ligar para Peter, no Maine, mas pareceria coisa de mulherzinha telefonar para todo mundo que conhecia para discutir sua separação. Além disso, ele passaria por maus bocados ao falar com Peter sobre isso. Peter, na aridez de sua própria vida romântica, via essas coisas a partir de pressupostos diferentes. Peter tinha como premissa que se uma mulher era bacana, atraente e gostava de você, que você iria querer estar em um relacionamento com ela. Foi o que ele fez, uma vez.

O que Nate queria agora era mudar de assunto. O que era bem fácil. Logo Jason estava delineando seu próximo ensaio. Um texto crítico, sobre meritocracia.

Nate pressionou as palmas das mãos contra o tampo da mesa.

– Você não está argumentando que o problema é que realmente não temos uma... mas que a meritocracia em si é ruim?

Jason assentiu entusiasmado.

– A justiça em uma meritocracia é apenas homenagem ao talento excepcional. Para os não excepcionais (por definição, a maior parte das pessoas), a meritocracia é um sistema mais cruel do que aquele que ela substituiu...

– Do que a escravidão? O feudalismo?

– Para cada Judas, o Obscuro – continuou Jason sem ouvi-lo –, impedido por um sistema de classes hereditárias de ir a Oxford, há mil outros pedreiros que não têm a inteligência de Judas. A meritocracia é ótima para caras como Judas, que têm talento. Para os outros, é um mau negócio.

– Espere – disse Nate. – Como os outros pedreiros são prejudicados se Judas conseguir ir para Oxford? É como dizer que o casamento hétero é prejudicado ao se permitir o casamento gay. Porque para mim isso tampouco faz sentido.

– Eles são expostos como deficientes, cara. – Jason balançou a cabeça. – Se todo mundo permanece na situação em que nasceu, não há vergonha nisso, mas se o poder para ascender está em cada um, o fracasso se torna uma falha pessoal.

– Ah, entendo – falou Nate, relaxando com os contornos agradáveis do argumento impessoal. – É melhor para todo mundo, mas em especial para os pobres, conhecer e aceitar seu lugar. Acho que já ouvi este argumento antes. De todos aqueles que fazem apologia da aristocracia. A rainha Vitória, talvez?

Jason suspirou ruidosamente.

– A diferença, e isso devia ser óbvio, entre mim e algum conservador babaca é que os conservadores negam a existência de Judas, recusando-se a acreditar que há algum tipo de talento entre as "classes mais baixas". Ou, se reconhecer, é hostil a este talento. Veja o antissemitismo das classes altas.

– Mesmo assim – comentou Nate –, você mantém Judas onde ele está; para prevenir que outros trabalhadores braçais se sintam mal consigo mesmos. Talvez devesse poupar as pessoas da sua falta de hostilidade.

Jason deu de ombros, bem-humorado.

– Todos nós temos nossa própria maneira de demonstrar amor.

Nate foi para a próxima rodada. O bar tinha o diferencial de ser frequentado tanto por negros quanto por brancos que moravam no bairro de Jason. Jason vinha aqui com frequência, algo de que Nate foi lembrado no começo da noite quando testemunhou o barman cumprimentando-o. Por um momento, Nate viu Jason como o barman devia ver – um cara de boa aparência, bem-vestido, sociável, um cliente muito bem-vindo.

Nate voltou lentamente para as cadeiras deles, segurando com cuidado dois copos cheios de cerveja.

Depois de um tempo, a conversa voltou para os relacionamentos.

– Como regra, homens querem um motivo para terminar um relacionamento, enquanto as mulheres querem uma razão para mantê-lo – declarou Jason, gesticulando com o copo. – É por isso que, após o fato, os homens olham para todas as coisas que estavam erradas no relacionamento, para confirmar que acabar com aquilo fora a coisa certa a ser feita. As mulheres, por outro lado, olham para trás e procuram o que poderia ter sido diferente, o que teria feito dar certo.

A espuma da cerveja escorria pela lateral do copo de Jason. Nate sentiu uma onda de afeto por seu amigo, que sem fazer referência a isso estava ficando fora até tarde, bebendo muito em uma noite no meio da semana porque Nate precisava de companhia.

– Homens e mulheres em um relacionamento são como homens e mulheres no orgasmo, só que ao contrário – prosseguiu Jason às gargalhadas: – As mulheres anseiam relacionamentos do mesmo jeito que homens anseiam orgasmos. Todo seu ser se volta a este imperativo. Os homens, ao contrário, querem relacionamentos do jeito que mulheres querem orgasmos: algumas vezes, sob as circunstâncias certas.

Quando deixaram o bar, Nate estava se sentindo muito melhor.

Voltando para casa na chuva, ele pensou no que Jason dissera e se lembrou de uma discordância que tivera com Aurit certa vez. Ela estava reclamando de um cara que terminara com ela. Sentia que ele estava errado sobre o que queria. Ela disse que tanto homens quanto mulheres precisavam desesperadamente de relacionamentos; os homens só não sabiam disso. Eles atribuem erradamente sua infelicidade a outras causas, o que é frustrante para as mulheres, que assistem aos homens fazerem escolhas que machucam ambos. Nate argumentara que a palavra *precisar* perdia o significado se era definida desta forma. Se você acha que não quer estar em um relacionamento e encontra felicidade em outras coisas, como amigos ou trabalho, como alguém pode afirmar que você está sofrendo de um anseio profundamente arraigado de estar em um relacionamento?

Nate chegou em seu edifício. Subiu as escadas e destrancou a porta, atrapalhando-se um pouco com as chaves. Quando a porta se abriu, ele sentiu uma onda de ternura por seu apartamento humilde e pelo simples prazer de estar nele, sozinho.

Não, ele certamente não *precisava* estar em um relacionamento.

Na manhã seguinte, ele acordou razoavelmente cedo, pagou a conta de luz, do celular e da internet, e comprou a passagem de ônibus para Baltimore para as férias de Natal. Então tomou um café com o editor de um jornal literário que estava ansioso por publicar seu texto sobre a mercantilização da consciência. No caminho para casa, parou no supermercado. Quando voltou ao apartamento, seus dedos estavam vermelhos por causa das alças retorcidas de várias sacolas plásticas que carregava (ele sempre se esquecia de levar uma sacola de tecido – em parte de propósito, porque aquela bolsa era um pouco gay). O dia estava limpo, e seu apartamento estava banhado em uma agradável luz dourada. As vozes estridentes que o atacaram ontem tinham em grande parte feito as malas e ido embora.

No computador, encontrou um e-mail de Aurit, de Hamburgo. Ele escrevera para ela no dia anterior. "Estou na correria", ela escreveu. "Mas queria dizer que realmente sinto muito em saber sobre você e H. Talvez sinta mais do que você. Gostaria que tivéssemos conversado antes disso ter acontecido. Sinto como se você não tivesse passado tempo suficiente pensando sobre o que poderia ter causado a 'dinâmica ruim' que descreveu. Vale a pena pensar sobre isso? Ou é tarde demais? De qualquer modo, espero que não se importe se eu escrever para ela. Me sinto mal por ela. Nos falamos em breve, A."

Sinto mais do que você? Que diabos aquilo queria dizer? Que droga, Aurit. Ele deletou a mensagem, para que não perturbasse seu espírito que melhorava rapidamente.

Nate pegou o cartão de Ian Zellman que estava perdido entre seus lençóis. Na noite anterior, depois que chegou em casa do bar, ele o pegara embriagado da cômoda e o levara para a cama, pensando em ligar para Greer naquele momento e, felizmente, não fazendo isso. Agora estava sentado com o celular na mão. Raios de sol atravessavam o quarto em faixas. Greer atendeu no segundo toque. Sua voz ao telefone era feminina e bonita, e, de algum modo, sensual. Sua gargalhada o excitou. Enquanto falavam, o queixo dele estava pressionado timidamente contra o ombro; ele passou a mão pelo cabelo e deu um sorriso amplo.

Alguns dias mais tarde, em Mannhatan para um encontro com a editora do seu livro, Nate cruzou com Amy Perelman, do ensino médio. Ele não a via há cinco ou seis anos, desde logo depois que ela terminou o MBA. Agora ela trabalhava para um banco de investimentos. Ela contou a Nate que estava na área de fusões e aquisições, o que parecia "realmente pouco sexy há alguns anos, quando todo mundo estava fazendo muito dinheiro em derivativos e outras coisas que ninguém entendia", mas, no retrospecto, ela estava feliz em não "ter entrado naquele jogo". Amy balançou a cabeça com tristeza enquanto lhe dizia que os bônus ainda estavam baixos. Nate precisou de um instante para perceber que ela não estava falando ironicamente, fingindo ser uma banqueira de investimentos obtusa.

Ela disse que estava noiva. O jeito afetado como ela levantou a mão para que ele pudesse ver seu anel pareceu a Nate rude, meio provinciano. Ele não tinha o costume de se ofender com flertes, mas não podia deixar de sentir que havia algo agressivamente condescendente no jeito sem muito interesse como Amy flertou com ele. Ela se comportava não como se estivesse atraída por ele, mas como se ainda fosse a garota mais popular da escola e ele o acólito adorador, como se com cada pequeno sorriso ela estivesse jogando centavos que ele pegaria no chão se arrastando. Além disso, embora ela ainda estivesse tecnicamente muito bonita, ela realmente já não mexia tanto com ele agora. Com a maquiagem muito pesada e a cor artificial do cabelo loiro, ela parecia mais velha do que muitas das mulheres artísticas, que não pertenciam ao mundo corporativo, que Nate conhecia no Brooklyn e eram da mesma idade.

Não ajudava que ela não conseguisse perceber o sucesso relativo dele na vida. Quando vira Amy pela última vez, ele era um escritor freelancer na luta, que vivia em um minúsculo sótão no Brooklyn.

– Não mudou muita coisa – ele disse para ela agora, embora, ele acrescentou em voz baixa, tivesse um livro chegando em breve. Ela respondeu como se realmente não tivesse entendido, com um "isso é ótimo" bem sem graça.

Talvez ela achasse que ele estava se autopublicando ou algo assim? Então ele fez uma manobra para mencionar que tinha escrito algo para uma revista particularmente renomada.

– Isso é legal – disse ela, mas ele não podia dizer se isso significava muito para ela.

Nate sabia que ela não pretendia ser depreciativa. (Ela chegou a dizer que ouvira falar que "o Brooklyn estava ficando realmente bonito".) A coisa era que o que o fazia se sentir bem-sucedido em seu próprio círculo simplesmente tinha pouca ressonância fora dele. Incomodava-o que a incapacidade de Amy de vê-lo do jeito que ele queria – como um sucesso, como seu igual – o atingisse. Por que isso importava?

Nate maravilhou-se com este encontro durante grande parte do caminho para casa. Nunca pensara que chegaria o dia em que Amy Perelman, cujo prendedor de cabelo amarelo e branco poderia muito bem estar em uma caixa no apartamento de seus pais, não seria atraente para ele. O que tornava isso ainda mais impressionante era que há não muito tempo ele cruzara com outra garota do ensino médio. Estava em uma leitura de livro perto de Columbia quando viu Michelle Goldstein, a garota de cabelos crespos, amante de teatro, que ele desdenhava na época. Michelle Goldstein, dos *pas de deux* e *coup d'état*.

Em seu apartamento, enquanto olhava sua correspondência, ele deu uma gargalhada. Não por causa de Michelle, mas pela idiotice geral e afetação da juventude. Porque Michelle, todos aqueles anos depois, estava realmente *bonita*. Era advogada trabalhista. Parecia muito séria e de esquerda, como um antigo morador do Upper West Side. Que era onde ela vivia, com o marido e o filho. O marido, ela lhe contou, era ator. ("Não completamente aspirante – ele é muito talentoso e faz vários trabalhos maravilhosos off e off-off-Broadway –, mas basta dizer que não precisamos de babá em tempo integral. O que é bom, porque não podemos nos dar ao luxo de ter uma.") Eles viviam em um local antigo reformado na 104ª com a Riverside, onde seu marido morava há anos, com colegas de quarto antes de ela chegar. Ela reclamou sobre como o bairro ficara "rico". O cabelo de Michelle, preso casualmente para trás, ainda era um pouco crespo, e seu jeans era meio largo, mas ela estava atraente, muito mais atraente do que Amy Perelman.

Nate ainda pensava nisso quando foi até o computador e deu uma olhada em sua caixa de entrada. Havia uma mensagem de Hannah. Sem parar para pensar no que ela poderia estar dizendo, clicou nela. Uma nova janela apareceu. Ele se sentou.

Querido Nate,

No parque no outro dia, eu disse para você que não estava zangada. Não acho que estava mentindo. Acho que estava entorpecida.

Mais tarde fiquei zangada. A primeira coisa que me deixou louca foi o jeito, quando eu disse que isso não estava funcionando, como você *assentiu*. Que porra foi aquela? O que significou para você algumas semanas atrás, quando eu lhe disse que eu queria ficar com você só se você prometesse estar nessa também? Eu, por exemplo, quis dizer que não queria estar em um relacionamento com alguém que ia concordar quando eu propusesse terminar com ele. (Também fico zangada quando penso naquela noite no meu apartamento. Por que você me convenceu a ficar com você se não queria isso realmente? Estava fazendo algum tipo de joguinho?)

Então, sim, estive zangada. Com você, mas também comigo. Porque nunca pensei que deixaria que alguém me tratasse deste jeito. Eu sei que mereço algo muito melhor e francamente já tive coisa muito melhor de outros caras.

Não esperava me sentir assim por você. Antes que ficássemos juntos, eu já tinha ouvido coisas sobre o jeito como você trata as mulheres. E, no início, achei que você fosse realmente cheio de si. Achei que você dava por certo que eu estaria morrendo de vontade de sair com você, porque você se acha o maioral. Odiei aquilo.

Toco nesse assunto porque, mais tarde, quando as coisas começaram a ficar um lixo, fiquei pensando naquela época antes de eu ficar tão apaixonada por você, que ficou difícil sair dessa. Era como se eu esperasse que o fato de eu não ter me colocado totalmente em suas mãos desde o primeiro dia pudesse de algum modo me proteger de me machucar depois. Não protegeu, é óbvio. Depois de um tempo, deixei para lá. Confiei em você. Mas vendo como me sinto agora, gostaria de não ter feito isso.

Não pretendo ser melodramática. Sei que muitas vezes relacionamentos não dão certo. Mas lembro como as coisas eram, não faz muito tempo. Eram muito legais. Pelo menos eu achava que sim. Eu sentia como se houvesse algo verdadeiro entre nós – como se eu realmente conhecesse e entendesse você. Foi mesmo estupidez minha? Não posso deixar de me perguntar: eu fiz algo errado? Fui difícil demais? Não difícil o bastante? Eu devia ter chamado sua atenção assim que senti que você estava, não sei... *mudando*, em vez de acreditar quando você disse que estava tudo bem? Não consigo parar de pensar, e mesmo assim sei que é foda que eu esteja pensando assim, como se fosse meu papel fazer isso dar certo, como se eu devesse imaginar o que você queria e me ajustar de acordo com sua vontade.

A única coisa que sei é que quando eu tentava falar sobre o que estava acontecendo com a gente, parecia que você queria desaparecer. Comecei a ficar apreensiva, com medo de irritar você – sentia que você estava se afastando e não queria distanciá-lo ainda mais, então não tentei conversar mais. Hoje, lamento isso. Era óbvio que algo estava errado havia um tempo. Olhando para trás, parece burrice que na maior parte do tempo nós simplesmente ignoramos o elefante na sala.

Eu me pergunto, se tivéssemos conversado, realmente conversado, as coisas teriam sido melhores. Algumas vezes penso nas coisas que são tão óbvias para mim, e odeio o fato de não serem, ou não terem sido, óbvias para você. Por exemplo, por que você acha que passamos uma noite agradável quando saímos com Jason e Peter? Porque eles foram gentis comigo – eles agiram como se realmente quisessem ouvir o que eu tinha para falar, o que você mal fazia naquele momento. (Obrigada por isso, a propósito – pelo jeito como me tratou ultimamente.)

Mas então penso em como você parecia triste no parque quando disse que estava preocupado sobre não ter mais a habilidade de estar em um relacionamento. E isso faz com que eu me pergunte se você está tão chateado e confuso sobre isso quanto eu. Se está, talvez devêssemos conversar agora, tentar descobrir o que aconteceu. Talvez não seja tarde demais para lidar com isso de forma honesta e aberta.

Parte de mim acha que eu não devia mandar este e-mail, que já me queimei o suficiente. Mas prefiro não ficar com tanto medo de ser sincera.

H

Havia uma série de coisas que Nate sentia vontade de fazer quando terminou de ler o e-mail. Uma era bater a tampa do notebook e jogar a coisa pela janela. A outra era correr uns dezesseis quilômetros ladeira acima. Uma terceira era ler algum filósofo muito estimulante, muito austero, muito *masculino*. Tipo Schopenhauer. Uma coisa que aquele e-mail decididamente *não* o fez querer fazer foi voltar com Hannah.

Nate não estava muito atento a cada frase; não era capaz disso. Ler o e-mail foi tão desagradável que ele se pegou lendo na transversal. Sentia como se fazer isso fosse uma cortesia para ela, como se tivesse-a pego em uma posição constrangedora e estivesse desviando os olhos por educação. (A parte em que ela mencionava outros caras? Ele estremeceu por ela – isso parecia tão... *desesperado*.) Mas lera o suficiente, mais do que suficiente. Ele entendeu. A carta como foi concluída, a coisa sobre "conversar mais", "lidar com isso de forma honesta e aberta" – pareceu-lhe deliberadamente equivocada. Qualquer um podia ver que tinham dado ao relacionamento um bom número de oportunidades e que a conversa no parque fora decisiva. O e-mail era confuso, desordenado, oscilando entre a raiva e a loucura, uma compulsão quase desesperada em lançar a sorte mais uma vez na espera de um resultado diferente – baseado no quê? Porque ele dissera que estava preocupado que pudesse ser incapaz de estar em um relacionamento? Quando ele lhe disse isso, estava sendo sincero mas, por favor, isso era um medo que tomava conta dele de vez em quando e então sumia quase inteiramente de sua mente. Não o preocupava neste exato momento. E certamente não o faria manter um relacionamento que claramente estava morto.

Além disso, o e-mail era um lembrete visceral, como se ele precisasse de um, dos motivos pelos quais não queria estar com ela. A carta de Hannah trouxe de volta todos os sentimentos de culpa, terror e desconforto que ele viera a associar a ela.

Mas a carta conferia uma obrigação. Ela deixou evidente que estava chateada. Ele devia a ela uma resposta. Durante vários dias depois, Nate considerou escrever a resposta, mas viu quase imediatamente que não havia como produzir um e-mail do mesmo tamanho, e só algumas linhas de texto dele, com aquela mensagem enorme dela vindo logo abaixo, em sua grande abundância textual, pareceriam tão insignificantes, tão escassas, uma pílula um pouco insultuosa acima do volume do texto dela. Não era só que ele não tinha paciência para escrever qualquer coisa daquele tamanho. A verdade – e isso o assustava um pouco – era que ele não sabia o que dizer. Havia uma certa vaidade moral na presunção implícita dela de que todo mundo podia se sentar e fazer rapidinho uma carta como a dela, como se os sentimentos de todo mundo fossem tão conhecidos e honrados. Ele não conseguiria fazer uma carta dessas não importa o quanto tentasse. Mesmo depois de todas as horas que passara caminhando pelo apartamento no outro dia, ele realmente não sabia o que pensava ou sentia, e o que sabia era confuso e, francamente, um tanto perturbador. O que aprendeu, nos dias subsequentes, era que sua infelicidade era eminentemente controlável, se administrada da maneira certa. Isso significava que ela não duraria. Significava seguir em frente.

Já que escrever estava fora de questão, Nate imaginou que devia ligar para ela. Em várias ocasiões, esteve prestes a fazer isso. Mas ficava adiando. Não conseguia decidir se devia resolver isso por telefone ou propor um café. Provavelmente a última opção, mas então uma parte dele questionava se isso era uma boa ideia. O café duraria mais tempo que uma ligação. Ela ia querer que ele dissesse um monte de coisas que ele não queria dizer. Não só por seu próprio bem. Ele não queria ser obrigado a dizer coisas que podiam ferir os sentimentos dela. A única coisa realmente honesta que ele tinha qualquer vontade de lhe dizer era, ele suspeitava, a última coisa que ela queria ouvir. Ele queria dizer que sentia muito por não ter terminado com ela antes, por não ter visto antes que isso não estava dando certo e que não daria certo. Ele não devia ter concordado com ela no parque. Ela estava certa sobre isso. Ele não devia ter ficado com ela até aquele ponto. Hoje, ele sentia que faltara coragem naquela noite no apartamento dela; eles deviam ter terminado ali. Mas ele não achava que ela fosse gostar de ouvir isso. E, fora isso, ele não sabia o que dizer. Além do mais, o fluxo sem fim de conversas pós-rompimento que tivera com Elisa era uma lição sobre como essas coisas podiam produzir efeitos negativos. Ele não queria entrar em outro diálogo infinito que, no fim, só prejudicava. E Hannah não era Elisa. Era mais madura, esperava-se mais dela.

Talvez uma breve conversa por telefone, direto ao ponto, fosse melhor?

Cada vez que ele decidia mentalmente fazer uma ou outra coisa, telefonema ou café, não conseguia se obrigar a puxar o gatilho, e dizia para si mesmo que decidiria de uma vez por todas mais tarde; ele faria isso, uma coisa ou outra, mais tarde.

Uma semana depois que Hannah enviou o e-mail, ele vinha caminhando da casa de Greer em uma manhã adorável e ensolarada de sexta-feira. Estava de bom humor – fora uma noite boa, uma noite muito boa. Viu outro e-mail de Hannah. Percebeu na hora que tinha ferrado com tudo. Devia ter feito *algo*. O assunto estava em branco. Nate clicou na mensagem.

Nossa, não consigo acreditar que sou tão imbecil. Não consigo acreditar que escrevi aquele e-mail em um momento de sabe-se lá o quê. Só quero dizer que retiro o que disse. Você é um babaca maior do que jamais imaginei. Não acredito que não se incomodou sequer em responder. De qualquer modo, tem só mais uma coisa que quero lhe dizer. Você é péssimo na cama.

Capítulo 17

– Então agora você está saindo com Greer?

Nate e Aurit caminhavam pela Fifth Avenue em Park Slope, os cachecóis agitando-se com o vento enquanto mantinham os olhos semicerrados pelo sol do meio-dia. Aurit acabara de voltar de viagem, uma semana em Israel e duas na Alemanha.

Não era apenas desaprovação que Nate percebia em sua voz. Ele sabia que ela desaprovava Greer. Ela achava Greer rasa e fofoqueira. Ele também, antes. O que mais o incomodava era o sarcasmo no jeito de ela dizer a palavra *você*, como em "então agora *você* está saindo com Greer".

– Greer é realmente inteligente – disse ele enquanto se aproximavam de seu destino. Ele se arrependeu de ter dito essas palavras assim que saíram de sua boca.

– Não duvido disso – respondeu Aurit. Ela abriu a porta do restaurante. – Quero dizer, ela tem sucesso na carreira. Recorde-me, quanto ela conseguiu pelo livro de sexo?

Então foram envolvidos pelo ar quente do restaurante, repleto do cheiro de xarope de bordo. Uma hostess com sotaque australiano os guiou por um corredor estreito até uma mesa nos fundos. Quando se sentaram, aquele fio de conversa fora perdido. Depois da longa viagem de Aurit, havia muita coisa para ser discutida. Hans finalmente ia se mudar para Nova York.

– Isso é fantástico – comentou Nate.

Aurit lhe contou como isso aconteceu, as conversas que ela e Hans tiveram, os planos que fizeram.

Mais tarde, ela perguntou se ele tinha conversado com Hannah.

– Você não falou com ela? – perguntou Nate.

– Eu perguntei primeiro.

Nate colocou açúcar no café.

– Não seja assim.

– Tudo bem – falou Aurit. – Ela e eu temos trocado e-mails. Breves. Ela não disse muita coisa.

– Bem... – disse Nate. – Acho que ela pode estar um pouco maluca.

A mesa balançou quando Aurit colocou a caneca.

– Não vá por aí, Nate. É feio. Especialmente porque *ela* foi tão educada sobre isso. Não disse nada de mal sobre você. – Ela olhou para ele severamente, erguendo o queixo. – O que aconteceu?

– Ela basicamente me disse que sou o maior babaca que já existiu. – Nate passou a mão pelos cabelos. Tentou um sorriso casual do tipo "o que posso fazer?". Na verdade, o jeito como as coisas se desenvolveram rápido com Hannah o deixavam bastante desconfortável.

Aurit inclinou a cabeça.

– O que você fez, Nate?

– Nada.

– Não seja um narrador duvidoso. O que você fez para deixá-la fula da vida?

– Literalmente, não fiz nada. Esse foi o problema.

– Aham...

– Não respondi um e-mail que ela escreveu.

– Você se desculpou?

– Você não viu o e-mail que ela me escreveu em resposta à minha não resposta. Acho que passamos do ponto das desculpas.

Aurit balançou a cabeça.

– Que bonito.

Nate pensou em fazer uma piada sobre como estava à espreita dele, nas ruas de Nova York, um exército de mulheres hostis, encabeçadas por Juliet. Mesmo Elisa, que fingia ser sua amiga, estava meio que no campo inimigo. Agora Hannah também se juntara às suas fileiras. Enquanto isso, do outro lado, estava apenas um Nate. Mas ele não fez a piada. Não se sentia à vontade para fazer brincadeiras sobre esse assunto. Sentia-se mal quando pensava nisso. Tentava não pensar nisso.

– Em seu e-mail, Hannah tentou ser contida – Aurit contou. – Mas fiquei com a sensação de que ela estava bem chateada. Sinceramente, estou surpresa que você esteja tão sem cerimônia sobre isso. – Ela observou Nate com curiosidade. – Vocês ficaram juntos por quanto?, cinco, quase seis meses?

– Cinco – murmurou Nate.

– E parecia que você gostava dela de verdade. Tipo, muito.

Nate olhou para o lugar na mesa onde seu prato estivera.

– Provavelmente não vai durar muito com Greer – disse ele de repente, surpreendendo a si mesmo. – Provavelmente é uma coisa passageira.

Ele e Greer tinham dormido juntos no primeiro encontro. Como Greer fora extremamente sedutora a noite toda, isso não surpreendeu Nate. O que o surpreendeu foi que ela irrompeu em lágrimas logo depois. Ele se sentiu confuso, preocupado e também estranhamente fascinado – pela mutabilidade dela, o jeito como ela passava o tempo todo de um tipo de afetação sexy para aquele jeito ingênuo sem ter consciência disso. Era como observar um réptil trocar de pele; deixou-o paralisado. A noite teve um ar de outro mundo, indo e voltando de um estado de espírito para outro. Quando Nate foi embora de manhã, sentia como se tivesse vivido toda uma vida.

Quando foi buscá-la para o terceiro encontro – Greer inspirava nele gestos antiquados de cavalheirismo, o que era estranho porque, por outro lado, ele sentia como se estivesse ali só porque queria dormir com ela de novo –, ele viu que ela ainda não estava arrumada para sair. Seu cabelo estava desalinhado. Ela estivera chorando novamente. A força combinada de um comentário de seu editor, um incidente no ônibus no qual uma mulher acima do peso acusara Greer de empurrá-la e uma conversa com sua irmã a "aniquilara".

Por um instante, veio a Nate uma lembrança desagradável de Elisa – aquele rio sem fim de lágrimas. Sentiu um impulso de fugir. Não fugiu. Nem mesmo quis fugir de verdade. Sua impressão mais vívida da noite foi de muito mais tarde, bem depois que Greer estava consolada: o brilho de seu piercing de umbigo na luz da lua do quarto enquanto seu corpo subia e descia sobre o dele.

A aventura se estendeu em uma aventura cada vez mais longa.

Nate estivera errado sobre a natureza do interesse de Greer nele. Ela não fora atraída pelo "*status* intelectual" dele. Ela sentira, ela lhe disse, algum tipo de atração física poderosa, "quase cinética" por ele. Nate, não acostumado a se ver como um objeto de fascinação erótica, ficou inacreditavelmente excitado com isso. Também estava inclinado a acreditar nela. Memorialista, Greer era uma narradora habilidosa de suas próprias emoções. E o que ela dizia se encaixava tão bem com o que ele sentia, com a atração por ela que ele nutrira por um bom tempo, antes de ficarem juntos.

Há muito tempo, ele colocara Greer na categoria de pessoas que adquiriram um conhecimento incrivelmente mínimo em quatro anos de Sarah Lawrence, Vassar, Gallatin ou qualquer outra faculdade chique progressista que frequentaram, onde pensava-se que aquele tão alardeado objetivo da pedagogia moderna de ensinar os alunos "como pensar" seria melhor alcançado sem a interferência dos fatos reais. A ignorância dela sobre o que acontecia no mundo, eventos como saques, dissidências, fomes que ficaram bem conhecidos, era quase tocante. Da mesma forma ela não era familiarizada com muitos livros e ideias amplamente considerados de importância histórica mundial. Mas Greer tinha ideias próprias, todo tipo delas. Só não estavam enraizadas em qualquer contexto além da cultura pop e de certo tipo de literatura feminina. Ela também aperfeiçoara uma irreverência imperturbável, uma crença fervorosa e sincera em sua superioridade em relação aos fanfarrões. Como Nate. Greer não era falsa. Ao contrário de Elisa, ela não fingia. Greer encarava você de frente e dizia:

– Sério? Você está me perguntando se já li *Guerra e paz*? É sério que não sabe a resposta?

Como ele dissera a Aurit, Greer era inteligente. Como um carro esporte muito bem regulado, sua mente não era sobrecarregada com ônus desnecessários, mas ela era naturalmente dotada no modo dialético de argumentação, rápida para apontar as falhas em sua lógica e em voltar com contra-argumentos. Quando a dialética falhava, ela tinha ao seu dispor outra ferramenta poderosa: lágrimas. Um dispositivo retórico que ela julgava perfeitamente legítimo: lágrimas vinham sob a rubrica da sinceridade.

Se Greer não era rigorosa ou autocrítica, era apaixonada e empática, com uma sensibilidade gigantesca em relação às questões com que se importava. Sua personalidade, como sua escrita, era cadenciada e envolvente. E o que Nate certa vez tomara como uma certa afetação acabou sendo uma certa teatralidade, o que era diferente e era parte do que a fazia ser tão vívida. Ele logo descobriu que estava encantado pelos interesses peculiares dela – seu entusiasmo imprevisível por, digamos, *piñatas* esta semana, ou minúsculos cartões-postais nos quais cabia apenas uma frase na outra. Ele percebeu, também, como as outras pessoas respondiam a ela. Ela tinha um jeito de ser – um carisma, uma verve narrativa, uma facilidade em vestir o que estava na moda tanto quanto a elegante Elisa, mas muito menos espalhafatosa, um talento social instintivo que usava com benevolência, esbanjando atenção sobre os membros mais tímidos e desajeitados de um grupo. Uma noite, ela tocou violão para ele. Seu cabelo estava preso em um rabo de cavalo bagunçado; uma alça fina de sua regata caíra sobre o antebraço. Ela era, enquanto cantava uma música de Liz Phair – a voz baixa, indisciplinada, mas extremamente bonita –, provavelmente a coisa mais sexy, mais tocante que ele jamais vira. Doce, forte, triste e excitante ao mesmo tempo.

Greer não só não estava impressionada com o "sei lá o que intelectual" de Nate, como estava inclinada a achar aquilo meio chato, um tipo de exercício masturbatório que tolerava com a mesma condescendência que ele tolerava o que era capaz de descrever, em sua mente, como "o olhar pueril e egocêntrico voltado para o próprio umbigo" que caracterizava o trabalho dela. De vez em quando, essas atitudes de um em relação ao trabalho do outro escapavam em declarações perdidas, em geral durante as brigas que começaram a ter assim que o relacionamento deles começou a ficar mais sério.

Embora se orgulhasse de ser honesta, Greer não era sempre, estritamente falando, verdadeira. Ela não inventava a história toda, mas rascunhava e rearranjava partes para atender aos seus propósitos, os fatos reconfiguravam-se como bolinhas de gude em uma tigela tombada. Ela mal tinha consciência do que fazia. No momento, acreditava no que dizia de todo o coração. Para ela, era o suficiente. Ela também partia com facilidade para a manipulação quando acuada. Também não tinha escrúpulos em relação a isso. Era assim que uma discussão de menor importância sobre ele estar atrasado ou a respeito de coisas bobas que ela achava que ele devia fazer – digamos, atender o celular quando ela telefonava – se agravava. Ela fazia todo tipo de afirmações bizarras; ele ficava tão enraivecido com a "desonestidade", "manipulação" ou simplesmente com sua "trivialidade", que sentia ter todas as justificativas do mundo para deixar de lado o tato. Todo tipo de críticas reprimidas vinham à tona, muitas das quais não tinham nada a ver com o suposto tema da briga. Uma vez ele proferiu em voz alta as palavras *olhar pueril e egocêntrico voltado para o próprio umbigo*. Isso a incomodou mais do que as palavras *estúpida* e *buceta* que também tinham saído da boca dele. (Para Nate, esses momentos eram, francamente, excitantes, as palavras vinham acompanhadas por um frisson de prazer ilícito. Era libertadora a ideia de que podia falar com esta mulher deste jeito e nada de pior aconteceria além dela gritar de volta que você era "um maldito babaca filho da puta".)

Para sua surpresa, de algum modo ele e Greer saíam dessas brigas machucados, mas também purgados. Entre exagerar as falhas dela, acusando-a de graus muito maiores de desonestidade etc. do que ela era realmente culpada, as coisas escapavam. Ele lhe disse, por exemplo, que era a coisa mais irritante do mundo quando ela perguntava *naquela voz*: "Está zangado comigo?" Por sua vez, Greer lhe disse cinquenta coisas piores que ele fazia. Aparentemente, ele era um verdadeiro babaca. Tinha formas incontáveis de menosprezar ela e as mulheres em geral. Ele a intimidava quando discutiam, e era por isso que às vezes ela começava a chorar. Ela não estava, explicou, tentando fugir do assunto. Estava simplesmente frustrada, e suas lágrimas faziam ele parar de intimidá-la, fazendo-o *parar e ouvir a si mesmo* muito melhor. Não que ela o convencesse – o feminismo de Greer muitas vezes parecia uma autojustificativa conveniente e aplicada sem muita consistência (quer dizer, aplicada de forma confiável em casos que amparava sua posição e ignorava em outros), mas o medo de fazê-la começar a chorar exerceu uma forte pressão nele para modificar seu comportamento. Invariavelmente, as brigas deles acabavam por causa de Nate, aliviado por perceber que Greer não era mesmo nem de perto tão inescrupulosa ou pouco inteligente quanto a raiva dele a pintara. Além disso, o que era previsível, com sexo ardente. Não era tanto um sexo de reconciliação, mas se reconciliar por meio do sexo. Chegava um momento em que Nate simplesmente percebia o absurdo do motivo pelo qual estavam brigando; sua raiva simplesmente virava *excitação*. Nesse ponto, Greer podia ser envolvida com muita facilidade – talvez porque também estivesse cansada demais de brigar ou talvez tivesse se excitado ao ver o quanto ele estava louco de desejo por ela.

Greer era carente – é isso, ela precisava de audiência –, mas não estava sempre claro para Nate por que ela precisava dele em especial. Algumas vezes, ele olhava para ela, via novamente o quão sexy e charmosa ela era. A ansiedade tomava conta dele. Ela não preferiria estar com um cara mais bonito e mais divertido, alguém menos tedioso e acadêmico? Depois de alguns meses, ele perguntou para ela, por que ele? Sim, ele se lembrava do que ela dissera sobre atração, mas por que, por que estava atraída *por ele* em vez de outra pessoa? Ela pegou uma das mãos dele entre as suas e passou um dedo pela sua palma e dedos. Disse para ele que a impotência e incompetência dele em administrar objetos no mundo físico era cativante.

– Algumas vezes, olho para essas mãos grandes e desajeitadas... esses dedos... – Ela sorriu e beijou a ponta do indicador dele. – Suas mãos me lembram patas de urso... Vejo você picar vegetais ou abotoar a camisa e, não sei, só fico cheia de afeto.

O que ela disse era meigo, mas Nate ainda não estava totalmente satisfeito. Parecia exógeno a ele, ao verdadeiro ele.

Mas ele sabia o que ela queria dizer sobre ser tocado pela vulnerabilidade. O fato de Greer ser mignon o atraía. Ele gostava, além da razão, de poder envolvê-la completamente com os braços. Sentia-se protetor, especialmente quando estava mais sombria, quando ela chorava depois do sexo ou ficava desamparada por algum contratempo de menor importância. Nesses momentos, o mundo deixava de ser cheio de diversões inocentes (cartões-postais minúsculos! *Piñatas*!) e se tornava um festival sinistro e proibido para menores de homens predatórios e dissimulados disputando constantemente para foder com ela. "Isso me deixa enojada!" E eles se sentavam no chão, os joelhos dela apertados de encontro ao peito, enquanto Nate a abraçava, acariciando suas pequenas costas encurvadas com suas grandes mãos.

Em fevereiro, o livro dele foi publicado. Embora Nate tivesse nutrido em segredo fantasias de estar solteiro quando isso acontecesse, acabou sendo melhor ter uma namorada. Nas festas de sua (breve) turnê, ele tentava lembrar os nomes das pessoas que não via há anos ou que acabara de conhecer há minutos. Sentia-se deslocado quando não conseguia ou quando não estava entusiasmado o suficiente na conversa. O processo como um todo era exaustivo e enervante. Muitas vezes se sentia envergonhado ou ridículo, e estava feliz em ter alguém para quem telefonar depois ou, melhor ainda, alguém com quem deitar abraçado no hotel, assistindo a um filme. Ele se sentia mais próximo de Greer, até mesmo grato a ela, depois de passarem juntos por isso.

Um certo aspecto meloso em sua forma de pensar, uma tendência histriônica e dramática que uma vez por outra surgia, as malditas lágrimas manipuladoras – tudo isso o incomodava de vez em quando. Mas Greer era agradável, doce, em especial quando tudo estava indo bem, quando ela se sentia apreciada, não só por Nate, mas em geral. Era tão sensível quanto uma planta exótica retirada de seu ecossistema natural, mas quando conseguia o que precisava, ficava radiante. No cotidiano, eles eram felizes. Nate raramente ficava entediado. Com Greer, havia sempre alguma distração, uma crise, uma briga ou algum de seus projetos fantásticos. Como querer que ele a visse transar com uma mulher.

O que Greer não tinha em retidão rigorosa, ela compensava com virtudes mais femininas, como aconchego e compaixão. Assim como Hannah, ela era alegre e divertida para se estar por perto. Ao contrário de Elisa, ela estava disposta a fazer as coisas que ele gostava. Também tinha um forte impulso de cuidar. Gostava de cozinhar para ele e de garantir que ele estivesse bem cuidado de modo geral. No início, ele achou isso surpreendente em uma garota que era tão selvagem na cama (embora a coisa do sexo-entre-Greer-e-outra-mulher não tenha acontecido, e conforme o tempo passou e a dinâmica deles mudou, ficou cada vez mais improvável que acontecesse).

Greer conhecera os pais dele rapidamente na festa de lançamento do livro, mas na primavera ele a levou para Maryland para passar algum tempo com eles. Ficou surpreso em ver o quanto ela foi mais gentil com eles do que Elisa havia sido. No conjunto, eles não gostaram dela, Nate podia ver. Ou melhor, o pai a achou ok, e sua mãe, que era crítica com todas as mulheres com quem ele saía, mal se incomodou em disfarçar, sob um comportamento imperiosamente cordial, uma fungada de desgosto. Nate, cheio de ternura e gratidão pelo esforço de Greer, tentou fazer vista grossa para a frieza da mãe.

Embora aquela semente de incerteza era o que mantinha desperta sua consciência de seu sentimento por ela – ele não podia deixar de temer que a inexplicável afeição de Greer por ele acabasse tão repentina e misteriosamente quanto começou –, ele também passou, com o tempo, a ser afligido pela outra ponta, pelo ciúme dela. Gostasse ou não, era um fato da vida, fazia parte de estar com Greer. O medo de uma crise de ciúmes impunha limitações não só no comportamento dele, mas em suas conversas. Nate atenuava os elogios a outras mulheres, até em seus textos. Aurit se tornou um assunto delicado ("Eu nunca me senti atraído por ela!", Nate insistia. Mas Greer, ele finalmente percebeu, era astuta o bastante para saber isso. Ela não tinha ciúmes do apelo sexual de Aurit, mas do respeito que ele tinha por ela, apesar de julgá-la e repeli-la. "Você trata tudo o que Aurit diz com um peso especial porque foi ela quem disse", Greer falou certa vez. "Se eu digo as mesmas coisas que ela, você age como se o fato de ela concordar comigo legitimasse o que eu digo.")

Greer estava sempre à procura de jeitos pelos quais estava sendo diminuída ou estavam negando o que era seu direito. Nate jamais analisava outra mulher quando estava sentado diante de Greer. Ele não sabia se ela jogaria a faca de carne nas proximidades de seu coração ou começaria a chorar, mas não importava porque jamais aconteceria.

Eles comemoraram o seis meses juntos.

– Acho que você não tem problemas com relacionamentos, no final das contas – Aurit comentou um dia, em uma das ocasiões cada vez mais raras em que ela e Nate saíam sozinhos. – Acho que você só não tinha encontrado a pessoa certa.

Embora Aurit tivesse em grande parte aceitado Greer – começara a respeitar seu feminismo e discernimento emocional, ainda que as duas não tivessem ficado realmente amigas –, algo em seu tom de voz irritou Nate.

– Talvez tenha sido apenas o momento certo – disse ele, mais para contradizê-la.

Aurit estreitou os olhos.

– Sabe que você costuma diminuir sutilmente a importância de Greer quando ela não está por perto?

– Bem, não posso fazer isso quando ela está, posso?

Aurit não parecia estar se divertindo.

– Relaxe, estava brincando – falou ele. – Só acho que o momento tem tudo a ver com isso. Não acha?

– Não sei – comentou Aurit. – Para as mulheres, quase sempre é o momento certo. – Ela falou bastante afiada. Hans estava pensando em voltar para a Alemanha porque ainda não conseguira um emprego em Nova York. – O que eu acho foda – ela acrescentou depois de um momento – é que sempre que vocês (homens, quero dizer) decidem que é a hora certa, há sempre alguém disponível para vocês.

– Não acho que seja verdade – falou Nate. – E quanto a Peter? Ou Eugene?

– Eugene tem um chip tóxico no ombro. E Peter vive no cu do mundo, Maine.

Apesar do que dissera para Aurit, Nate sentia que simplesmente encontrara a pessoa certa. Depois dos primeiros meses – que, entre o sexo, os humores dela e as brigas, foi uma aventura estonteante para ele –, ele e Greer começaram a discutir menos. Com o tempo, o terreno foi cedido, as reivindicações foram alcançadas. Agora ele sempre atendia as ligações de Greer quando estava fora. Dava apoio de certas maneiras exigidas. (Ele aprendera, por exemplo, que *não* era ridículo para ela querer que ele fosse até lá no meio da noite porque um amigo de um amigo fora assaltado na noite anterior e ela estava com medo.) Se algumas vezes ele se sentia frustrado pelas exigências dela, sentia mais alguma coisa também: sua própria exasperação continha a certeza surpreendentemente agradável que ele era sensato, muito mais sensato do que ela. Além disso, começara a aceitar que era mais feliz, mais produtivo, menos distraído pela solidão ou pelo tesão reprimido com uma namorada do que sem. Se isso significava ter que assumir certos compromissos em prol do relacionamento, que fosse.

Havia vezes em que ele ficava envergonhado com Greer, quando encolhia-se um pouco por dentro. Ela podia ser muito, muito fofa e infantil, muito disposta a proclamar cheia de orgulho uma ideia mal pensada e uma opinião mal informada, muito devotada a si mesma para ver que algumas vezes deixava transparecer uma superficialidade que, nos piores momentos, beirava a vulgaridade. Mas esses eram apenas momentos isolados, clarões de sentimento que passavam rapidamente. E quem era ele para julgar? Ele – erudito, temperamental, focado no trabalho como era – certamente não era perfeito. Talvez o que mais o perturbasse era um sentimento ocasional de solidão. Algumas vezes Greer, em perfeita inocência, dizia alguma coisa que o devastava, uma observação que em sua substância ou em sua mera omissão expressava volumes de uma indiferença não pensada, casual, mesmo escárnio, em relação a muitas das coisas com as quais ele mais se importava. Certos aspectos de quem ele era simplesmente eram incompreensíveis para ela. Era tudo apenas "sei lá o que intelectual". Para Greer, escrever era um jeito de ganhar dinheiro com seu carisma. Permitia a ela passar o tempo pensando sobre o que ela mais gostava de pensar: em si mesma, seus sentimentos. Era impossível para Nate lhe explicar o que a escrita significava para ele, o que certos livros e certo tipo de pensamento eram para ele. Ele não tentava na realidade. Provavelmente soaria do jeito errado – vazio. Pretensioso.

O relacionamento deles não era baseado em tais conversas de todo modo. As conversas entre eles eram sedutoras e alegres, uma mudança de ritmo, especialmente depois de um dia de trabalho. Com ela, Nate entrava no modo Greer, que era mais leve, mais tolerante, mais bobo que seu jeito normal de ser. Isso garantia a ele uma certa dose de privacidade. Ele mantinha um eu seu à parte, distinto do reservado à Greer, que era intocável, livre, não importava o quanto seu eu físico fosse obrigado, por exemplo, a ajudar Greer quando ela estava assustada. E a verdade era, mesmo então, que quando ia para o apartamento dela no meio da noite, estava quase sempre feliz em vê-la. Mesmo depois que passou muito tempo, o jeito particular de Greer ser calava fundo nele. Havia algo nela, em seu sorriso, na risada doce, no toque leve como de um passarinho, em sua estatura pequena, algo que não só o excitava, mas o fazia realmente sentir... bem, algo que nunca sentira antes.

Um dia, Greer perguntou se ele terminara com Hannah por causa dela. Nate cometeu o erro de dizer que, na verdade, não.

– Já estava acabando mesmo.

– Então eu sou, tipo, seu prêmio de consolação? – replicou ela. – Eu sei que você a acha *tão* inteligente.

– Greer! Eu nunca tive nada sério com Hannah. Você e eu já estamos juntos há muito mais tempo que fiquei com ela.

Nate soube alguns dias mais tarde que Hannah vendera a proposta de seu livro. Greer deve ter ficado sabendo também; provavelmente foi isso que a deixara daquele jeito. Em seu íntimo, Nate estava feliz por Hannah. Tinha um carinho por ela que não mudou nem com o jeito como as coisas acabaram entre eles. Pensava nela de vez em quando, pensava nas coisas que gostaria de lhe dizer, observações que ela apreciaria, e sentia uma pontada de decepção quando percebia que era impossível. Algumas vezes pensava nos momentos bons que passaram juntos, apesar de o mais comum era que essas lembranças fossem destruídas pela recordação da infelicidade dele no final.

Sentia-se culpado quando pensava nas várias mulheres de seu passado (embora tenha ficado satisfeito e de certo modo aliviado, de uma forma egoísta, em saber por Jason e Aurit que o anúncio do casamento de Juliet estava no *Times* em um domingo desses). Quando pensava em Hannah, sentia mais alguma coisa também. Ele e Hannah se envolveram em níveis que não foram alcançados com Greer. Isso não era um pensamento reconfortante para Nate. Seu relacionamento com Hannah lhe mostrara coisas sobre si mesmo que não o orgulhavam muito, sobre o que ele realmente valorizava em uma mulher e o que afirmava valorizar, mas que na verdade podia viver sem.

Quando ele e Greer completaram um pouco mais de um ano de namoro, resolveram morar juntos. Parecia fazer sentido. As coisas estavam bem entre eles. O contrato de aluguel dele estava no fim. Mesmo ele tinha que admitir que seu apartamento deixava a desejar. O de Greer também não era muito bom.

No meio do empacotamento, ele tirou um tempo para ir à festa de aniversário de Cara. Com o tempo, Cara ganhara seu afeto. Era uma boa pessoa. Nate até a ajudara, a pedido de Mark, a conseguir um emprego, dando boas referências dela para um editor de revista que precisava de uma assistente. O importante era que ela e Mark estavam felizes (embora, longe dos ouvidos dela, Mark passasse uma quantidade horrível de tempo reclamando sobre como as "mulheres" não tinham humor).

Antes da festa, Nate foi jantar com Jason, Aurit e Hans, que decidira permanecer em Nova York no final das contas, e Peter, que estava na cidade, e a nova namorada de Peter. Ele finalmente encontrara alguém no Maine. Ela era agradável, a nova namorada de Peter, uma arquivista em Portland. Bonita também, ainda que um pouco deslocada em Nova York, com seu rabo de cavalo e casaco de flanela.

Greer enviara um SMS para ele mais cedo naquele dia para dizer que não se encontraria com eles. Nate se sentiu um pouco culpado por ficar aliviado. Quando Greer saía com os amigos dele, ela sempre acabava se sentindo mal. Ela achava que eles pensavam que ela não era inteligente o bastante para eles, ou para Nate. Não havia como Nate tirar isso da cabeça dela. Era uma questão de estilo de conversa. Greer gostava de encantar e entreter com suas "greernices", regalar o grupo com relatos de seu último passatempo estranho ou desventura cômica – seu interesse meio irônico em astrologia e a consequente visita a uma vidente, sua discussão com o vizinho que reclamava do cheiro de alho que vinha de seu apartamento quando ela cozinhava. Talvez uma teoria inofensiva sobre a realidade na televisão ou sobre filmes de adolescentes da década de 1990. O tipo de argumento impessoal, o vaivém agressivo e as diferentes faixas de humor que ele, Jason, Aurit e Peter gostavam faziam Greer se sentir deslocada, até mesmo rejeitada. Mas, ao contrário do que ela pensava, os amigos de Nate gostavam dela. Ficavam felizes em pagar tributo ao charme dela por cinco minutos, no começo da noite e em interstícios, entre conversas, mas na maior parte do tempo queriam simplesmente conversar normalmente – quer dizer, do jeito que era normal para eles. Não havia como Nate explicar isso para Greer sem ferir os sentimentos dela.

Durante o jantar, Jason contou para ele que Elisa fora promovida na revista de notícias em que trabalhava agora.

A pedido de Greer, Nate deixara de manter contato com Elisa. Acabou sendo melhor. Elisa ficou satisfeita com o fato de Greer a achar tão ameaçadora que proibiu Nate de vê-la ou de falar com ela. Nate soube por Jason que Elisa destacava isso sempre que tinha oportunidade. Nate não duvidava que o triunfo disso era uma compensação mais do que adequada por ter desistido do que até mesmo Elisa devia reconhecer ser uma amizade disfuncional. (Além disso, ela ficara muito mais feliz desde que começara no novo emprego; começou a sair com um repórter de lá.) Nate, por sua parte, estava bem aliviado de estar livre do fardo que era Elisa, sem ter que tomar ele mesmo a decisão de largá-la. E Greer, naturalmente, desfrutou desta comprovação do seu poder de conseguir sacrifícios rápidos.

Nate contou para seus amigos que seu livro fora indicado para um prêmio de prestígio. Tentou minimizar o fato, mas estava muito feliz. Para celebrar, brindaram com um vinho de sobremesa que Hans insistiu ser considerado boa sorte na Alemanha.

Foram caminhando do restaurante até a festa. Nate não pretendia ficar muito tempo. Tinha muita coisa para empacotar.

Estava na festa há pouco tempo quando viu Hannah no outro lado da sala de Cara. Disfarçou bem a tempo de vê-la olhando para ele. Hannah estremeceu e imediatamente virou de costas. Quando Nate olhou de volta, ela se fora.

Ele foi até a cozinha pegar uma bebida. Hannah estava ao lado da geladeira. Ele esperara encontrá-la.

– Oi – disse ele.

– Oi.

A voz dela era fria, sua expressão imperscrutável. Ele disse que era bom vê-la. Ela deu um sorriso brando e olhou como se desejasse que ele não estivesse ali.

Nate segurou uma cerveja. No bolso, os dedos da outra mão abriam e fechavam contra sua coxa. Ele percebeu que queria dizer a Hannah que sentia muito. Ou algo assim. Mas tinha medo de passar a ideia errada. De soar condescendente. Ele decidiu falar assim mesmo. Greer lhe dissera que ele pensava demais nesse tipo de coisa e quase sempre estava certa.

Tomou fôlego e foi em frente.

– Só quero dizer que sinto muito. Sobre muitas coisas. De verdade. Fui um imbecil.

A expressão de Hannah ficou um pouco menos na defensiva. Ela disse sim, ele meio que fora. Mas ela disse isso com um tom de ironia, mais divertindo-se do que zangada. Depois de um momento, começou a se desculpar também.

– Eu não devia ter escrito o que... – corou ela.

Ele percebeu ao que ela se referia. Talvez tenha corado também.

– Não se preocupe com isso – falou ele.

Ela afastou os olhos. Mas havia algo simpático no jeito como ela contraiu os lábios. Nate deu de ombros e revirou os olhos de um jeito conspirador. Ela encontrou seu olhar. Nate sentiu, mais do que viu, algum tipo de reconhecimento de camaradagem. Por um instante, os constrangimentos – os desapontamentos – do passado eram uma piada de mau gosto que só eles partilhavam.

Ele percebeu que o cabelo dela estava sutilmente diferente, ainda liso e caindo pelos ombros, mas com um corte um pouco mais na moda. Estava usando mais maquiagem do que ele lembrava ser típico dela. E tinha uma saia bem curta. Parecia bem.

Há pouco tempo, Aurit lhe contou que Hannah estava saindo com um cineasta de documentários. Naturalmente, isso o incomodara um pouco. Cineastas de documentários eram as pessoas mais pretensiosas do mundo. Ele sempre achara isso. A ideia de algum cineasta idiota desfrutando da inteligência de Hannah, seu humor e sua maturidade o irritou. Ele sentia que apenas ele, Nate, era inteligente o bastante para apreciar inteiramente o valor dos méritos especiais dela. O que era insano.

Ele se perguntou se ela ainda estava saindo com o cineasta. Provavelmente seria estranho questionar isso.

– Ouvi falar do seu livro – disse ele, em vez disso. – Parabéns.

– Obrigada.

– Sei que será excelente.

– É muito gentil de sua parte dizer isso.

Então o silêncio – bastante amigável, mas logo motivo de uma certa ansiedade.

– Então... – começou Nate. Havia algo que queria dizer, mas não sabia o que era. Por falta de outra coisa, ele perguntou se ela vira Peter. Ela negou com a cabeça. – Ele está aqui para o fim de semana – disse Nate. – Ficará feliz em vê-la.

Ele achou que ela corou novamente. Ele se perguntou se havia algo de errado no que havia acabado de dizer. Mas por quê? Talvez isso a fizesse se lembrar de coisas. Então ele também se lembrou da noite em que ela conheceu Peter. O restaurante, a conversa, o apartamento dela depois. Ele ficara com ela e sentira... sentira algo tão forte e tão triste. Será que dissera que a amava naquela noite? Ele a amou naquela noite.

De repente, ele ficou tonto. Segurou o copo de plástico com muita força, que começou a amassar em sua mão. A cerveja caiu em seu sapato.

– Cuidado – disse Hannah sorrindo. Então, inesperadamente (ele achou que estavam apenas começando a conversar), ela disse que precisava ir. – Meu, ah, amigo está na outra sala. Na verdade temos que ir embora. Diga a Peter que eu disse oi. Gostaria de tê-lo visto.

Nate foi embora logo depois. No metrô a caminho de casa, as lembranças brotaram: longas noites conversando nas cadeiras ao lado da janela, na cama dele, muitas gargalhadas, o relacionamento fácil, mas profundo, o sexo, que na melhor época era cheio de sentimentos, de intensidade. Teve uma sensação de perda, com uma força que o surpreendeu tanto quanto o fato dela surgir. Não pensava em Hannah com muita frequência desde que romperam.

Em casa, foi recebido com o cheiro semelhante a papel seco. As caixas da mudança, empilhadas nas sombras ao longo das paredes.

Começou a caminhar de um lado para o outro. *É claro* que Hannah nunca havia parecido mais atraente do que agora, quando estava fora de alcance, quando ele estava prestes a morar com Greer. Mesmo assim, ele tinha certeza de que era mais do que isso o que estava sentindo. A afeição que sentia por Hannah era real, espontânea e familiar. Era o que sentia quando estavam juntos – nos melhores momentos.

Mas ele fora infeliz com ela. Por isso terminaram.

Ele pegou uma caixa meio cheia do chão e a colocou na mesa, pretendendo empacotar o armário de arquivos. Mas não empacotou. Depois de um momento, caminhou até a janela. Quando a abriu, um sopro de ar frio entrou. Ele deixou o ar frio tomar conta dele, fazendo os pelos de seus braços se eriçarem.

Mesmo agora era difícil para ele dizer por que fora infeliz com Hannah.

Após um instante, ele fechou a janela. Sentou-se no computador. Quando apagou a luz e foi para a cama, eram quase três da manhã. Ainda estava com dificuldade para dormir.

Pelo menos, pensou enquanto virava mais uma vez na cama, estaria ocupado amanhã. Talvez Greer viesse ajudá-lo a empacotar. Era claro que ele não era eficiente trabalhando sozinho. Sim, seria ótimo. Greer encheria o apartamento com uma leve alegria quando risse do progresso lamentável dele e das pequenas bagunças que eram constantemente desenterradas conforme ele mergulhava atrás dos armários e movia móveis que estavam plantados no lugar há anos.

Com este pensamento, Nate começou a se sentir melhor. E então soube. A coisa que estava sentindo agora, essa sensação de perda, de saudade, desapareceria, passaria por ele como qualquer outro estado de espírito. Como deveria ser. O que ele e Greer tinham era bom pra caramba. Mais do que isso, ele gostava de sua vida, de seus amigos. Estava satisfeito com o progresso do novo livro; talvez aquilo fosse mais importante para ele do que todo o resto. Estava, merecesse ou não, feliz.

Em alguns dias, seria como se essa noite nunca tivesse existido, a única evidência dela um e-mail não enviado automaticamente salvo na pasta de rascunhos ("Querida Hannah...") Ele não se lembraria da dor – ou do prazer – deste momento mais do que se lembraria, assim que tivesse se mudado para o novo apartamento, do exato cheiro do ar que entrava pela janela do quarto ao amanhecer, depois de passar a noite toda trabalhando.

Agradecimentos

Tive sorte de que os primeiros leitores foram incrivelmente encorajadores. Estou em dívida com Melissa Flashman e Ryan Ruby, que leram o livro capítulo após capítulo enquanto estava sendo escrito. Ryan, suas notas de edição foram incríveis, e sou grata por muitas conversas que tivemos sobre Nate. Mel, seu entusiasmo me ajudou a acreditar no livro. Sempre serei incrivelmente grata a você por isso.

Também gostaria de agradecer Stacey Vanek Smith, pelo apoio não só neste romance, mas nas tentativas prévias. Stacey, sempre pensarei com carinho nos longos telefonemas sobre Isabel, Abby e Tom, antes mesmo de Nate ser uma ideia. Carlin Flora também leu mais rascunhos do que qualquer pessoa devia ter lido. Carlin, fui beneficiada tanto na ficção quanto na vida com sua sensibilidade e perspicácia sobre os personagens e os relacionamentos.

Michelle Orange, Meline Toumani e Gary Sernovitz também foram generosos o bastante para ler e responder muito cuidadosamente. Megan Hustad também proporcionou um excelente feedback.

Também gostaria de agradecer a Anthony Madrid, cuja resposta ao meu primeiro rascunho ajudou a formatar o segundo. Também agradeço por anos e anos da mais maravilhosa amizade e conversas imagináveis. Você me ensinou muito. Eu não reconheceria a pessoa que eu seria se não tivesse conhecido você em Tucson há tantos anos.

Obrigada também a Dan Ray, Lou Rouse, Matt Bonds e Myler Perkins por me deixarem ouvir anos de conversas masculinas.

Sou muito grata à minha agente literária, Elyse Cheney, que me incentivou a fazer o melhor romance possível e que leu o texto incontáveis vezes. Em acréscimo, Sarah Rainone é uma editora sensível, compreensiva e criativa, e eu estou em dívida com as maravilhosas habilidades editoriais dela. Obrigada também a Alex Jacobs, que trabalhou incansavelmente em prol deste romance, e leu e respondeu os rascunhos em vários momentos cruciais, e a Tania Strauss, que ofereceu uma nova perspectiva estimulante.

Disseram-me que os editores não editam de verdade nos dias de hoje, mas isso não pode ser menos verdade do que no que diz respeito a Barbara Jones, minha maravilhosamente sensível e astuta editora na Henry Holt. Obrigada também a Joanna Levine, Kenn Russell, James Meader, Vicki Hare, David Shoemaker e todos os outros na Holt, com um agradecimento adicional de coração para a pessoa que teve que passar minhas marcas obsessivas de revisão no texto. Também sou muito grata a Tom Avery, cujo entusiasmo significou muito, e para todo mundo na William Heinemann, especialmente Suzanne Dean. Falando da Grã-Bretanha, agradeço também a Natasha Fairweather.

Também quero agradecer aos meus irmãos, Zev e Steve Waldman. Zev, suas notas de edição foram incríveis. Steve, eu não poderia ter tido um exemplo mais consistente e gentil do que você tem sido todos esses anos. Minha prima Willhelmina Waldman também tem sido um grande apoio ao longo dos anos.

E, é claro, um obrigada imenso aos meus pais, que nem uma vez sugeriram que eu tivesse um emprego "de verdade" e que sempre foram incrivelmente gentis e apoiadores. O amor e a paciência de vocês me ajudaram a passar por crises além da conta.

Por fim, agradeço ao meu marido incrível, Evan Hughes, com quem aprendi tanto, sobre narrativa e tudo o mais. Evan sempre tratou meus textos de ficção como a coisa mais importante que eu poderia fazer. É um editor brilhante e um maravilhoso observador de pessoas e suportou conversas sem fim sobre Nate e companhia. Evan, dizer que eu não poderia escrever este livro sem você é verdade – e fora de questão. Não consigo nem começar a imaginar minha vida sem você.

1ª edição Junho de 2015
papel de miolo Avena 70g/m²
papel de capa Cartão supremo 250g/m²
tipografia Stempel Garamond LT Std
gráfica Lis Gráfica